Antje Windgassen

Alexandra David-Néel

Zu diesem Buch

Heute wiederentdeckt und bewundert – eine der interessantesten Frauen der letzten hundert Jahre: Als eine der ersten Frauen studierte Alexandra David-Néel an der Sorbonne, mit dreiundzwanzig Jahren unternahm sie 1891 ihre erste Reise nach Asien, in das Land ihrer Träume – allein! Als bekannte Orientalistin und Schriftstellerin verbrachte sie schließlich ein halbes Leben dort, wanderte durch Indien, Nepal und China. In Tibet lebte und studierte sie bei einem Lama Buddhismus und wurde als einzige Europäerin in den Stand einer Lamina erhoben. Gegen alle Widerstände gelang es ihr, die »verbotene Stadt« Lhasa zu betreten. Ihre Begegnungen mit dem Dalai Lama, der mit ihr erstmals eine westliche Frau empfing, und mit Mahatma Gandhi machten sie weltberühmt. 1969 starb sie über hunderjährig, kurz nachdem sie – »für alle Fälle« – ihren Paß noch einmal hatte verlängern lassen.

Antje Windgassen, geboren 1953 in Hamburg, lebt und arbeitet als freie Autorin und Journalistin in der Hansestadt. Ihr Spezialgebiet sind biographische Themen mit historischem Hintergrund. 1997 erschien von ihr »Kasturbai Gandhi«, eine Biographie über die Frau Mahatma Gandhis.

Antje Windgassen

Alexandra David-Néel

Auf der Suche nach dem Licht

Biographischer Roman

Piper München Zürich

Ungekürzte Taschenbuchausgabe
Piper Verlag GmbH, München
Mai 1998 (SP 2576)
Juni 2001 (SP 3339)

Umschlag: Büro Hamburg und ZERO München
Foto Umschlagvorderseite: Corbis Corbis/Picture Press
Satz: Setzerei G. Müller, Heilbronn
Druck und Bindung: Clausen & Bosse, Leck
Printed in Germany ISBN 3-492-23339-2

Kindheit in Saint Mandé

Der Tag ist still und warm, der Himmel blau mit langen Wolkenstreifen, die mit einem Malerpinsel und Wasserfarbe gezogen zu sein scheinen. Die Luft ist voll von der Feuchtigkeit des Frühlings und dem lehmigen Geruch der Erde. Man schreibt das Jahr 1874, und der kleine Ort Saint Mandé, nahe Paris, liegt ruhig und träge im Sonnenlicht.
Fast 60 Jahre ist es nun her, daß Napoleons Truppen hier durchzogen, um bei Montmirail drei Schlachten in nur vier Tagen siegreich gegen die Alliierten zu schlagen. 60 Jahre, in denen sich das Städtchen kaum verändert hat.
Noch immer steht die Kirche Notre Dame am südlichen Teil der Straße und sieht wohlwollend auf die Reihen der schiefergedeckten Backsteinhäuser herab, noch immer versammeln sich die Mädchen des Dorfes auf der Gemeindewiese, um das Vieh zu hüten und achtzugeben, daß sich keine Kuh verläuft oder gestohlen wird, und noch immer ergreifen die Hühner und Gänse, unterstützt durch einige freche Spatzen, von der Straße Besitz.
In einem der von Gitterzäunen umschlossenen Gärten steht ein Mädchen und sieht sehnsüchtig auf dieses ungemein anziehende Etwas hinaus – die Straße. Schon häufig hat es versucht, auf die andere Seite des Gitterzaunes zu gelangen, doch jedesmal ist es dabei erwischt worden, und es hat Schelte und Strafe gesetzt. Der Lösung des Rätsels ist es dabei jedoch keinen Schritt näher gekommen: Wohin führt diese

Straße? Würde man, wenn man sie immer weiter entlang liefe, am Ende diese Linie berühren können, die die Erwachsenen Horizont nennen und die auf sie eine fast magische Anziehungskraft hat?

»Alexandra! Wo steckt meine kleine Nini nur schon wieder?« Die Stimme des geliebten Vaters lenkt das Kind vorerst von seinem Problem ab, für das es im Augenblick ohnehin keinen Aufschluß zu geben scheint. Suchend sieht es sich um und entdeckt den Vater, der gerade aus dem Hause tritt.

»Hier bin ich, Papa«, ruft es aufgeregt winkend und bemerkt im gleichen Augenblick, daß der Vater nicht allein ist. Sein Freund, der nette Monsieur Hugo, steht bei ihm, und gemeinsam machen es sich die beiden Herren nun auf einer hölzernen Gartenbank in der Sonne bequem.

Rasch läuft Alexandra zu ihnen und klettert auf den Schoß des Dichters.

»Guten Tag, Monsieur. Wie schön, daß Sie uns auch wieder einmal besuchen.«

»Guten Tag, Mademoiselle David«, erwidert Hugo lächelnd den Gruß. »Es ist immer eine Freude, dich zu sehen.«

Seine letzten Worte sind jedoch kaum noch zu verstehen, denn sie gehen im Schreien und Johlen einer Horde Kinder unter, die gerade auf der Straße vorbeilärmt. Aufgeregt laufen sie einer kleinen Kolonne entgegen, die mit ihren blau und rot gestrichenen Wagen ins Dorf gefahren kommt. Fahrende Händler sind es, die über Land ziehen, mal hier, mal dort ihre Buden aufschlagen und mit Hilfe von Gauklern, Feuerfressern und Akrobaten die Kundschaft anlocken. Eine Weile betrachten die drei im Garten schweigend

das bunte Szenario auf der Straße, doch dann hat der Dichter eine Frage:
»Warum spielst du eigentlich nie mit den Kindern des Dorfes, Alexandra. Ich sehe dich immer nur allein. Hast du keine Freunde?«
»Die Bäume sind meine Freunde, Monsieur«, erklärt das Kind mit ernster Miene und springt von seinem Schoß. Was es zu sagen hat, ist einfach zu wichtig. Dazu muß es sich schon hinstellen. »Und die Sonnenstrahlen und die Wolken. Das alles ist so schön, daß es Gott sein muß.«
Überrascht blickt Hugo auf das Kind vor ihm, das das bunte Leben außerhalb des Gartens keines Blickes mehr würdigt.
»Was für erstaunliche Ansichten für eine Fünfjährige.«
Louis David nickt stolz.
»Ja, meine kleine Nini ist wirklich ein außergewöhnliches Kind. Gerade gestern hat sie mich gefragt, ob es den Grashalmen weh tut, wenn man über den Rasen geht.«
Victor Hugo lacht anerkennend und beobachtet das kleine Mädchen, das eben im Haus verschwindet und dessen neugieriger Kopf sich schon wieder mit ganz anderen Dingen beschäftigt.
„In deinem Kinde, lieber Freund, steckt etwas, was hoch hinaus will«, meint Hugo nachdenklich. »Vielleicht höher, als wir beide ahnen.«
O ja, die kleine Alexandra ist wirklich ein ungewöhnliches Kind. Sie ist außerordentlich wissensdurstig und stets bemüht, für alle Fragen eine Lösung zu finden. Auf einige Fragen scheint es jedoch keine Anworten zu geben, und die hängen unmittelbar mit

ihrer Mutter zusammen, von der das Mädchen sich nicht geliebt fühlt.
Sicher ist Alexandrine David ihrem einzigen Kind zugetan, sorgt sich und ist bemüht, ihm eine gute Erziehung zukommen zu lassen. Aber Liebe? Nein, das fühlt Alexandra instinktiv, Liebe bringt ihr die Mutter nicht entgegen.
Dabei wäre sie dazu sehr wohl in der Lage gewesen. Hatte sie nicht den kleinen Bruder, der im vergangenen Jahr geboren und ein halbes Jahr später bereits wieder gestorben war, mit ihren Gefühlen fast überschüttet?
Alexandra spürt, daß ihre Mutter sie niemals so geliebt hat wie den kleinen Bruder, ja mehr noch. Sie begreift auch sehr deutlich, daß es keine Liebe ist, die die Eltern verbindet, daß sie zwischen zwei Menschen aufwächst, die sich eigentlich fremd sind.
Als Louis David die 17 Jahre jüngere Alexandrine Borghmann heiratete, stellte sich schnell heraus, daß diese Ehe nicht »im Himmel« geschlossen worden war. Vielleicht lag es ja einfach nur daran, daß der 39jährige Louis und seine junge Frau zu verschieden waren. Er, der Freidenker, der Sozialist und Freimaurer, der wegen seiner politischen Überzeugung, gemeinsam mit seinem Freund Victor Hugo, nach Belgien ins Exil gehen mußte und sie, die herrschsüchtige und engherzige Kleinbürgerin, deren einzige Sorge darin bestand, mißtrauisch über ihr ererbtes Vermögen zu wachen. Vielleicht konnte dabei wirklich nichts anderes herauskommen als ein liebloses Nebeneinander.
Als Alexandrine nach vierzehnjähriger Ehe endlich schwanger wird, wünscht sie sich sehnlichst einen

Sohn, der, davon ist die Katholikin überzeugt, einmal Bischof werden würde. Doch statt dessen bringt sie ein Mädchen zur Welt: Louise Eugenie Alexandrine Marie David. Die unsagbare Enttäuschung hierüber kann Madame David ihr ganzes Leben lang nicht verwinden. Natürlich bleibt die Unzufriedenheit der Mutter der aufgeweckten Alexandrine, die von allen nur Alexandra genannt wird, nicht verborgen, und von dieser Erkenntnis ist es dann auch nicht mehr weit bis zu ihrem Entschluß auszureißen.
Das Mädchen sitzt am Fenster ihres Zimmers und blickt hinaus auf die Straße, von der sie ja immer noch nicht weiß, wohin sie führt.
»Warum, um alles in der Welt, soll ich es nicht herausfinden?« flüstert sie leise vor sich hin. »Maman wird mich gewiß nicht vermissen. Ja, vielleicht wird sie sogar froh sein, sich eine Weile nicht über mich ärgern zu müssen. Schließlich wollte sie mich ohnehin nie haben.«
Damit ist es beschlossene Sache, und Alexandra, das ungewollte Kind, nutzt die nächste Gelegenheit, um aus der lieblosen Umgebung zu fliehen.
Die Familie befindet sich auf einem Sonntagsspaziergang durch den Bois de Vincennes, als Alexandra plötzlich wie vom Erdboden verschluckt zu sein scheint. Alle glauben noch, sie habe sich hinter einem Baumstamm versteckt, doch die sofort eingeleitete Suche verläuft ergebnislos. »Wir müssen sofort die Gendarmerie informieren«, erklärt der besorgte Vater. Doch Alexandra bleibt trotzdem den ganzen Nachmittag über unauffindbar.
Das kleine Mädchen hingegen genießt die Freiheit in vollen Zügen. Es hat keine Angst allein im Wald von

Vincennes. O nein, überhaupt nicht. Mit wachen Augen streift es durch das Gehölz und unterhält sich mit ihren Freunden, den Bäumen und den Blumen. Ihre Freunde werden sie schon beschützen, da ist sie ganz sicher.

Unerschrocken entdeckt Alexandra den Wald, fühlt sich eins mit ihm und der Natur und wünscht sich, ganz alleine auf der Welt zu sein. Ohne Mutter, der sie es doch niemals recht machen kann, und ohne Eltern, die fortwährend miteinander streiten.

Es beginnt bereits zu dämmern, als ein Waldaufseher das Kind entdeckt und auf die nächste Gendarmeriestation bringt. Alexandra wehrt sich ganz entschieden gegen dieses abrupte Ende ihres Abenteuers und weigert sich hartnäckig, ihren Namen anzugeben.

»Es liegt eine Vermißtenanzeige vor«, meint der Gendarm zu dem Waldaufseher. »Die Beschreibung paßt ganz genau.« Er beugt sich zu dem Kind hinunter und sieht ihm streng in die Augen. »Nun sag schon, Mädchen. Du heißt doch Alexandra David, nicht wahr?«

Die Kleine preßt die Lippen zusammen und gibt den Blick trotzig zurück. Dann verschränkt sie die Arme vor der Brust und wendet den Kopf hochmütig ab, auf keinen Fall bereit, sich einschüchtern zu lassen. Der Gendarm richtet sich zornig wieder auf.

»Dein Schweigen nützt dir gar nichts«, schnaubt er. »Die Davids warten in der Schenke am Wegkreuz. Ich werde dich sofort zu ihnen bringen. Dann werden wir ja sehen ...«

Wie nicht anders zu erwarten, wird Nini von ihrer Mutter mit Vorwürfen überschüttet, während ihr Vater, der wesentlich mehr Verständnis für den Freiheitsdrang seiner Tochter aufbringt, sie in Schutz nimmt. Ein unvermeidlicher Streit entbrennt, der auch den ganzen Heimweg über anhält. Ängstlich blickt das Kind zu den Eltern auf, nicht begreifend, was an ihrem Ausflug nun so schrecklich Verwerfliches gewesen ist.

Als Alexandra endlich, spät in der Nacht, in ihrem Bett liegt, weint sie sich in den Schlaf. Doch die Tränen versiegen schnell, als der Vater ihr am nächsten Tag ein großes Paket überreicht. Rasch wickelt Nini das Geschenk aus und hält einen Atlas in den Händen. Fast ehrfürchtig trägt sie das Buch in ihr Zimmer und öffnet es vorsichtig. Aufgeregt betrachtet sie die Weltkarten, als wären es die schönsten und buntesten Bilderbücher.

»Was ist das für ein Land, Papa?« will sie wissen und zeigt auf einen großen, gelb colorierten Flecken – China. Vermutlich sind es anfangs nur die Form und die Größe dieses Landes, die Alexandra faszinieren, trotzdem zeigt sie von nun an eine deutliche Vorliebe für alles Asiatische.

Um Alexandra von weiteren Alleinunternehmungen abzubringen, beschließen die Eltern, ihr eigensinniges Kind in die Schule zu schicken. Die Kleine ist begeistert. Endlich eine neue Quelle, an der sie ihren Wissensdurst stillen kann. Im »Alphabet de Mademoiselle Lily« fügt sie sich sehr schnell ein, und die Lehrer zeigen sich außerordentlich zufrieden mit ihr, doch eines Tages wird das Ehepaar David zu einem Gespräch in die Schule gebeten.

»Es ist erstaunlich, wie schnell Ihre Tochter lesen gelernt hat«, eröffnet ihnen der Klassenlehrer Alexandras. »Auch mit dem Schreiben macht sie rasche Fort-

schritte, wenn sie es auch bei der Schönschrift an Sorgfalt mangeln läßt. Beim Zeichnen hingegen zeigt das Kind gar kein Talent. Dafür um so mehr in der Musik. Ihre Tochter hat eine beachtliche musikalische Begabung, die Sie auf jeden Fall fördern sollten.«
Monsieur David zögert daraufhin nicht, die ansehnliche Summe von 900 Franc für den Kauf eines Klaviers auszugeben. Ein wunderbares Geschenk. Mit Feuereifer stürzt sich Alexandra auf den Unterricht.
Die Bücher, der Weltatlas und ein Klavier sind dem Kind ein Trost in dem ansonsten freudlosen Leben, und mit Hilfe dieser Dinge bemüht es sich, der häuslichen Disharmonie zumindest im Geiste zu entfliehen.
Aber es gibt noch weitere Lichtblicke. Alexandras Interesse an den asiatischen Ländern wächst, je älter sie wird. Als sie daher zu ihrem sechsten Geburtstag von ihrer Mutter ein Tintenfäßchen aus chinesischem Porzellan geschenkt bekommt, ist sie außer sich vor Freude und hütet dieses Kleinod wie ihren Augapfel.
Nach Abschluß des zweiten Schuljahres bringt Alexandra zahlreiche Auszeichnungen nach Hause und erhält zur Belohnung etwas Geld. Sie kauft sich dafür ein chinesisches Schreibkästchen aus schwarzem Lack und bewundert nun mit immer neuem Entzücken ihre asiatischen Schätze. Amüsiert beobachtet Louis David das Verhalten seiner Tochter und stellt schließlich fest:
»Meine kleine Nini mag zwar eine weiße Haut haben, aber ihre Seele ist ganz sicher gelb.«
Louis ahnt nicht, wie recht er mit dieser Entdeckung hat.

Die Nestflüchterin

»Nach Brüssel sollen wir übersiedeln, meine Liebe?« Fassungslos sieht Louis David seine Frau an. »Aber warum denn nur? Wir haben hier doch alles, was wir brauchen.«
Alexandrine erhebt sich. Sie ist sichtlich aufgebracht und fuchtelt aufgeregt mit den Armen.
»Ich weiß wirklich nicht, was dagegen spricht, Louis? Bin nicht auch ich Ihnen seinerzeit gefolgt, als Sie Ihr belgisches Exil aufgeben und nach Frankreich zurückkehren konnten?« Ihre schrille Stimme dringt bis in den letzten Winkel des Hauses. »Nun, auf Ihren Wunsch haben wir eine Reihe von Jahren hier gelebt, aber jetzt möchte ich zurück in meine Heimat. Immerhin lebt meine Familie in Brüssel, und immerhin ist dort mein Vermögen, von dem, wenn ich Sie daran erinnern darf, schließlich auch Sie leben.«
Louis David zuckt müde mit den Schultern und schweigt. Es hat offensichtlich keinen Zweck, seiner Frau die Umzugsidee ausreden zu wollen. Natürlich nicht, denn der einzige Grund, der für ein Bleiben spricht, ist Alexandras und seine Liebe zu Paris. Ein Argument, das Madame David ohnehin niemals akzeptieren wird.
Louis fügt sich also in das Unvermeidliche. Er ist des ewigen Kampfes gegen seine herrschsüchtige Frau müde. Doch an seiner Stelle beginnt nun Alexandra, sich der Mutter offen zu widersetzen. Sie ist sieben Jahre alt, und den Umzug in die »winzige Hauptstadt«, wie sie Brüssel nennt, kann natürlich auch sie

nicht verhindern. Doch da die Übersiedlung für sie mit einem Schulwechsel verbunden ist, beschließt sie, die Gelegenheit zu nutzen, dem tristen Elternhaus wenigstens vorübergehend zu entkommen, indem sie in ein Pensionat eintritt.
Um sich ganz bewußt noch einen Schritt weiter von der Mutter zu entfernen, hat Alexandra ein protestantisches Pensionat ausgewählt.
»Natürlich weiß ich, daß ich katholisch getauft worden bin, Maman«, erklärt sie trotzig. »Aber ich bin bereit, die Konfession zu wechseln und den protestantischen Glauben meines Vaters anzunehmen.«
Alexandrine ist derart entsetzt, daß sie das Mädchen gewähren läßt, doch die Kluft zwischen Mutter und Tochter wird dadurch so groß, daß sich die beiden Damen des Hauses David in Zukunft nur noch mit »Sie« anreden.
Alexandra rückt nun noch näher an den Vater heran, dem sie um so vieles ähnlicher ist und der gleich ihr jede Gelegenheit nutzt, um der traurigen Atmosphäre in der Rue Faider 105, dem neuen Zuhause der Davids, zu entgehen. Vater und Tochter unternehmen lange Spaziergänge durch die Wälder rund um Brüssel und schütten sich gegenseitig ihr Herz aus.
»Wozu hat man eigentlich Eltern«, murrt Nini. »Man wäre sicher glücklicher, wenn man keine hätte.«
Louis David weiß darauf keine Antwort. Die Worte seiner Tochter machen ihn nur noch niedergeschlagener. Ach wie gern hätte er ihr ein harmonisches Elternhaus geschenkt. Wenn die beiden von ihren Spaziergängen heimkehren, zieht sich Alexandra sofort in ihr Zimmer zurück, um in die Welt ihrer Bücher einzutauchen. Kein besonders aufregendes Leben, aber

sie fühlt sich in Belgien ohnehin noch nicht zu Hause. Schon allein diese bittere Flüssigkeit – Bier genannt –, die die Belgier so gerne trinken und für die ihre Mutter schwärmt. Alexandra bekommt davon nicht einen Schluck hinunter. Alexandrine andererseits stellt mit Entsetzen fest, daß ihre Tochter klares Wasser als Getränk bevorzugt.

»Sie trinken Wasser? Sie wollen wohl sterben, meine Tochter«, meint sie tadelnd und zeigt damit einmal mehr, wie verschieden die Welten sind, in denen sie leben.

Überhaupt erstickt die Mutter das Mädchen mit ihren Ermahnungen und Verboten, und in der tristen Atmosphäre des Pensionats und des Elternhauses beginnt Alexandra zu kränkeln, ja, entwickelt sogar eine leichte Anämie und wird schließlich auf Anraten des Hausarztes in die Klosterschule »Du Bois Florie« gesteckt, in der kleine Mädchen siebenmal am Tag mit Essen vollgestopft werden.

Das Kind erholt sich rasch in der Klosterschule und bekommt dort außerdem eine ausgezeichnete Ausbildung, doch ihren Hunger nach geistiger Nahrung können auch die guten Schwestern nicht gänzlich stillen.

Acht Jahre sind ins Land gegangen. Acht Jahre, in denen Alexandra fleißig gelernt und in denen sie ein starkes Interesse für die verschiedensten Glaubensrichtungen an den Tag gelegt hat. Sie ist fest entschlossen, Missionarin zu werden und ihr ganzes Leben einem frommen Werk zu opfern, nur welcher Religion sie selbst angehören will, ist noch nicht entschieden.

»Ich habe eine Legende über den jungen Buddha gelesen, der damals noch ein Prinz war«, erzählt sie eines Tages ihrem Vater. »Er begegnete im Wald einer halbverhungerten Tigerin, der er freiwillig seinen Leib anbot, um ihr das Leben zu retten. Ist das nicht die wunderschönste Geschichte der Welt?«

Es ist ein ungewöhnlich heißer Sommer, und eine schwüle Hitzewelle hält Brüssel umklammert. Mühsam schleppen sich die Menschen durch die Straßen, in denen die von der Sonnenglut flimmernde Luft steht, und gehen ihren Beschäftigungen nach. Wer es sich leisten kann, verläßt die Stadt, um auf dem Lande zumindest ein wenig Erleichterung zu finden. Auch die Familie David rüstet zum Aufbruch an die Nordsee, um ihr Feriendomizil in der Nähe von Ostende aufzuschlagen.

»Sicher, ich freue mich auf den Aufenthalt am Meer«, gesteht Alexandra ihrem Vater und hebt durstig ein Glas mit klarem Wasser an die trockenen Lippen. »Aber schließlich wissen wir aus Erfahrung, daß bei den ewigen Streitereien zwischen Maman und dir auch in diesem Jahr keine rechte Urlaubsstimmung aufkommen wird.«

Louis David muß seiner Tochter recht geben.

»Ich weiß«, erklärt er achselzuckend. »Vermutlich wird es einmal mehr darauf hinauslaufen, daß deine Mutter und ich abwechselnd nach Ostende fahren, um entweder Einkäufe oder Besuche zu machen.« Doch dann lächelt er belustigt und zwinkert der Tochter aufmunternd zu. »Das kann dir aber nur recht sein, nicht wahr? Immerhin kommst du dadurch zwangsläufig in den Genuß größerer Freiheiten.«

Nachdenklich erwidert Alexandra den Blick des Vaters, und plötzlich kommt ihr eine Idee. Vielleicht sollte sie wirklich die Gelegenheit nutzen, um einen kleinen Ausflug auf eigene Faust zu unternehmen? Vorsichtshalber steckt sie ihr Erspartes ein.

Tatsächlich gelingt es Nini, wenige Tage nach der Ankunft in dem Anwesen bei Ostende, ein wenig Proviant, Kleidung und das Geld in ein Bündel zu schnüren und unbeobachtet aus dem Hause zu schlüpfen.

Mit eiligen Schritten läuft sie an den Strand und geht dann die Küste entlang, in Richtung holländische Grenze. Als sie weit genug gewandert ist, um vor einer Entdeckung sicher sein zu können, hält sie inne und sieht sich vorsichtig um. Allein steht sie am menschenleeren Strand und kann endlich die Last ihres ganzen beengenden und freudlosen Lebens abschütteln. Was für ein köstliches Gefühl.

»Frei!« ruft sie auf die ruhige See hinaus. »Ich bin endlich frei!«

Um dieses berauschende Gefühl möglichst lange genießen zu können, lebt Alexandra so sparsam es eben geht. Da der Ausflug natürlich nur solange dauern kann, wie ihre beschränkten finanziellen Mittel reichen, gönnt sie sich nur trockenes Brot und ißt dazu Früchte, die sie am Wegrand pflücken kann. Sie geht zu Fuß und das nicht nur, weil es das billigste, sondern auch das beste Verkehrsmittel ist, wenn man ein Land wirklich kennenlernen will. Und genau das will Alexandra. Sie kann sich gar nicht satt sehen an all dem Neuen. So erreicht sie schließlich Holland und schifft sich von dort nach England ein.

Als sie endlich nach Ostende zurückkehrt, erwarten sie die schärfsten Vorwürfe der Mutter:

»Ist Ihnen eigentlich bewußt, Alexandra, wie groß die Schande ist, die Sie über uns alle gebracht haben? Für ein tugendhaftes junges Mädchen ist es undenkbar, allein zu reisen. Wenn das in Brüssel bekannt wird... Nicht auszudenken. Ihr Vater und ich werden uns eine empfindliche Bestrafung für Sie ausdenken müssen.«

Alexandra zuckt nur mit den Schultern.

»Was immer Sie mir antun wollen, diesen Ausflug werde ich niemals bereuen«, entgegnet sie gleichmütig und zieht sich auf ihr Zimmer zurück.

Auch Louis kann über das Vorhaben seiner Frau nur den Kopf schütteln.

»Alexandra bestrafen? Das dürfte schwierig werden«, erklärt er spöttisch, ja fast schadenfroh, und hat recht damit.

Über eine drohende gesellschaftliche Ächtung würde seine Tochter sich nur lustig machen. Auch eine körperliche Bestrafung wäre sinnlos. Schon seit einiger Zeit übt sich Alexandra im Fasten und kasteit ihren Körper nach Anleitungen, die sie in den Biographien heiliger Asketen gefunden hat. Auf Komfort legt sie auch keinen Wert, so zieht sie zum Beispiel den harten Fußboden jedem Bett zum Schlafen vor. Außerdem ist das Mädchen nicht im geringsten eitel. Kleider und Putz sagen Alexandra überhaupt nichts, und sie steht ihnen gleichgültig gegenüber. Was für eine Strafe bleibt also übrig?

»Der Geist«, erklärt Alexandra ihrer fassungslosen Mutter, »muß den Körper bezwingen und eih williges und widerstandsfähiges Instrument aus ihm machen, dessen er sich in jeder Situation bedienen kann.«

Alexandrine ist ratlos und sucht verzweifelt nach

einem geeigneten Mittel, ihre ungebärdige Tochter unter Kontrolle zu bekommen. Doch es scheint keines mehr zu geben, zumal Alexandra nicht länger bereit ist, sich von überholten Konventionen unterdrücken zu lassen.
»Warum soll ich nicht reisen?« fragt sie verständnislos. »Ich finde das Verhalten der Leute, die sich an einen Ort klammern wie die Austern an ihre Bank, merkwürdig und unbegreiflich. Es gibt doch so viel zu sehen auf dieser Welt.«
Unter diesen Umständen ist es sicher nicht verwunderlich, daß die nächste Eskapade nicht lange auf sich warten läßt. Alexandra ist 17, als sie erneut fortläuft. Diesmal ist sie besser vorbereitet und verkleidet sich als Dame, mit Schleierhut und Ehering am Finger, um Italien zu entdecken. So aufgeputzt steigt sie in Brüssel in den Zug, der sie in die Schweiz bringt. Von dort macht sie sich zu Fuß auf den Weg, den St. Gotthard zu überqueren und die norditalienischen Seen zu besichtigen. Einfach so, weil es für sie nichts Aufregenderes gibt, als herauszufinden, was hinter der Straße liegt, die zum Horizont führt.
Leider findet die Reise, zumindest für Alexandras Geschmack, auch diesmal ein viel zu frühes Ende. Denn als die finanziellen Mittel aufgebraucht sind, gibt es nur noch den einen Ausweg: ein Telegramm an die Eltern mit der Bitte, sie abzuholen.
Alexandrine besteigt den nächsten Zug, um ihre aufsässige Tochter in Gewahrsam zu nehmen. Unnötig zu betonen, daß die Stimmung zwischen Mutter und Tochter immer frostiger wird, und so beeilt sich Alexandra nach ihrer Rückkehr, ins Kloster zurückzukehren, um ihre Erziehung zu vervollständigen.

Der Weg ins Leben

Im Sommer 1886 verläßt Alexandra das Kloster Du Bois Florie, das ihr zehn Jahre lang mehr Heim gewesen ist als das eigene Elternhaus. Sie hat dort viel gelernt, eine ausgezeichnete Erziehung genossen und die unentbehrlichen Manieren beigebracht bekommen, die aus ihr eine wohlerzogene Tochter machen sollten. Eine Angelegenheit, die Alexandra allerdings weniger interessiert, denn Wohlerzogenheit im Sinne des Zeitgeistes hält sie für überflüssig.

Sie befindet sich in ihrem 18. Lebensjahr und ist zu einer interessanten Erscheinung herangewachsen. Relativ klein von Gestalt, sie mißt gerade 1,56 m, hat sie doch eine schmale Taille und einen geschmeidigen Gang. Ihr dunkles, lockiges Haar hat einen wundervollen Glanz, dem das Sonnenlicht einen rötlichen Schimmer verleiht, und ihre grauen Augen werden von langen, ebenfalls dunklen Wimpern umrahmt. Doch Alexandra ist nicht nur attraktiv, sie hat auch Charme und Witz, und ihr perlendes Lachen wirkt unbedingt ansteckend.

»Es ist an der Zeit, daß wir das Mädchen offiziell in die Gesellschaft einführen«, stellt Madame David fest und Louis nickt. Ausnahmsweise ist er einmal der gleichen Meinung wie seine Gattin.

»Wir sollten sie zum Debütantinnenball melden, der nächsten Monat am belgischen Hof arrangiert wird«, schlägt er vor. Alexandrine stimmt, allerdings mit besorgter Miene, zu. Es ist immer ein Risiko, mit ihrer exzentrischen Tochter in die Öffentlichkeit zu gehen.

Schließlich weiß man nie im voraus, was Alexandra sich wieder einfallen lassen wird. Und seit ihren Alleinunternehmungen, die sich natürlich in Brüssel herumgesprochen haben, ist ihr Ruf ohnehin nicht gerade der beste.

Nun, das Debüt der Mademoiselle David wird tatsächlich, wie könnte es anders sein, zu einem einzigen Debakel. Der Hofknicks, den sie vor dem König und der Königin von Belgien ausführt, gelingt zwar tadellos, doch während des Balles, der auf die offizielle Vorstellung folgt, verteilt sie einen Korb nach dem anderen und fällt damit bereits unangenehm auf.

»Diese oberflächlichen Ballgespräche langweilen mich unendlich«, gesteht sie ihrem Vater. »Ich weiß wirklich nicht, wie irgend jemand das ertragen kann.«

Bei der ersten Gelegenheit verschwindet Alexandra nach gewohnter Manier und schlüpft durch die großen Terrassentüren hinaus in den Park. Eine kleine graue Katze läuft ihr über den Weg, und sie beugt sich nieder, um sie aufzunehmen. Liebevoll streicht sie ihr über das seidige Fell.

»Deine Begleitung ist mir tausendmal lieber als die ganze illustre Hofgesellschaft«, raunt sie dem Kätzchen zu und setzt sich mit dem wohlig schnurrenden Tier unter einen Baum, um mit ihm zu spielen.

Stunden später und nach langem Suchen findet Madame David ihre Tochter draußen im Park. Schlafend liegt sie, in ihrer kostbaren Ballrobe, unter einem Baum und hält eine kleine, gleichfalls schlafende Katze im Arm.

Was für ein Skandal!

Doch auch die nächste Überraschung, die Alexandra ihren leidgeprüften Eltern bereitet, läßt nicht lange

auf sich warten. Bereits einige Tage später stürzt sie aufgeregt in den Salon, in dem Alexandrine im Kreise ihrer Freundinnen beim Tee sitzt, und erklärt, ohne Rücksicht auf den hohen Besuch:
»Maman. Die Naturwissenschaften begeistern mich ebenso wie Philosophie und Religion. Ich möchte darum Medizin studieren. Was halten Sie davon?«
Ein ungläubiges Raunen setzt ein, und die entsetzte Alexandrine schämt sich unsagbar. Trotzdem ist ihre Antwort unmißverständlich:
»Sie sind verrückt, mein Kind«, erklärt sie kopfschüttelnd. »Sie wissen nicht, wovon Sie reden. Arzt wollen Sie werden? Du lieber Himmel. Die Männer verstehen schon nichts davon und erst eine Frau...!«
Enttäuscht zieht Alexandra sich zurück. Einmal mehr fühlt sie sich von ihrer mittlerweile 54jährigen Mutter nicht verstanden. Wieder sucht sie Zuflucht bei ihren Büchern und der Musik. Sie kennt alle Lieder, die gerade in Mode sind. Da ist zum Beispiel ein Chanson von Jean Richepin, das sie häufig auf dem Piano spielt und den Text dabei leise vor sich hin singt.

Über Berg und Tal
zieht im sanften Pferdetrab
die Karawane!
Sie zieht im Traum – wohin?
Wohin bläst der Wind den Sand?
Vorwärts, immer vorwärts
Strebend nach der Ferne!

Traurig läßt Alexandra die Hände auf den Tasten.
»Strebend nach der Ferne«, flüstert sie sehnsüchtig und träumt mit offenen Augen davon, wie auch sie der Karawane folgt, um unendliche Weiten zu erforschen.

Im Geiste sieht sie eine unberührte Landschaft vor sich, karg, aber unermeßlich schön in ihrer Reinheit. Pferde traben über das Land, Pferde, auf denen Reiter sitzen, die alle einem Ziel entgegenstreben: dem klaren Licht am Horizont. Ein unendlich helles und strahlendes Licht ist es, das jedes Leben zu erhellen verspricht und als einziges den Durst der Fernwehs zu stillen vermag...

»Alexandra! A l e x a n d r a, so hören Sie doch!«

Nini fährt zusammen und kehrt nur langsam in die Realität zurück. Die Mutter, deren Eintreten sie noch nicht einmal bemerkt hat, steht neben ihr und sieht sie gereizt an.

»Ich denke, wir sollten uns einmal über Ihre Zukunft unterhalten, mein Kind.«

Alexandra verzieht das Gesicht. Wieder eines dieser sinnlosen Gespräche, denkt sie gequält und ist sicher, daß sich ihre Vorstellungen über die Zukunft in keiner Weise mit denen der Mutter decken.

»Diese Tagträume müssen nun ein Ende haben«, erklärt die Mutter bestimmt. »Damit läßt sich kein einziger Franc verdienen. Und da wir die Hoffnung auf eine standesgemäße Heirat ja wohl aufgeben können...«

»Ja, ja. Ich weiß«, unterbricht die Tochter sie gleichgültig und wiederholt, was die Mutter ihr schon unzählige Male gepredigt hat: »Kein Mann möchte eine Frau heiraten, die immer wieder ausreißt und sich auch ansonsten durch ihr Verhalten zum Gespött der Leute gemacht hat.«

»... habe ich mich entschieden«, fährt die Mutter unbeirrt fort, »Sie zu einem Tuchhändler in die Lehre zu geben.«

Entsetzt sieht Alexandra sie an.
»Zu einem Tuchhändler...?«
Madame David nickt entschlossen.
»Es wird Zeit, daß Sie in geordnete Verhältnisse kommen, mein Kind. Darum werden Sie ab morgen in einem Textilgeschäft arbeiten, an dem ich finanziell beteiligt bin.«
»Aber das kann...« Alexandra will widersprechen, will sich nicht kampflos in dieses triste Schicksal fügen, doch die Mutter winkt ab.
»Wir brauchen überhaupt nicht zu diskutieren. Es ist schon alles arrangiert.«
Alexandra ist empört und fühlt sich eingesperrt in diesem kleinen, muffigen Tuchladen, in dem sie nun also hinter dem Verkaufstresen steht und sich ansonsten alle Mühe gibt, ihren Lehrherrn zur Verzweiflung zu bringen. Es gibt einen Ausspruch des Laienpredigers Pierre Valdo, der deutlich ihre Einstellung zur Vergänglichkeit alles Irdischen und in erster Linie zur materialistischen Natur der Mutter widerspiegelt:

»Die Welt ist ein Stück fauliges Fleisch, und wer sich daranmacht, ist ein Hund.«

Als Alexandra eines Tages diesen Satz fein säuberlich auf Pappe schreibt und im Laden, für alle Kunden lesbar, an die Wand heftet, hat der Tuchhändler endgültig genug.
»Sie können Ihre Tochter in die Lehre geben, wem Sie wollen, Madame David«, erklärt er unmißverständlich. »Aber bei allem Respekt, mein Geschäft betritt sie nie wieder.«
Alexandra ist zufrieden. Sie mag wohl eine Fehlbeset-

zung in der Rolle der wohlerzogenen Mademoiselle im heiratsfähigen Alter sein, aber zur Verkäuferin eignet sie sich – nachgewiesenermaßen – mindestens genausowenig. Viel lieber wendet sie sich wieder ihren Büchern zu, ihrer Musik und ihren Studien der griechischen Philosophie und der Weltreligionen.

Von nun an lebt Alexandra noch zurückgezogener als vorher. Sie liest viel, ißt wenig, trinkt ausschließlich Wasser und trägt, da sie kein bißchen eitel ist, meist dasselbe Kleid. Gleichaltrige Freunde hat sie keine, doch gelegentlich besucht sie einen Jugendfreund ihres Vaters, den alternden Anarchisten und Gelehrten Elisée Reclus.

Sie ist beeindruckt von seiner unnachgiebigen Forderung nach der Unabhängigkeit des Individuums und bekommt von ihm bestätigt, was ihr bisher nur vage im Kopf herumspukte, nämlich, daß der Mensch sehr wohl frei von überholten Konventionen leben kann. Zum Entsetzen der Mutter wird aus Alexandra auch noch eine leidenschaftliche Feministin.

»Mrs. Morgan hat mir geschrieben.« Aufgeregt betritt Alexandra das Frühstückszimmer, in dem die Eltern gerade beim Morgenkaffee sitzen, und präsentiert ihnen den Brief, der sie in diese aufgekratzte Stimmung versetzt hat.

»In London gibt es eine Gemeinschaft, die sich die ›Gesellschaft der Höchsten Erkenntnis‹ nennt und die sich dem Studium östlicher Religionen und Philosophien widmet.«

Alexandrine und Louis David, die mit dieser Eröffnung nicht viel anfangen können, jedoch das

Schlimmste ahnen, reagieren wie üblich vollkommen gegensätzlich. Während die Mutter gereizt die Augen gen Himmel schlägt, legt Louis sorgfältig seine Serviette zusammen und versucht, Einzelheiten zu erfahren.

»Nun beruhige dich erst einmal, Nini, und berichte in aller Ruhe«, schlägt er vor und sieht sie aufmerksam an. Alexandra dankt ihm mit einem kleinen Lächeln, setzt sich zu den Eltern und beginnt:

»Ich möchte um die Erlaubnis bitten, nach England zu reisen. Zum einen, um meine Sprachkenntnisse zu vervollkommnen und zum anderen, um meine bisher privat betriebenen Studien bei der ›Gesellschaft der Höchsten Erkenntnis‹ weiterführen zu können.«

Die Mutter lacht spöttisch auf.

»Vielleicht ist es Ihnen bisher entgangen, liebe Tochter, aber das Geld wächst nicht auf den Bäumen, und unsere augenblickliche finanzielle Situation würde einen kostspieligen Auslandsaufenthalt auf keinen Fall zulassen. Von der Schicklichkeit einmal ganz abgesehen. Ich weiß, daß Sie dieses Thema ohnehin ignorieren.«

»In diesem Fall ist das Geld aber wirklich kein Problem, Maman«, entgegnet Alexandra eifrig, den letzten Einwand der Mutter geflissentlich überhörend. »Sie wissen, wie anspruchslos ich bin. Außerdem verfügt die ›Höchste Erkenntnis‹ nicht nur über Versammlungssäle und eine reichhaltige esoterische Bibliothek, sondern auch über die Möglichkeit, Kost und Logis zu erschwinglichen Preisen anzubieten. Ich denke, dieses Angebot ist genau das Richtige für mich, zumal meine Tugend in dieser sehr ehrbaren Gesellschaft auf das Beste aufgehoben sein wird.«

Nach langen Gesprächen geben die Eltern der Bitte Alexandras nach. Sie sind zwar nicht überzeugt, haben aber resigniert festgestellt, daß es zwecklos ist, der Tochter etwas zu verbieten. Sie macht ohnehin, was sie will, und würde am Ende sicher auch ohne ihr Einverständnis reisen.

Alexandra ist der glücklichste Mensch auf der Welt, als sie Brüssel endlich den Rücken kehren kann, um ins holländische Vlissingen abzufahren. Am Abend vor ihrer Einschiffung nach England wandert sie in der Abenddämmerung die Kais entlang. Die Lichter der holländischen Hafenstadt leuchten verheißungsvoll.
»Heute fängt mein Leben an«, flüstert Alexandra auf das ruhige Meer hinaus. Sie fühlt sich wunderbar frei und blüht in der Einsamkeit, die jedes andere junge Mädchen bedrückt hätte, sichtlich auf. Begeistert breitet sie die Arme aus:
»Große, weite Welt, ich komme!«

Ein neues Ziel

Zischend und pfeifend fährt die schwere Lokomotive in den Londoner Hauptbahnhof ein. Immer langsamer bewegen sich die starken Treib- und Kuppelstangen, dann, ein letzter Ruck, und das schwarze Ungetüm kommt zum Stehen. Fauchend dringt weißer Dampf aus dem Schornstein, dessen dichte Schwaden sich in Windeseile in der riesigen Bahnhofshalle verbreiten.

Alexandra, die es kaum erwarten kann, die britische Hauptstadt zu erobern, steht bereits in Hut und Mantel, das Gepäck in der Hand, an der Tür ihres Abteils und ist natürlich – wie könnte es anders sein – die erste Reisende, die aus dem Zug steigt.

»Miss David?«

Verwundert wendet sie sich um und sieht sich einer fremden Dame gegenüber, die sie liebenswürdig anlächelt.

»Mein Name ist Mrs. Morgan von der ›Gesellschaft der Höchsten Erkenntnis‹. Sie sind doch Alexandra David, nicht wahr?«

Herzlich umarmt Nini die Brieffreundin.

»Ich habe wirklich nicht erwartet, abgeholt zu werden. Wie reizend von Ihnen, Mrs. Morgan.«

Es zeigt sich schnell, daß Alexandras Ankunft auch sonst sehr umsichtig vorbereitet wurde. In der Pension der »Höchsten Erkenntnis« wird sie sogar von Mrs. Grant, der Vizepräsidentin der Gemeinschaft, persönlich in Empfang genommen und mit freundlichen Worten begrüßt. Gemeinsam führen Mrs. Morgan und Mrs. Grant das neue Mitglied in das für sie reservierte Zimmer.

»Morgen früh werde ich Ihnen die anderen Gäste unserer Gesellschaft vorstellen, ein rundes Dutzend sind es zur Zeit«, erklärt Mrs. Grant zum Abschied herzlich. »Bis dahin wünsche ich Ihnen eine gute Nacht.« Die Vizepräsidentin will die Tür bereits hinter sich schließen, als ihr noch etwas einfällt:

»Ach ja, Frühstück gibt es pünktlich um acht Uhr.« Noch ein freundliches Nicken, dann ist Alexandra allein. Zufrieden sieht sie, die weder mit einer derart herzlichen Aufnahme, noch mit einem so gemütlich möblierten Zimmer gerechnet hat, sich um und tritt dann ans Fenster. Es ist eine ruhige Straße, in der die »Höchste Erkenntnis« ihren Sitz hat und auf die sie nun hinabblickt, aber es ist zweifelsfrei eine Londoner Straße und übt damit, wie alles Fremde, auf Alexandra eine unwiderstehliche Faszination aus. Unwillkürlich fragt sie sich, wohin diese Straße wohl führen mag und ob es weit ist bis zur Themse und dem berühmten Buckingham Palace, in dem die mächtige Königin Viktoria residiert. Alexandra überlegt, ob sie sich sofort auf den Weg machen soll, um diese Rätsel zu ergründen, doch diesmal siegen die Vernunft und die Müdigkeit. Rasch packt sie ihre Koffer aus und sinkt dann erschöpft ins Bett. Die erste Nacht in meinem neuen Leben, denkt sie noch glücklich und ist auch schon eingeschlafen.

Es ist acht Uhr früh, als der Gong ertönt, der die Pensionsgäste an die gemeinsame Frühstückstafel ruft. Ein umfangreiches englisches Breakfast erwartet sie, und Alexandra bedient sich mit großem Appetit. Nach dem Frühstück wird sie von Mrs. Grant persönlich in die Salons des Gnostikerzirkels eingeführt, doch Alexandra ist von der nebulösen Räucherstäbchenatmosphäre, in der Isis-Kult und andere zweifelhafte Riten betrieben werden, mehr belustigt als beeindruckt. Ihr Hauptinteresse gilt vielmehr der umfangreichen Bibliothek der »Höchsten Erkenntnis« und dem Britischen Museum. Hier findet sich ein unerschöpfliches Reservoir an Wissen, das sie regelrecht beginnt, in sich aufzusaugen. Unermüdlich konsumiert Alexandra ein Buch nach dem anderen und bemüht sich gleichzeitig um die englische Sprache, die sie mündlich und schriftlich perfekt beherrschen möchte, was ihr in wenigen Monaten auch gelingt.

Kontakt zu anderen Mitgliedern der »Höchsten Erkenntnis« sucht Alexandra jedoch nicht. Meistens fühlt sie sich in der Gesellschaft von Büchern, manchmal in der von Bäumen, am wohlsten und ist froh, wenn die Menschen sie in Ruhe lassen.

»Sie leben sehr zurückgezogen, Miss David«, stellt ihre einzige Freundin, Mrs. Morgan, nach wenigen Wochen fest. »Fühlen Sie sich nicht wohl bei uns?«

»O doch, sehr sogar«, gibt Alexandra entschieden zurück. »Ich bin wirklich glücklich in London. Warum fragen Sie?«

»Nun, Sie beteiligen sich niemals an gemeinsamen Veranstaltungen unserer Gesellschaft«, erklärt Mrs. Morgan, »und zeigen sich unseren anderen Gästen gegenüber immer sehr distanziert.«

Alexandra lächelt entschuldigend.

»Ich muß zugeben, daß für mich das Zusammenleben mit diesen durchgeistigten Leuten, die sich immerzu von den Seelen Verstorbener oder jenen aus fernen Planetenwelten umgeben fühlen, nicht immer leicht

ist«, gesteht sie. »Vermutlich verstehe ich einfach zu wenig von diesen Dingen, denn eines Abends, als ich in einem der Salons in einem schweren Fauteuil Platz nahm, um mich ein wenig auszuruhen, brachen die übrigen Anwesenden in Schreckensrufe aus: ›*Stehen Sie sofort auf, Sie sitzen ja auf unserem Meister*‹, riefen sie, und ich machte, daß ich schleunigst davonkam.«
Mrs. Morgan muß über diese kleine Geschichte herzlich lachen, und Alexandra zuckt, gleichfalls amüsiert, mit den Schultern.
»Ich will wirklich niemanden verärgern, weder die unsichtbaren Meister noch ihre Jünger. Aber meine Interessen liegen einfach auf anderen Gebieten.«
»Ich verstehe«, nickt Mrs. Morgan belustigt und fährt nach einer Weile nachdenklich fort: »Haben Sie eigentlich schon einmal von der ›Theosophischen Gesellschaft‹ gehört, meine Liebe?«
Alexandra schüttelt verneinend den Kopf.
»Die Theosophen haben es sich zur Aufgabe gemacht, eine universelle Bruderschaft ohne Rücksicht auf Rasse, Geschlecht oder Hautfarbe zu bilden«, erklärt Mrs. Morgan und hat sofort die ungeteilte Aufmerksamkeit der Freundin. »Sie fördern das vergleichende Studium von Religionen, Philosophien und Wissenschaften – vor allem asiatische –, erforschen die verborgenen Kräfte des Menschen und die unerklärten Naturgesetze. Auf der ganzen Welt gibt es mittlerweile Niederlassungen der Theosophen mit Pensionen, die der diesen ähnlich sind. Im übrigen, auch ich bin ein Mitglied dieser Gesellschaft.«
Alexandra ist fasziniert. Für sie, die ja an allem Interesse hat, was aus Asien kommt, und sich nichts sehnli-

cher wünscht, als weite Reisen durch den Orient zu unternehmen, ein außerordentlich kostbarer Hinweis. Ohne Zögern beschließt sie, gleichfalls Mitglied der Theosophen zu werden. Zwar nimmt sie an den Übungen des Handlinien-Lesens, des In-die-Kristallkugel-Starrens und des Tische-Rückens nicht teil, weil sie ihr reichlich albern erscheinen, doch das Archiv und die Bibliothek der Theosophischen Gesellschaft finden ihre uneingeschränkte Begeisterung.

Hier bekommt Alexandra den ersten Zugang zu den asiatischen Geheimlehren, macht Bekanntschaft mit Sanskrit, Pali und Zen. Sie vergräbt sich in Abhandlungen über die »höchste Wahrheit« und die »Erlösung des Menschen«, liest die »Bhagavadgita«, den Gesang des Erhabenen, und die Schriften von Raja-Yoga.

»Leider sind die Originale alle in Sanskrit geschrieben«, erklärt Alexandra ihrer Freundin. »Ich muß mich also mit den Übersetzungen begnügen und kann nur hoffen, daß die Übersetzer sehr sorgfältig gearbeitet haben. Ach, wenn ich doch nur selbst dieser Sprache mächtig wäre. Aber es will sich weit und breit kein Lehrer dafür finden.«

Mrs. Morgan muß unwillkürlich über den Wissensdurst der unermüdlichen Alexandra lächeln.

»Ich wüßte sogar zwei Herren, die als wirkliche Koryphäen dieser Sprache gelten«, erklärt sie schließlich. »Es sind zwei Professoren namens Silvain Lévi und Edouard Foucaux. Allerdings leben beide in Paris und halten dort Vorlesungen an der Sorbonne und am Collège de France.«

Paris! Immer noch, nach all den Jahren der Abwesenheit, ein Zauberwort für Alexandra, die sich, da sie in der Nähe der französischen Hauptstadt geboren wurde, selbst als Pariserin empfindet. Nachdenklich blickt sie die Freundin an.

»Die Theosophen haben doch sicher auch in Paris eine Niederlassung, nicht wahr?«

Mrs. Morgan lächelt amüsiert. Sie weiß genau, was nun kommen wird.

»Die Theosophen haben in jeder bedeutenden Stadt auf der Welt eine Niederlassung, also natürlich auch in Paris. Warum fragen Sie? Spielen Sie mit dem Gedanken, London zu verlassen?«

Alexandra hat ihre Entscheidung bereits getroffen und nickt nachdrücklich.

»Ich werde zwar noch die Erlaubnis meiner Eltern einholen müssen, aber ich denke, das ist eine reine Formsache. Immerhin haben sie zu London ›ja‹ gesagt, warum sollten sie mir Paris verwehren?«

Mit diesen Worten soll Nini recht behalten. Die Eltern zeigen sich von den neuesten Plänen ihrer Tochter zwar nicht gerade begeistert, doch da es auch in Paris eine preiswerte Unterkunft geben wird, bleibt ihnen kein Argument, diese Reise zu verbieten.

Alexandra hätte tanzen mögen vor Glück. Paris, ihr geliebtes Paris. Endlich würde sie wieder dorthin zurückkehren.

Der Sitz der Theosophischen Gesellschaft in Paris befindet sich am Boulevard Saint Michel 30, einem alten und schon ziemlich baufällig wirkenden Gebäude. Doch Alexandra hat sich noch nie für Äußerlichkeiten interessiert, und auch der Geruch nach Moder, Staub und angebranntem Kohl, der ihr entgegenschlägt, als sie das Haus betritt, kann sie nicht abschrecken.

Ihre Wirtsleute, eine Zwergin und ein kahlköpfiger Riese, der sich für einen Abgesandten der Mondwesen hält, heißen sie herzlich willkommen. Wenn Alexandra sich auch wundert, aus der Fassung bringen läßt sie sich nicht von diesen Leuten, ebensowenig von dem kargen Abendessen, das aus einem Teller dünner Kartoffelbrühe, einem Stückchen Käse und einem runzligen Apfel besteht, oder dem winzigen, fensterlosen Zimmer, daß ihr zugewiesen wird. Das einzige, was sie wirklich vermißt, ist die fehlende Bademöglichkeit. Ersatz dafür bietet jedoch ein nur wenige Schritte entferntes Badehaus. Damit gibt sich die anspruchslose Alexandra gern zufrieden. Schließlich ist sie nach Paris gekommen, um zu studieren und nicht, um es sich bequem zu machen.

Wieder einmal beginnt ein ganz neues Leben für Mademoiselle David. Tagsüber studiert sie wie eine Besessene an der Sorbonne und am Collège de France bei den Professoren Lévi und Foucaux vergleichende Religionswissenschaft, Sanskrit und chinesische Schriftsprache. Außerdem versucht sie, sich täglich 20 Wörter aus vier verschiedenen Sprachen beizubringen, und rechnet sich aus, daß sie auf diese Weise 7300 Wörter pro Sprache und Jahr in ihr Vokabular aufnehmen kann. Und als ob das alles noch nicht genug wäre, nimmt sie auch – nur zur Entspannung – ihr Musikstudium wieder auf und beginnt, ihre Stimme ausbilden zu lassen.
Die Nächte jedoch verbringt Alexandra in der Küche ihrer Wirtsleute. Der Abgesandte der Mondwesen – »Ich bin ein Erleuchteter und meine vollkommene Kahlheit ist für intellektuelle Vibrationen besonders

empfänglich« – holt nämlich jeden Abend die wunderbare Bhagavadgita aus seinem Kasten, die sie dann gemeinsam lesen. Meist leisten ihnen dabei einige Jünger Gesellschaft: eine Herzogin von Pomars, die vorgibt, von Maria Stuart Botschaften zu erhalten, sowie einige Pythagoreer in wallenden weißen Gewändern, die in der Wohngemeinschaft gegenüber leben. Bis zum Morgengrauen sitzt man zusammen, praktiziert gemeinsam »geistige Begegnungen« und trinkt, um den eigenen Geist wachzuhalten, literweise starken Kaffee.
Eine sonderbare Veränderung geht mit Alexandra vor. Sie schläft wenig, arbeitet zuviel und ernährt sich schlecht. Theosophie, Okkultismus, Esoterik, Anarchismus, Sozialismus, Religionen und Philosophien geistern ihr durch den Kopf und erzeugen immer mehr Verwirrung statt Klarheit.
Als sie ihren langersehnten »Unabhängigkeitstag«, ihren 21. Geburtstag feiert, befindet sich Alexandra in einer schweren Krise. Verzweifelt sucht sie sich selbst und findet – nichts! Sie beginnt an allem zu zweifeln. »Wozu dient eine Kirche«, fragt sie, »wenn nicht, um aus ihr in schweren Stunden Kraft zu schöpfen? Die meine nützt mir im Augenblick gar nichts.«
Sie, die auf ihrer Suche nach dem Licht in die tiefsten Schatten gestürzt ist – man verkehrt eben nicht ungestraft in den Welten der dunklen Geheimnisse –, hat schwere innere Kämpfe auszufechten.
Alexandra fühlt sich von der Nichtigkeit ihres Lebens niedergeschmettert, empfindet sich der Weisheit, die sie ununterbrochen in sich hineinliest, unwürdig und glaubt, mit 21 Jahren, ihr Leben verfehlt zu haben. In Gedanken spielt sie sogar mit Selbstmord, aber nach-

dem sie sich eine Weile mit dem Thema beschäftigt hat, verzichtet sie darauf.
»Sterben, wozu? Um vielleicht wiedergeboren zu werden, ein anderes Dasein führen zu müssen und noch mehr zu leiden?«
Schließlich gelingt es Alexandra jedoch mit Hilfe des Musée Guimet, ihr Leben wieder in beide Hände zu nehmen. In diesen erhabenen Hallen, in denen eine bedeutende Sammlung fernöstlicher Kunst zusammengetragen worden ist, gewinnt sie Ruhe und Frieden zurück.
Schon der Eingang findet ihre ungeteilte Begeisterung: eine große Steintreppe, die zu den Sälen emporführt und deren Aufgänge beidseitig mit wunderschönen Fresken geschmückt sind. Ganz Asien tritt Alexandra aus diesen bemalten Wänden entgegen.
Im Musée Guimet vertieft sie sich in das heilige Buch der Buddhisten und wird gefangengenommen von der Lehre Buddhas.

Die größte Hoffnung, die er den Menschen bringt, ist die, daß jeder ein Erleuchteter werden kann, schreibt Alexandra an ihre Freundin, Mrs. Morgan in London. *Und er fordert uns auf: »Sei dir dein eigenes Licht! Sei dir deine eigene Zuflucht!« Ich werde versuchen, diesen Worten Folge zu leisten. Endlich habe ich wieder ein Ziel vor Augen.*

Hartnäckig erkämpft Alexandra sich nun ein Wissen, aus dem sie Heilung schöpft, und mit Begeisterung entdeckt sie schließlich zwischen den Seiten der buddhistischen Schriften das Licht, nach dem sie strebt, ihre wahre Heimat.
Wie in Trance eilt Alexandra zu der großen Buddha-

statue, die sich in dem Hauptsaal des Museums befindet, legt nach asiatischem Brauch die Handflächen an die Stirn und wirft sich ihr – ungeachtet der anderen Besucher – zu Füßen.
»Ich verbeuge mich vor der Lehre, die du verkörperst«, murmelt sie inbrünstig. »Und will ihr von nun an folgen, solange ich lebe.«
Ihr größter Wunsch, nach Asien zu reisen und das tatsächliche Leben hinter den Büchern kennenzulernen, wird nun natürlich immer stärker. Doch so eine Reise kostet viel Geld. Geld, über das Alexandra nicht verfügt und, sollte kein Wunder eintreten, in absehbarer Zeit auch nicht verfügen wird.
Nun, Mademoiselle David ist geheilt, sie glaubt nicht mehr an Wunder. Und dennoch wird 18 Monate später völlig unvermutet ein Ereignis eintreten, das ihr die lang ersehnte Reise trotz allem ermöglicht.

Ceylon, Indien und zurück

Als erstes Zeichen dieser neuen, unvorhersehbaren Entwicklung flattert Alexandra ein Brief ins Haus. Ein kleines, unscheinbares Kuvert mit dem Namen des Vaters als Absender, das durch nichts zu unterscheiden ist von den anderen, bereits dutzendfach erhaltenen Briefen aus dem Elternhaus. So entfaltet Alexandra also, völlig unvorbereitet, das Schreiben, liest die Zeilen und sieht sich plötzlich Neuigkeiten gegenüber, die ein wahres Durcheinander von widerstreitenden Gefühlen in ihr auslösen.

Deine Patin ist gestorben, schreibt Louis David seiner Tochter, *und sie hat Dir eine beträchtliche Summe hinterlassen. Da Du volljährig bist, kannst Du natürlich frei über dieses Geld verfügen, aber Deine Mutter und ich raten Dir, Dein Vermögen gewinnbringend anzulegen und Dir somit ein angenehmes, regelmäßiges Einkommen zu sichern.*

Alexandra ist völlig durcheinander, legt das Schreiben aus der Hand und tritt an das Fenster, um auf den nächtlichen Boulevard Saint Michel hinabzusehen. Das vorrangigste Gefühl, das sich ihr im Augenblick aufdrängt, ist die Trauer um ihre Patin. Sicher, sehr nahe haben sie sich niemals gestanden. Aber im Grunde genommen, die Patin ist immer freundlich zu ihr gewesen und hat sich stets bemüht, im Gegensatz zu der übrigen Verwandtschaft mütterlicherseits, ihre exzentrische Nichte zu verstehen. Mußte man demzufolge nicht auch die Erbschaft als ein letztes Zeichen ihrer Zuneigung sehen?

Ja, jetzt ist Alexandra ganz sicher. Die Patin will mit diesem Vermächtnis eine Angelegenheit ordnen, die ihr, Nini, schon lange auf der Seele brennt: die finanzielle Abhängigkeit von den Eltern!
Alexandras Gedanken drehen sich im Kreis. Natürlich, die Versuchung, von den Zinsen zu leben, ist groß. Aber ist ihr Fernweh nicht noch viel größer? Mit dem Geld der Patin wäre sie endlich in der Lage, sich den sehnlichsten Wunsch zu erfüllen: eine Reise nach Asien.
Alexandra ist unschlüssig wie selten in ihrem Leben. Tagelang ringt sie um eine Entscheidung, so daß ihre innere Zerrissenheit natürlich auch ihren Wirtsleuten nicht verborgen bleiben kann.
»Ich kenne einen jungen Mann«, erklärt ihr glatzköpfiger Gastgeber daher eines Abends, »der in einer ähnlichen Situation nach einem Hilfsmittel griff, das ihm einen klärenden Traum bescherte.« Mit aufforderndem Lächeln hält er ihr ein weißes Stäbchen entgegen. »Das ist eine Zigarette, deren Tabak mit dem Harz des indischen Hanfes vermischt wurde. Ein Rauschmittel. Man nennt es Haschisch.«
Alexandra beschließt, das Experiment zu wagen, raucht die erste und einzige Haschischzigarette ihres Lebens und trifft anschließend die Entscheidung:
»Wer weiß, ob ich jemals wieder über einen Geldbetrag in dieser Höhe verfügen werde«, erklärt sie ihren Wirtsleuten. »Darum sollte ich auf jeden Fall die Gelegenheit nutzen, sonst komme ich am Ende niemals nach Asien.«
Die Zwergin und der Riese geben Alexandra recht und sind es zufrieden, ihr mittels des Hanfharzes bei der Entscheidung behilflich gewesen zu sein. Doch

Alexandra weiß ganz genau, daß die Haschischzigarette wenig mit diesem Entschluß zu tun hat. Sie wäre auf jeden Fall gefahren, ja, sie hätte gar nicht anders gekonnt, denn der Ruf Asiens ist für sie nun einmal unwiderstehlich.
Nun gilt es auszuwählen, welches der ersehnten Länder Alexandra bereisen will. Sie entscheidet sich schließlich nach langem, sorgfältigem Abwägen für Ceylon und Indien. Natürlich ist Madame David entsetzt über die Pläne ihrer Tochter.
»Sie sind eine junge, unverheiratete Dame von 23 Jahren und können unmöglich eine so weite Reise alleine unternehmen. Nicht auszudenken, was Ihnen alles geschehen, was für unvorhergesehene Zwischenfälle sich ereignen können.«
Doch Alexandra, die bereits als Kind nicht auf ihre Mutter gehört hat, denkt nicht daran, nun als Erwachsene damit anzufangen. Unbeirrt schifft sie sich in Marseille ein und zieht sich sogleich in ihre Einzelkabine zurück. Sie will allein sein mit ihrem Glück, es mit keinem Menschen teilen müssen. Und um das neue Kapitel ihres Lebens mit der nötigen Würdigung und Klarheit zu beginnen, aber auch, weil sie zum Essen viel zu aufgeregt ist, beschließt sie, am ersten Abend ihrer Reise zu fasten.

Die Stunden vergehen, und Alexandra wartet geduldig, bis die übrigen Passagiere sich zum Schlafen niedergelegt haben, es an Deck ruhig geworden ist. Dann erst verläßt sie ihre Kabine und geht hinaus, um ihre erste Nacht im Freien zu verbringen, allein mit Himmel, Sternen und Meer.
Viele Stunden steht sie an der Reling, am Bug des

Schiffes, und träumt gen Osten ihrem noch weit entfernten Ziel entgegen.
In den nächsten Tagen bemühen sich die anderen Passagiere immer wieder, mit Alexandra ins Gespräch zu kommen, aber da sie auf ihre Fragen – wenn überhaupt – nur kurze, abweisende Antworten bekommen, lassen sie diese sonderbare junge Frau bald in Ruhe. So bleibt es denn auch während der ganzen Überfahrt und Alexandra kann sich ungestört der Lektüre hinduistischer und buddhistischer Texte widmen. Ein besonderer Genuß sind die Landaufenthalte in Alexandria, Port Said und Aden, wo sie sich unbehelligt von ständig plappernden Mitreisenden nach Herzenslust umsehen kann. Nein, Mademoiselle David braucht die Menschen nicht und bringt es sogar auf einem vollbesetzten Passagierdampfer fertig, allein zu sein.

Alexandra steht auf ihrem Lieblingsplatz am Vordersteven des Schiffes und blickt zum Horizont. Land ist schon seit einer Weile zu sehen, aber nun kann man bereits erste Einzelheiten erkennen: den weißen Sandstrand, die üppige Vegetation, die Umrisse einer Stadt – Colombo!
Am faszinierendsten für Alexandra ist jedoch die Helligkeit, die sie, die Lichthungrige, noch niemals in einer derartig strahlenden Fülle erlebt hat. Ihre Augen können sich kaum sattsehen an so viel paradiesischer Schönheit. Immer deutlicher zeichnet sich nun der Clock Tower an der Hafeneinfahrt Colombos ab, und dann ist es endlich soweit: Alexandra betritt ihr »gelobtes Land«, sieht sich mit leuchtenden Augen um und ist trunken vor Glück.

Colombo, diese vom Ozean umgebene Stadt inmitten von Palmen, ist nicht sehr groß, schreibt Alexandra ihrem Vater nach Hause. *Vielleicht habe ich schon deshalb nicht den Eindruck, wie in London und Paris, mich in einem erstickenden Gefängnis zu befinden. Zunächst bin ich im noblen Hotel Oriental abgestiegen, werde aber später, aus Gründen der Sparsamkeit, in eine Niederlassung der Theosophischen Gesellschaft umziehen. Denn natürlich, eines ist klar, auch diese Reise kann nur solange währen, bis mein Geld aufgebraucht ist.*

Wie Indien gehört auch Ceylon zu England, und Königin Viktoria scheint allgegenwärtig. Ihr Standbild steht auf allen Plätzen und an allen Straßenecken. Und trotzdem, auch der Orient ist verfügbar und findet sich am deutlichsten in der Pettah, dem Basarviertel.
Alexandra, herausgeputzt mit der Uniform der viktorianischen Kolonialdamen – weißer Helm, weißes Kleid, weiße Handschuhe und, unentbehrlich, weißer Sonnenschirm – wandert durch die unzähligen engen Gassen und saugt die leuchtenden Farben und aromatischen Düfte förmlich in sich hinein. Früchte, Gewürze, Tee, Reis, handgewebte Saris, Haushaltsgegenstände und vieles mehr werden hier feilgeboten, und fliegende Händler breiten Saphire, Mondsteine und Elfenbein vor ihr aus.
»Sie kaufen, Mem Sahib. Allerbeste Ware.«
Aber Alexandra ist fest entschlossen, ihr Geld zusammenzuhalten und jede Rupie dreimal umzudrehen, bevor sie sie ausgibt. Statt dessen gönnt sie sich lieber eine Tasse des preiswerten aromatischen Ceylon-Tees und genießt, während sie in einem Tee-Pavillon sitzt und die vorbeiflanierenden Menschen beobachtet, die

Atmosphäre dieser herrlichen Stadt. Alexandra hat jedoch diese weite Reise nicht gemacht, um es sich wohlgehen zu lassen. Ihr steht auch nicht der Sinn nach der großen Touristenattraktion »Adams Peak«, dem Berg, zu dem sich, so sagt jedenfalls die Legende, Adam nach seiner Vertreibung aus dem Garten Eden geflüchtet hat und auf dessen Gipfel noch heute seine Fußabdrücke zu sehen sind.
Alexandra beginnt ihre mystische Pilgerreise mit der Entdeckung der Tempel Colombos und Kelanijas. Doch ihre erste Begegnung mit dem »wahren Leben« hinter den Büchern verläuft dann ganz anders als erhofft.
Im Tempel von Kelanija, der sagenhafte Schätze beherbergt, findet sie die erste Buddha-Statue ihrer Reise und ist entsetzt. Die Figur ist mit einer glänzenden, kanariengelben Farbe übertüncht und derart entstellt, das sie den Buddha, für dessen Lehre sie sich geöffnet hat, nicht wiedererkennt. Fassungslos muß Alexandra feststellen, daß die meisten Buddhas auf der Insel mit dieser knallgelben Farbe angestrichen sind und beschließt konsequent, keine weiteren Statuen zu besichtigen.
»Ceylon ist ein wunderbares Land«, erklärt sie dem Leiter des theosophischen Hauses zum Abschied, »und ich werde ganz gewiß irgendwann einmal zurückkehren, um mir mehr Zeit für Land und Leute zu nehmen. Aber nun kann ich es kaum noch erwarten, nach Indien, in das Land der tausend Wunder, zu kommen.«
Um nach Indien zu gelangen, muß der Golf von Mannar überquert werden. Alexandra entscheidet sich für eine Fährverbindung, die von Colombo in die südin-

dische Stadt Tuticorin führt. Eine Nacht soll die Reise dauern, eine Nacht, die zu einem endlosen Alptraum wird. Sobald der Dampfer Ceylon verlassen hat, zieht nämlich ein orkanartiger Sturm auf, der das Meer zu gewaltigen Wogen aufpeitscht. Hilflos wird das Schiff, einer Nußschale gleich, von den Wellen hin und her geworfen. Zwar läßt der Kapitän sorgfältig alle Luken schließen, aber abgesehen davon, daß die Luft unter Deck nun zum Ersticken ist, dringt das Wasser trotzdem durch den Laderaum ein. Es vertreibt die Ratten aus ihren Schlupfwinkeln, und bald tummeln sich die ungeliebten Nager in Gängen, Kabinen und im Speisesaal.

Alexandra und drei Missionare sind die einzigen europäischen Passagiere an Bord und die einzigen, die Kabinen belegt haben. Auf dem Rest des Schiffes drängen sich die Einheimischen. Die Seekrankheit verschont jedoch niemanden, und so müssen sich die Reisenden die ganze Nacht mit Übelkeit und Brechreiz herumquälen.

Der Sturm wird immer heftiger, und immer mächtigere Wellen überfluten das Schiff.

»Wenn man wenigstens an Deck gehen könnte, um frische Luft zu schöpfen«, stöhnt Alexandra verzweifelt. »Alles wäre gewiß einfacher zu ertragen.«

Die Missionare bleiben ihr jedoch eine Entgegnung schuldig. Sie fühlen sich einfach zu elend zum Sprechen.

Als Tuticorin am nächsten Morgen in Sicht kommt, wird die See endlich ruhiger. Das Schiff läuft in den Hafen ein und entläßt seine schwankenden Passagiere auf festen Boden. Auch die drei Missionare sehen denkbar mitgenommen aus und können sich nur mühsam auf den Beinen halten. Die erlittenen Strapazen und die Seekrankheit stehen den Menschen noch deutlich im Gesicht geschrieben, und sie setzen sich, kaum daß sie das Schiff verlassen haben, ganz einfach in den Sand.

Fassungslos beobachten sie wenig später Miss David, die gerade, ausnahmsweise einmal als letzte, das Schiff verläßt und tatsächlich einen beachtlichen Kontrast zu ihrer eigenen Schwäche bietet: Sie ist in makelloses Weiß gekleidet, wirkt ausgeruht und frisch wie der junge Tag und sieht sich aufmerksam und strahlend vor Unternehmungslust um. Es ist sehr heiß, und die meisten der niedrigen, weißgetünchten Hütten des Ortes ducken sich unter die nur mäßigen Schatten spendenden Kokospalmen. In der Ferne kann man ein Wasserloch erkennen, an dem die Frauen ihre Wäsche auf flache Steine schlagen und in dessen seichtem Wasser Kühe und Büffel waten. Das Hafenbecken wird an der Küste durch schneeweißen Sandstrand begrenzt, auf dem sich schlanke Palmen im leichten Seewind wiegen. Begeistert nimmt Alexandra die Landschaft in sich auf. O nein, selbst von einem handfesten Orkan läßt sie sich nicht die Freude verderben. Endlich ist sie in Indien. Es ist kein Traum mehr, sondern Wirklichkeit.

Mit festen Schritten schlägt Alexandra den Weg zum Bahnhof ein und besteigt den Zug nach Madurai. Noch vor der Abfahrt läßt sie sich im Speisewagen nieder, bestellt eine Portion Gemüsecurry, den sie, zusammen mit Unmengen von gebutterten Toasts, mit großem Appetit verspeist und trinkt dazu etliche Tassen Tee .

Die Missionare, die mit ihr gemeinsam die Überfahrt

durchlitten haben, betreten langsam und immer noch ein wenig unsicher auf den Beinen den Speisewagen und beobachten verblüfft Alexandras ausgedehntes Mahl.

»Sie können jetzt essen?« fragt einer von ihnen fassungslos. »Aber Ihnen ging es in der letzten Nacht ebenso elend wie uns.«

Alexandra lacht und winkt gleichmütig ab.

»Gut, ich bin krank gewesen«, antwortet sie. »Aber jetzt ist es vorbei, und jetzt habe ich Hunger.«

Wenig später setzt sich der Zug in Bewegung und erreicht nach mehrstündiger Fahrt Madurai. Nachdem Alexandra sich eine Herberge gesucht hat, macht sie sich, ohne eine Rast einzulegen, auf den Weg, den riesigen Meenakshi-Tempel mit seinen fünf, mit Götterfiguren und Fabelwesen geradezu atemberaubend üppig beladenen Tortürmen zu besichtigen. Die gesamte Tempelanlage, die Stadt in der Stadt, wird von einer hohen Mauer umgeben, die dem ganzen Bereich eine große Ruhe verleiht.

Alexandra wandert durch das mit Heiligtümern angefüllte Labyrinth von Höfen, Gängen und Sälen und atmet sie tief in sich ein, diese Welt, nach der sie sich gesehnt hat, solange sie denken kann. Ganz weit öffnet sie ihren Geist, fest entschlossen, sich auch nicht eines dieser Wunder entgehen zu lassen.

Das nächste Reiseziel ist Benares, und auf den Ufertreppen des Ganges, den sogenannten Ghâts, beobachtet Alexandra die Sadhus – heilige Männer – und Sannjasins – die Enthaltsamen. Sie alle entsagen den drei Welten, der Welt der Menschen, der Welt der

Ahnen und der Welt der Götter. Diese Asketen verkörpern für Alexandra ein Ideal, schon allein deshalb, weil der Verzicht für sie, im Gegensatz zu ihren christlichen Brüdern, kein Opfer, sondern Erfüllung bedeutet. In Benares begegnet Alexandra auch dem Swami Baschkarananda, einem alten Asketen, der nackt in einem Rosengarten lebt. Er ist es, der die junge Französin in die indische Gedankenwelt einführt, der sie die Kunst der Meditation lehrt, denn das Indien, das sie auf dieser Reise sucht, ist nicht etwa das Indien der Engländer oder der Maharadschas, es ist das Indien der Weisen und Asketen.

Als Alexandra weiterzieht, legt ihr Baschkarananda zum Abschied ein orangefarbenes Tuch in der Ritualfarbe der Sannjasins um die Schultern. Der alte Mönch hätte ihr keine größere Freude machen können.

»Werden wir uns einmal wiedersehen, Swami?«

Alexandras Trennungsschmerz ist nicht zu überhören.

Baschkarananda lächelt weise und flüstert ihr einige Worte zu, die sie demütig den Kopf senken lassen.

Die nächste Station auf Alexandras Reise ist Adjar, wo sich das Hauptquartier der Theosophischen Gesellschaft Indiens befindet. Ursprünglich hat sie geplant, bis nach Nepal, dem Geburtsland Buddhas, zu reisen. Doch da das Geld langsam knapp wird, muß sie darauf verzichten und nimmt sich vor, diese Reise irgendwann einmal nachzuholen. Trotzdem gelangt sie noch bis Darjeeling im äußersten Norden Indiens, bis an die Grenze von Sikkim, von wo aus sie das Gebirgsmassiv des Kangchenjunga sehen kann. Nach achtzehn Monaten besitzt Alexandra keine einzige Rupie mehr und muß wohl oder übel nach Europa zurückkehren.

Als das Schiff, das sie heimbringen wird, in See sticht, steht Alexandra regungslos an der Reling und blickt mit Tränen in den Augen zurück.
»Ich werde wiederkommen, ganz gewiß«, flüstert sie und denkt unwillkürlich an die Abschiedsworte des alten Swami aus dem Rosengarten in Benares:

»Wer kann wissen, was morgen ist? Die Unbeständigkeit ist das Gesetz allen Lebens. Vergiß das nie.«

Eine Karriere in Indochina

Wie zutreffend diese letzten Worte Baschkaranandas sind, stellt sich heraus, als Alexandra in die Heimat zurückkehrt. Bevor sie in Paris ihre Studien wieder aufnimmt, reist sie nach Brüssel, um ihren alten Freund Elysée Reclus aufzusuchen, ihm von ihren indischen und ceylonesischen Abenteuern zu berichten und natürlich, um ihre Eltern zu begrüßen. Alexandrine und Louis David sind glücklich, ihre Tochter gesund wiederzusehen, müssen ihr jedoch eine bittere Neuigkeit mitteilen:

»Es tut uns leid, Nini, aber ...« Der Vater zögert, und da es ihm offensichtlich sehr schwer fällt, das auszusprechen, was gesagt werden muß, fährt Alexandrine niedergeschlagen fort:

»Es wäre doch klüger gewesen, wenn Sie Ihre Erbschaft nicht so gedankenlos verschwendet hätten, meine Liebe«, erklärt sie. »Sie werden sich nämlich nach einer eigenen Einnahmequelle umsehen müssen, da Ihr Vater unglücklich in das Panama-Kanal-Projekt investiert und unser ganzes Vermögen verspekuliert hat. Wir werden in Zukunft also nicht mehr in der Lage sein, Sie finanziell zu unterstützen.«

Bei aller Fassungslosigkeit, die Alexandrine über diese Tatsache verspüren muß, scheint es doch, als schwinge auch ein winziger Hauch von Schadenfreude in ihren Worten mit. Das hast du nun davon, scheint sie zu denken. Du hättest besser auf mich hören sollen.

Alexandra nimmt diese Eröffnung jedoch gelassen hin und reist bald darauf nach Paris zurück. Da ihr Zimmer bei den theosophischen Wirtsleuten natürlich zwischenzeitlich anderweitig vergeben wurde, ist sie gezwungen, sich eine kleine Wohnung zu mieten. Es ist nichts Großartiges, was sie sich leisten kann, nur ein kleines Hinterhausquartier im fünften Stock, direkt unterm Dach, aber immerhin, ihr erstes eigenes Zuhause.

Alexandra ist zufrieden, nimmt ihre Studien wieder auf und beginnt, ihre Reisenotizen zu ordnen. Sie schreibt unter dem Pseudonym »Mitra« mehrere Artikel, um sie verschiedenen Zeitschriften anzubieten. Der eine oder andere wird auch veröffentlicht, aber die Honorare sind zu gering, als daß sie davon leben könnte.

»Bitte verzeihen Sie, wenn ich störe, aber ...«

Eine junge, zarte Frau, mit auffallend schönen, schwarzen Haaren und einem sehr blassen Gesicht, steht eines Abends vor Alexandras Tür.

»Ich ... Mein Name ist Giuseppa Rizzo«, stottert sie unsicher. »Ich bewohne das Appartement neben Ihnen und wollte Sie fragen... Dürfte ich Sie vielleicht zum Abendessen einladen? Es ist bereits alles angerichtet.«

Mit einer einladenden Geste weist sie auf ihre geöffnete Wohnungstür. Es ist allein die Einsamkeit, die Giuseppa an Alexandras Tür hat klopfen lassen. Die junge Italienerin, die in der Hoffnung nach Paris gekommen ist, als Sängerin Karriere zu machen, ist ganz allein in der Stadt und versucht auf diese Weise, ihrer ebenfalls allein lebenden Nachbarin näher zu kommen.

Alexandra weiß nicht recht, wie sie sich verhalten soll.

Auf der einen Seite empfindet sie diesen Besuch als störend, denn natürlich ist sie gerade mit ganz anderen Dingen beschäftigt. Auf der anderen Seite jedoch fühlt sie Mitleid mit dieser zarten, sich menschliche Nähe und Ansprache wünschenden jungen Frau. Sie willigt also ein und folgt Giuseppa an einen appetitlich gedeckten Tisch.

Man ißt zusammen, redet ein wenig und stellt recht schnell eine Gemeinsamkeit fest: die Liebe zur Musik. Voller Staunen erfährt Giuseppa von dem Piano in Alexandras Wohnung, das diese schon als Kind von den Eltern geschenkt bekam, und ist einfach entzückt, als sie Alexandra das erste Mal singen und spielen hört.

»Mit Ihrer Stimme könnten Sie den Gesang zu Ihrem Beruf machen«, ruft sie aus. »Ich verstehe etwas davon, denn ich habe Musik studiert. Mein sehnlichster Wunsch ist natürlich das Opernfach. Bisher habe ich jedoch leider noch kein Engagement gefunden und muß mich darum als Salonsängerin durchs Leben schlagen. Am Sonntagnachmittag habe ich wieder einen Auftritt und könnte noch sehr gut eine Partnerin gebrauchen. Wie wär's, hätten Sie nicht Lust, mich zu begleiten?«

Alexandra willigt ein und verdient sich von nun an ihren Lebensunterhalt, indem sie in vornehmen Häusern Romanzen und hübsche Arien zur Unterhaltung der adligen und reichen Herrschaften singt.

Jung, hübsch und mit einer herrlichen Sopranstimme ausgestattet, kann sie bald erste Erfolge verzeichnen und hat keine Schwierigkeiten, immer neue Engagements zu bekommen.

»Du brauchst unbedingt einen Künstlernamen«, stellt

Giuseppa – man ist inzwischen zu einer vertrauten Anrede übergegangen – eines Tages fest. »Mademoiselle David – das ist einfach nicht klangvoll genug.«
Alexandra muß ihr Recht geben und wählt schließlich, in Anlehnung an eine Gestalt aus Les Misérables, den Namen »Myrial« für sich aus. Zwar heißt die Figur in dem Stück von Victor Hugo, dem alten Freund ihres Vaters, den sie schon immer sehr bewundert hat, Monsieur Myriel, aber ein wenig künstlerische Freiheit, davon ist sie überzeugt, wird er ihr sicher nicht übelnehmen.
Alexandra, die Perfektionistin, gibt sich jedoch mit den kleinen Erfolgen nicht zufrieden. Salonsängerin – was ist das schon? Die unterste Sprosse auf der Karriereleiter. Um höher hinaufsteigen zu können, muß man ins Opernfach wechseln, benötigt, neben dem Können natürlich, eine richtige Bühne in einem richtigen Theater und – eine Portion Glück, denn die Konkurrenz ist groß. Da Alexandra auf alles vorbereitet sein will, nimmt sie nun ernsthaft ihre Gesangsstudien wieder auf. Mit Giuseppa zusammen lernt sie außerdem in ihrer kleinen Wohnung die Arien aus Carmen, Rigoletto und den Perlenfischern und denkt dabei an Baschkarananda und seine Abschiedsworte:
»Wer kann wissen, was morgen ist? Die Unbeständigkeit ist das Gesetz allen Lebens.«
Nein, das wird sie niemals vergessen.

Natürlich verdient Alexandra mit ihren Auftritten in den Salons kein Vermögen, aber immerhin kann sie sich über Wasser halten und bringt es auch noch fertig, sich über ihre eigenen Entbehrungen lustig zu machen.

»Heringstage sind es«, erklärt sie Giuseppa. »Heute habe ich beim Kolonialwarenhändler ein Dutzend Heringe anschreiben lassen. Ich werde sie mir einlegen und Tag für Tag, morgens und abends, mit einem sparsamst abgemessenen Stück meine Pellkartoffeln würzen.«
»Eine ausgezeichnete und nachahmenswerte Idee«, gibt Giuseppa kichernd zu. »Das Rezept muß ich mir unbedingt merken, damit ich dem Leiter der Pariser Oper dieses Gericht servieren kann, wenn er mir das nächste Mal seine Aufwartung macht.«
Die beiden Frauen brechen in herzliches Gelächter aus.

Aufgeregt klopft Giuseppa wenige Tage später an Alexandras Tür.
»Ich habe uns für ein Vorsingen angemeldet«, erklärt sie atemlos. »Es wird ein ganzes Ensemble gesucht, für ein Theater in den Kolonien. Komm schnell, das ist unsere Chance.«
Und sie haben tatsächlich Glück. Ihre Stimmen gefallen, und sie werden beide engagiert. Alexandras Art zu arbeiten und intensive Studien zu betreiben, haben sich einmal mehr bezahlt gemacht, und sie, die sogar die Rolle der weiblichen Hauptdarstellerin bekommen hat, kann ihr Glück kaum fassen. Sicher, es ist nicht gerade die Pariser Oper, sondern ein Engagement, das man sich weiter entfernt kaum vorstellen kann: Hanoi!
Alexandra jubelt. Für sie ist Hanoi fast noch schöner als Paris. Endlich kann sie wieder nach Asien zurückkehren.

Das Theater-Ensemble besteigt das Schiff in Marseille, um sich in Richtung Tonking einzuschiffen. Alexandria, Port Said, Aden, Colombo – die gleichen Stationen wie bei Alexandras Reise nach Indien, und doch ist diesmal alles ganz anders. Diesmal kann Alexandra sich keine Einzelkabine leisten, sondern muß sich die Unterkunft mit Giuseppa teilen. Und wenn sie auch die Nächte wieder einsam und allein an Deck verbringt, um den Sternenhimmel zu betrachten, so will es ihr auf dieser Reise doch nicht ganz gelingen, sich von allen Menschen fernzuhalten. Immerhin reist sie diesmal nicht allein, sondern mit einer Gruppe. Eine ganz neue Erfahrung für die Einzelgängerin Alexandra.

Während der Überfahrt kommt es zwischen den Damen des Ensembles und einigen männlichen Passagieren zu galanten Abenteuern, und natürlich wird auch die attraktive Alexandra mit Komplimenten überschüttet. Da sie jedoch, wenn überhaupt, mit Zitaten aus der Bhagavadgita antwortet, gerät sie schnell in den Ruf, ein wenig wunderlich zu sein, wird aber ansonsten in Ruhe gelassen.
»Laß uns nur erst in Indochina sein«, lacht Giuseppa. »Du wirst schon sehen. Dort wirst auch du auf den Geschmack kommen. Diese Kolonien sollen ein Paradies sein für europäische Frauen.«
Aber Alexandra ist nicht interessiert. Als vehemente Verfechterin der »schönen Tugend«, die die Nonnen ihr im Kloster Du Bois Fleurie beigebracht haben, bleibt sie zurückhaltend und setzt außer ihrer Stimme nichts ein, um Karriere zu machen.
Trotzdem, oder vielleicht gerade deswegen, geben die

Lebemänner von Hanoi und Haiphong nicht auf, ihr nachzustellen.

»Männer, immer nur Männer«, beschwert sie sich angewidert bei Giuseppa. »Egal, ob fröhlich ausschweifend oder zynisch brutal, sie alle mustern meinen Körper wie eine Ware und scheinen mich mit ihren Augen entblößen zu wollen.«

Giuseppa zuckt nur mit den Schultern. Sie, die solange unter der Einsamkeit zu leiden hatte, genießt nun die Bewunderung ihrer Anbeter und kann absolut kein Verständnis für Alexandras »Rühr-mich-nicht-an-Getue« aufbringen.

Trotzdem hält sie treu zu der Freundin und verteidigt sie immer wieder gegen die anderen Ensemblemitglieder, die zwischenzeitlich eifrig begonnen haben, ihre Intrigen gegen Mademoiselle Myrial zu spinnen. Eifersüchtig sind sie auf Alexandra, eifersüchtig auf ihre Schönheit, auf ihren, wenn auch ungewollten Erfolg bei den Männern, auf ihr Talent und auf ihre Stimme.

Doch Alexandra bleibt unangreifbar. Sie versäumt keine Probe, arbeitet konzentriert und korrekt und gibt auch nicht den geringsten Anlaß zum Klatsch über irgendwelche Liebschaften. Natürlich bemerkt sie die Feindschaft ihrer Kolleginnen, aber sie macht sich herzlich wenig daraus.

»Das einzige, was wirklich zählt ist, daß ich wieder in Asien bin«, vertraut sie Giuseppa an. »Weißt du, ich war noch ein Kind, als mein Vater bereits von mir behauptete, daß ich eine gelbe Seele hätte. Nun, meine gelbe Seele hat sich in diesem Erdteil von Anfang an heimisch gefühlt und ein neues Zuhause gefunden. Darum bin ich hier glücklich. Egal was geschieht.«

Verständnislos sieht die Freundin sie an. Sie kann nichts anfangen mit diesem Gerede über »gelbe Seele« und »asiatische Heimat«, und so bleibt es nicht aus, daß die beiden so ungleichen Frauen sich immer mehr entfremden. Giuseppa ist sehr traurig darüber, doch Alexandra bemerkt es nicht einmal.

Das Theater von Hanoi hat »La Traviata« auf den Spielplan gesetzt, und Alexandras erster Auftritt in der Rolle der Titelfigur wird zu einem einzigen Triumph. Die Zeitungen von Hanoi verbreiten die Nachricht ihres Erfolges so enthusiastisch, daß einzelne Artikel sogar in Europa Beachtung finden.
Alexandra wird zu einem Stern an den Theaterhimmeln Indochinas. Sie eilt von Triumph zu Triumph, und, da Erfolge die Kasse klingeln lassen, wird ihre Gage auf die schwindelerregende Höhe von 200 Franc je Abend gesetzt. Das ist sehr viel Geld, vor allem wenn man bedenkt, daß ein Hühnchen auf dem Markt von Hanoi für 50 Centimes zu haben ist.

Louis David ist außerordentlich stolz auf seine Tochter, und erstaunlicherweise ist sogar Alexandrine diesmal mit ihrem Tun einverstanden, obwohl der Ruf einer Sängerin eigentlich, wegen des vermuteten lockeren Lebenswandels, nicht sehr gut ist. Doch Ruhm, Erfolg und hohe Gagen überzeugen sogar die biedere Madame David.
Trotzdem können es die Eltern nicht lassen, ihr Lob, das in regelmäßigen Briefen in Indochina eingeht, in Ermahnungen zu verpacken.

Auf keinen Fall solltest Du nun, wo Du berühmt bist, in Deinen Bemühungen nachlassen, sondern Dich vielmehr durch ernsthaftes Studium aller Rollen, die Du singen wirst, auszeichnen. Denn nur davon hängt Deine ganze Zukunft als gefragte Künstlerin ab.

Es sind jedoch überflüssige Ermahnungen, denn Alexandra Myrial betreibt die Studien ihrer Rollen mit dem gleichen hartnäckigen Eifer, den schon Mademoiselle David für ihre Arbeit aufgebracht hat. Von den Noten bis zu den Kostümen, nichts wird dem Zufall überlassen. Gewissenhaft kümmert Alexandra sich um jedes Detail.
Hanoi, Haiphong, Hue, Da Nang und Saigon sind die Stationen von Alexandras triumphaler Südostasien-Tournee. Die Bewunderung und Verehrung, die ihr allerorts entgegengebracht wird, kann sie jedoch wenig genießen.

Ich habe kaum noch einen Augenblick für mich allein, schreibt sie ihren Eltern resigniert. *Überall treffe ich auf Menschen, die mich kennenlernen wollen und die mir damit einfach die Zeit stehlen.*

Doch hin und wieder gelingt es ihr, diesen hartnäckigen Anhängern zu entwischen. So auch in Saigon, wo sie eines Abends ungesehen aus dem Theater schlüpft und unbehelligt einen Spaziergang durch die nächtliche Stadt machen kann. Dabei entdeckt sie eine Villa, die hinter einem Vorhang riesiger Fächerpalmen versteckt liegt. Die Villa steht auf einer kleinen Anhöhe und ist mit chinesischen Lampions geschmückt. Sanft schaukeln die leuchtenden Drachen in der Finsternis.

Aus dem Innern des Hauses dringt gedämpft fremdartige Musik.
Alexandra setzt sich ins Gras, genießt die sternenklare, von fremden Düften erfüllte Nacht und findet so einen Augenblick der Besinnung, der Ruhe und des Friedens. Getröstet kehrt sie, Stunden später, heim.
Ja, Alexandra ist auf dem Gipfel des Erfolges, zumindest in der Kolonie Indochina. Doch warum soll sie nicht versuchen, die unter Künstlern so heiß umkämpfte Pariser Oper zu erobern?
Alexandra entscheidet sich, von den Eltern und allen Freunden ermutigt, in die Heimat zurückzukehren. Für die Spielzeit 1897 nun also ... auf nach Paris!

Ein Geliebter und ein Ehemann

»Eine ›Première Chanteuse‹ aus den Kolonien? Also wirklich, lieber Freund, was wollen Sie mir zumuten?« Teils belustigt, teils verärgert, schüttelt der Leiter der Pariser »Opéra-Comique«, Léon Carvalho, den Kopf.

»Aber sie ist gut, sehr gut sogar«, beharrt Alexandras Fürsprecher, der Komponist Jules Massenet. »Mademoiselle Myrial hat eine hervorragende Stimme und in Indochina große Triumphe gefeiert, unter anderem auch mit meinem Werk, der Oper Manon. Und stellen Sie sich vor, Léon, bevor sie mit den Proben begann, hat sie sich mit mir in Verbindung gesetzt, um Interpretations- und Kostümfragen abzusprechen. Sagen Sie selbst, so verhält sich doch nur eine ernsthafte und wirklich engagierte Sängerin.«

Léon Carvalho, der umworbenste Intendant von Paris, ist zwar bereit, dem Komponisten recht zu geben, hat jedoch trotzdem kein Interesse daran, diese Mademoiselle Myrial für sein Haus unter Vertrag zu nehmen.

»Sicher, es hat vereinzelte Berichte aus Indochina gegeben«, erklärt er ungeduldig seine Entscheidung. »Aber sie haben nicht ausgereicht, um Ihren Schützling auch in Paris populär zu machen. Hier ist sie nach wie vor eine unbekannte Sängerin, und mit dem Namen dieser Dame ließe sich kein einziges Billett verkaufen. Ihre Gagenvorstellung hingegen wird astronomisch sein, denn als Hauptdarstellerin hat sie in Indochina gewiß gut verdient. Nein, nein, lieber Freund, es hat keinen Sinn. Zumal ich es nicht nötig habe, mich auf Experimente einzulassen. Die berühmtesten Künstler wetteifern doch nur darum, bei mir aufzutreten.«

Jules Massenet, auf den Alexandra ihre größten Hoffnungen gesetzt hat, muß also unverrichteter Dinge wieder abziehen, ebenso wie Louis Davids alter Freund, der Senator Mioche, und die renommierten Musiker Vincent d'Indy und Bruneau. Carvalho läßt sich nicht erweichen. Als sich sogar ein Minister einschaltet, bietet er Alexandra zwar ein Engagement an, aber wie vermutet ist die Gage von 300 Franc im Monat für den Star von Hanoi vollkommen unakzeptabel. Alexandra ist enttäuscht und entrüstet zugleich, doch es bleibt ihr nichts anderes übrig, als sich in der Provinz nach neuen Beschäftigungen umzusehen. Besançon, Poitiers und die Auvergne sind Stationen ihrer Gastspiele, und sie bereut zutiefst, Indochina überhaupt verlassen zu haben.

Immerhin hat sie nun Gelegenheit, ihr Studium der östlichen Religionen und Philosophien, das sie wegen ihrer Karriere als Sängerin stark vernachlässigte, wieder aufzunehmen. Und zu ihrer großen Freude findet sie in vielen Städten, in denen sie ihre Auftritte absolviert, Niederlassungen der Theosophischen Gesellschaft. So werden alte Kontakte wieder belebt und neue hergestellt.

Eines Abends ist Alexandra bei einem befreundeten Maler, einem Mitglied der Theosophen, zu einer Soirée eingeladen. Da sie an diesem Abend eine Vorstellung gibt, kann sie erst später kommen, und so ist, als sie eintrifft, die Feier schon in vollem Gang. Es wird gegessen, getrunken, gelacht und in kleinen Grüppchen diskutiert.

Suchend sieht Alexandra sich nach bekannten Gesichtern um, als ihr ein junger Mann auffällt. Er ist mittelgroß, sehr schlank, hat aschblondes Haar und sanfte blaue Augen, die sie aufmerksam mustern.
»Mademoiselle Myrial, wie schön, daß Sie endlich da sind.« Mit ausgebreiteten Armen tritt der Gastgeber ihr entgegen und begrüßt sie herzlich. »Wie war die Vorstellung? Natürlich ein Erfolg, was für eine Frage.«
Alexandra, von der Aufführung ein wenig ermüdet, ist dankbar, daß sie an der Seite ihres temperamentvollen Gastgebers kaum reden muß. Er drückt ihr ein Glas in die Hand, und sie trinken sich lächelnd zu. Einige Bekannte gesellen sich zu ihnen, man wechselt ein paar Worte und scherzt miteinander. Eine Gesprächspause nutzend greift der Maler nach Alexandras Arm.
»Kommen Sie, meine Liebe, ich möchte Sie gern mit einem Herrn bekanntmachen, der Sie sicher interessieren wird.« Lebhaft winkt er dem jungen Mann, der Alexandra bereits bei ihrem Eintreffen aufgefallen ist.
»Darf ich Ihnen Jean Haustont vorstellen, Mademoiselle Myrial? Er ist Komponist, Pianist und ein großer Bewunderer der chinesischen Kultur.«
Alexandra ist dreißig Jahre alt und noch niemals der Liebe begegnet, doch als sie nun diesem Mann gegenübersteht und in seine ausdrucksvollen Augen blickt, ist es um sie geschehen. Wie ein Orkan überfallen sie Gefühle, die sie nie gekannt, zu denen sie sich nie fähig geglaubt hat. Um sie herum scheint alles zu versinken, bis auf ihn – Jean –, den sie mit ungewöhnlicher Schärfe wahrnimmt.
»Ist Ihnen nicht gut?« hört sie plötzlich die besorgte Stimme des Malers neben sich, die so dumpf klingt, als käme sie aus einer Nebelwand.

»Danke, es geht mir ausgezeichnet«, gibt Alexandra, immer noch ein wenig benommen, zurück, doch dann lächelt sie. »Ich fühle mich wirklich wunderbar.«
Den Rest des Abends verbringen Alexandra und Jean zusammen, und es ist offensichtlich, daß er das gleiche für sie empfindet wie sie für ihn. Sie stellen viele Gemeinsamkeiten fest, die Liebe zur Musik, die Liebe zu China, aber das, was sie wohl am stärksten aneinander anzieht, ist das Gefühl, anders zu sein als die anderen.

In den nächsten Tagen, Wochen und Monaten sehen sich Alexandra und Jean, sooft es ihre Zeit erlaubt. Wegen der ständigen Gastspielreisen, die beide immer wieder in entgegengesetzte Richtungen führen, kein leichtes Unterfangen. Um die kostbare Zeit, die sie gemeinsam verbringen dürfen, auch wirklich genießen zu können, beschließen sie endlich, eine gemeinsame Wohnung in Paris zu nehmen, in die beide so häufig wie möglich zurückkehren.
In diesem kleinen Appartement, in der Rue Nicolo 3, leben sie unter dem Namen Monsieur und Madame Jean Myrial, ein Zugeständnis an ihre Umgebung und um Taktlosigkeiten und Demütigungen zu entgehen, die die Gesellschaft unweigerlich für Paare bereithält, die nicht durch den heiligen Bund der Ehe vereint sind.
In dieser Zeit beginnt Alexandra mit einem Roman, »Le Grand Art«, dem Tagebuch einer Schauspielerin. Es wird aber auch eine gemeinsame Arbeit in Angriff genommen, »Lidia«, ein musikalisches Drama, zu dem der Text von Alexandra und die Musik von Jean stammt.
Wirklich, eine glückliche Zeit, obwohl langsam be-

kannt wird, daß die Myrials in »wilder Ehe« zusammenleben.
»Es sind halt Künstler«, sagen die einen. »Da lassen sich bestehende Maßstäbe nicht immer anwenden.«
Die anderen hingegen tuscheln hinter vorgehaltener Hand:
»Wir haben es schließlich schon immer gewußt, das Künstlerleben ist verrufen und unmoralisch.«
Alexandra und Jean bemühen sich, die einen wie die anderen zu ignorieren. Es bleibt ihnen auch gar nichts anderes übrig, da »Madame« Myrial sich hartnäckig weigert zu heiraten. Bei aller Zuneigung, das Zusammenleben mit Jean ist für sie, die stets eine Vorliebe für die Einsamkeit hatte, alles andere als leicht, und so kann es nicht ausbleiben, daß sie bald beginnt, sich immer öfter der Zweisamkeit zu entziehen.
Um diesen Konflikt zu verdrängen, stürzt sich Alexandra in die Arbeit, stellt, neben allen anderen Aufgaben, ihr Essay »Pour la Vie« fertig und bittet ihren alten Freund, Elisée Reclus, ein Vorwort für dieses Werk zu schreiben. Er erfüllt ihr diese Bitte gern und beginnt mit dem Satz: *»Dies ist ein stolzes Buch von einer noch stolzeren Frau geschrieben.«*
Es will sich jedoch kein Verleger finden, der das Manuskript akzeptiert. Es ist einfach zu radikal. Also entschließt sich Jean, die Broschüre selbst zu verlegen. Eigenhändig druckt er Seite für Seite in der Druckerei der Bibliothek »Temps Nouveaux« in Brüssel. Alexandras erstes Buch kommt also auf den Markt. Es bleibt jedoch so gut wie unbemerkt.
Bald darauf erhält Alexandra ein Engagement an die Oper von Athen, und das Paar muß sich für längere Zeit trennen. Sie beschließt, diese Frist zu nutzen, um

sich Klarheit darüber zu verschaffen, was ihr mehr am Herzen liegt: Jean oder ihre Unabhängigkeit, doch dann bleibt wie stets kaum Zeit dazu. Schon immer hatte sich Alexandra auf ihren Tourneen bemüht, mit der geistigen Elite des jeweiligen Landes ins Gespräch zu kommen und außerdem Land und Leute kennenzulernen. Auch Athen bildet in dieser Hinsicht keine Ausnahme, was jedoch zur Folge hat, daß Alexandra unentschlossener denn je nach Paris zurückkehrt.

Das zwanzigste Jahrhundert ist angebrochen, und die große Weltausstellung in Paris hat ihre Pforten geöffnet. Um diesem Betrieb, der die ganze Stadt erfaßt, zu entfliehen, um sich endlich ausreichend Zeit zu nehmen, ihre Gefühle für Jean zu analysieren, aber auch, um einfach Urlaub zu machen, beschließt Alexandra, nach Spanien zu reisen. Allein. Sie ist rastloser denn je, mutlos und niedergeschlagen.

Ihre Arbeit befriedigt sie nicht mehr, und sie ist froh, in Spanien, ganz alleine, wieder ein wenig Ruhe und Frieden zu finden. Doch zu einer Entscheidung kann sie sich auch hier nicht durchringen. Noch einmal kehrt sie zurück in die Rue Nicolo, allerdings wieder nur für kurze Zeit, denn schon bald erhält sie ein Engagement nach Tunis, an die dortige Oper.

Ihre Auftritte werden zu einem großen Triumph, und sie beschließt, für längere Zeit in Tunis zu bleiben. Diese Entscheidung hat nicht nur etwas mit ihrer Arbeit zu tun, sondern hängt eng zusammen mit einem Mann, dem sie dort begegnet ist: Philippe Néel.

Philippe Néel, neununddreißig Jahre alt und Junggeselle, stammt aus einer vornehmen französischen Methodistenfamilie und arbeitet als Chefingenieur bei

der Eisenbahn. Er ist als Frauenheld bekannt, ja verschrien, hochgewachsen, mit blauen Augen und mit einem frechen, schmalen Schnurrbart. Allabendlich besucht er Alexandras Vorstellungen und findet sich danach regelmäßig am Künstlereingang ein, um Mademoiselle Myrial zum Essen auszuführen.
In der ersten Zeit ihrer Beziehung glauben beide nur an eine belanglose Affäre, ein Spiel mit dem Feuer, doch sie müssen recht bald einsehen, daß das Schicksal stärker ist. Immerhin, die nüchterne Alexandra ist nicht leicht zu erobern, aber Philippe hat schließlich ausreichend Erfahrung mit Frauen, auch mit widerspenstigen. Er läßt sich nicht so schnell entmutigen und macht ihr unerschütterlich den Hof.
Schon des öfteren hat er Alexandra, die sich durch seine Hartnäckigkeit geschmeichelt fühlt, zu einem Ausflug auf seiner Segelyacht »Hirondelle« eingeladen, und eines Tages willigt sie endlich ein, wohlwissend, was in der Abgeschiedenheit der Kabine geschehen wird.
Der Morgen graut bereits, als Philippe seine Angebetete nach Hause bringt. Müde, aber glücklich setzt sie sich an ihren Schreibtisch und schlägt ihr Tagebuch auf. Drei unscheinbare Worte sind es, die sie einträgt: *Hirondelle, prima volta – zum ersten Mal.* Sie legt das Tagebuch beiseite und beginnt einen langen Brief an den fernen, in Paris weilenden Jean, in dem sie die Beziehung beendet.
Seiner wilden Locken wegen nennt Alexandra Philippe Mouchy, was sowohl Schaf als auch Hammel bedeutet. Sie weiß von seinen zahlreichen Affären, zweifelt an seinen intellektuellen Fähigkeiten und fühlt sich dennoch von ihm angezogen.

Dieser Mann ist ein Gentleman, schreibt sie an die immer noch in Indochina lebende Giuseppa. *Er hat Stil, ist elegant und gutaussehend.*

Trotzdem, in den nächsten Tagen hält Alexandra sich von Philippe fern und läßt sich, wenn er sie aufsuchen will, verleugnen. Daraufhin erhält sie eine Postkarte, auf der die Hirondelle abgebildet ist. Auf der Rückseite schreibt er:

Das Bild einer süßen Erinnerung
kommt mit dem Gedanken an Dich
auf der Spur, die Du hinterließest.
Warum fürchtest Du zurückzukehren?

Ja, Alexandra fürchtet sich. Eine »wilde Ehe« hat sie bereits durchlebt und kennt darum die damit verbundenen Anfeindungen und Demütigungen. Doch Philippe gibt nicht auf. Er schickt Blumen, schreibt unzählige Briefe und erscheint schließlich selbst.
»In dir habe ich die Frau meines Lebens gefunden«, schwört er. »Du hast die Vergangenheit ein für allemal aus meinem Gedächtnis gelöscht.«
Alexandra läßt sich erweichen, allerdings unter der Bedingung, daß ihre Beziehung geheim bleiben muß. Sie beginnt nun, ein Doppelleben zu führen, bei Tag ist sie die Sängerin und immer öfter auch die künstlerische Leiterin des Casinos von Tunis und bei Nacht die Geliebte Philippes. Alexandra ist zufrieden und beginnt, als wenn diese Liebe ihr neue Kraft geben würde, auch wieder zu schreiben. Immer häufiger reist sie auf das europäische Festland, um sich dort als Journalistin und Vortragsrednerin einen

Namen zu machen. Außerdem wird sie Mitglied in diversen Organisationen und hat also nur noch Zeit für ihren Mouchy, wenn sie nicht gerade in London, Paris oder Barcelona als Vortragsreisende, Sängerin, Journalistin, Rosenkreuzerin, Feministin oder Freimaurerin unterwegs ist. Da dieses Programm einfach zu groß ist, beschließt sie, zumindest der Bühne »adieu« zu sagen.

Es ist ein sehr schönes Haus, das Philippe in der Rue Al Awhab 28 in Tunis bewohnt und in dem auch Alexandra nach Belieben ein und aus geht. Eines Tages – er hat sich verspätet, und sie muß auf ihn warten – begutachtet sie die Bücher, die im Arbeitszimmer aufgereiht stehen, als ihr Blick unversehens auf seinen Schreibtisch fällt. Einen Augenblick zögert sie noch, doch dann öffnet sie entschlossen die erste Schublade.
»Nun wollen wir einmal sehen, was von deinen übereifrigen Treueschwüren zu halten ist, Monsieur Néel«, murmelt sie leise und hält bereits wenig später einen Karton in den Händen, der vollgestopft ist mit Briefen und Fotos ihrer Vorgängerinnen. Hier findet sie sich wieder, Philippes Vergangenheit, von der er behauptet, sie sei in seinem Gedächtnis gestrichen, zusammen mit einem Packen Fotos von der Hirondelle. *»Das Bild einer süßen Erinnerung...«* Diesen kitschigen Vers hat er offensichtlich häufiger verschickt. Alexandra ist außer sich vor Wut. Sicher, sie hat gewußt, daß es anfangs noch eine andere Frau in Philippes Leben gab und daß diese Angelegenheit mit einem monatlichen Unterhaltsgeld von 500 Franc geregelt wird, aber warum um alles in der Welt hat er diese

Sammlung seiner ehemaligen Liebschaften aufbewahrt?
»Du hast mich angelogen, du Schuft«, schreit sie ihm voller Entrüstung ins Gesicht, als er wenig später ins Zimmer tritt. »Und das Schlimmste, du hast das Foto und die Briefe von mir, die dich doch angeblich alle anderen Geliebten vergessen gemacht haben, fein säuberlich in diesen Pappkarton mit deinen abgelegten Verhältnissen eingereiht. Was für ein Spaß, nicht wahr, mein Lieber. Eine Komödie zum Totlachen, weiß Gott. Wenn sie nur nicht so geschmacklos und ekelhaft wäre.«
Philippe, der erkennt, daß es zwecklos ist, irgendetwas abzustreiten, zuckt mit den Schultern und lächelt.
»Ich wußte, daß du die Briefe eines Tages finden und lesen würdest. Sag mir nur eins. Was hat dir eigentlich das Recht gegeben, meinen Schreibtisch zu durchsuchen?«
Alexandra ist viel zu verletzt, um auf eine derart unbequeme Frage eine Antwort zu suchen. Resigniert schüttelt sie den Kopf.
»Was gehen mich eigentlich deine Weibergeschichten an? Wir sind schließlich nicht miteinander verheiratet.«
Eilig verläßt sie das Haus und vergräbt sich unglücklich in ihren eigenen vier Wänden. O ja, die Wunde, die diese Geschichte in Alexandras Selbstwertgefühl gerissen hat, sitzt tief. Niemals wird sie ihm diesen Vertrauensbruch verzeihen, niemals. Er soll es ja nicht wagen, ihr noch einmal unter die Augen zu treten.
Doch Philippe denkt gar nicht daran, sich geschlagen zu geben. Bereits am nächsten Tag verschafft er sich

Zutritt zu Alexandras Wohnung, indem er das Dienstmädchen, das ihn abweisen will, einfach beiseite schiebt.
»Ich verstehe, daß du wütend auf mich bist«, erklärt er eindringlich. »Aber ich habe dich wirklich nicht angelogen. Dieser Pappkarton ist so unwichtig, daß es noch nicht einmal der Mühe wert war, ihn fortzuwerfen. Ich schwöre, es ist wahr. Seitdem ich dich kenne, sind alle Frauen dieser Welt für mich unwichtig geworden. Ich liebe dich, Alexandra, und ich möchte dich bitten, meine Frau zu werden.«
Mit allem hat sie gerechnet, nur nicht mit einem Heiratsantrag. Total überrascht bittet sie Philippe um Bedenkzeit. Alexandra unternimmt einen langen Spaziergang und findet schließlich ein ruhiges Plätzchen am Meer, wo sie ungestört ist. Nachdenklich auf die blaue Unendlichkeit hinausblickend, wägt sie sorgfältig das Für und Wider einer Ehe mit Philippe ab. Natürlich schmeichelt der Heiratsantrag von diesem Don Juan Nordafrikas ihrer Eitelkeit, und natürlich würde eine Ehe mit ihm für sie, die Künstlerin, einen gesellschaftlichen Aufstieg bedeuten. Außerdem, sie steht kurz vor ihrem sechsunddreißigsten Geburtstag und bisher ist es ihr nicht gelungen, sich eine finanziell sorgenfreie Position zu sichern. Überdies wäre es sicher sehr wünschenswert, dieses aufreibende Doppelleben aufgeben zu können. Gedankenverloren läßt Alexandra den feinen, von der Sonne erwärmten Sand durch ihre Finger rinnen. Alles scheint für eine Ehe zu sprechen, stellt sie fest, um sich jedoch gleich darauf zweifelnd zu fragen: Bin ich wirklich bereit, einem Mann das Mitspracherecht über mein Leben einzuräumen?

Und dann kommt ihr plötzlich ein Gedanke:
»Ein Ehevertrag. Das könnte die Lösung sein«, sagt sie laut in das Meeresrauschen hinein. »Wenn Philippe bereit ist, einen Ehevertrag zu unterschreiben, werde ich ihn heiraten.«
Es ist ein besonders heißer Sommertag, jener 4. August 1904, an dem Alexandra David und Philippe Néel den Bund fürs Leben eingehen wollen. Der von Alexandra gewünschte Vertrag ist bereits vor dem französischen Vizekonsul, Monsieur Taochon, unterzeichnet worden, dem gleichen Mann, der nun auch die Trauung vornehmen soll.
Unschlüssig blickt Alexandra auf die Blumen in ihrem Arm. Hat sie wirklich die richtige Entscheidung getroffen? Noch kann sie zurück, noch ist das letzte »Ja« nicht ausgesprochen.
»Treten Sie doch bitte näher, Mademoiselle.«
Alexandra blickt erschrocken auf und bemerkt erst jetzt, daß sie weit von Philippe entfernt steht. So weit, daß es den Anschein hat, als würde sie gar nicht zu ihm gehören.
Er ist heute sehr schweigsam und wirkt nervös, stellt sie fest, während sie ein paar Schritte vortritt. Plagt er sich am Ende mit den gleichen Zweifeln?
Die Zeremonie beginnt, und während sich Alexandra und Philippe das Ja-Wort geben, flüstert der eine Trauzeuge dem anderen hinter vorgehaltener Hand zu:
»Er weiß nicht, was er tut.«
Worauf der andere antwortet:
»Doch, doch, aber er ist ein mutiger und tollkühner Mann.«

Das Leben beginnt mit 43

Brüssel, den 10. Dezember 1904

Cher Mouchy,
tue ich gut daran, Dich tagtäglich über die Situation auf dem laufenden zu halten…? Ich bin mir nicht sicher. Natürlich kann die Sache an sich, der Zustand meines Vaters, nicht sonderlich interessant für Dich sein, denn Du kennst ihn ja gar nicht. Doch ich berichte Dir ja auch nur insofern darüber, als sich seine Krankheit auf meine Pläne und meine Rückkehr auswirkt.

Fröstelnd legt Alexandra die Feder aus der Hand. Es ist bereits tiefe Nacht, als sie den Brief an ihren Mann beginnt. Das Feuer im Kamin ist nahezu ausgebrannt und somit zu kraftlos, um der feuchten Kälte des Dezembers Einhalt bieten zu können.
Alexandra tritt ans Fenster und sieht hinaus in die dunkle Nacht. Es regnet. Gedankenverloren beobachtet sie die Regentropfen, die monoton gegen die Scheibe prasseln und dann, tränengleich, an ihr hinabrinnen.
Fast fünf Monate ist sie bereits mit Philippe verheiratet, und eine ganze Menge ist in dieser Zeit geschehen. Mehrere Zeitungsartikel hat sie geschrieben und auch veröffentlicht, aber sonst hat es nur Ablehnungen gegeben. Für »Le Grand Art« hat sie bisher ebensowenig einen Verleger gefunden wie für »Lidia« einen Intendanten. Außerdem mußte das Appartement in der Rue Nicolo aufgelöst werden, und als sie dann endlich

nach all den Mißerfolgen und all dem Ärger heim zu ihrem Mouchy wollte, wurde sie an das Krankenbett des Vaters gerufen, mit dem es nun zu Ende geht.
Die Leiden ihres Vaters mit ansehen zu müssen, in dieser Umgebung, ihrem Elternhaus, das ihr so fremd erscheint, neben der ebenfalls kränkelnden und abweisenden Mutter, geht fast über ihre Kräfte.
Müde und erschöpft lehnt Alexandra die Stirn gegen das kühle Glas des Fensters und läßt ihre Gedanken zu erfreulicheren Dingen wandern. Zu Philippe und zu der weißen Villa in La Goulette, einem Vorort von Tunis, die er für sich und seine Ehefrau gekauft hat. Ein schönes Haus ist es, im arabischen Stil erbaut und von einer hohen Mauer umgeben. Mit Arkaden, einem Patio, herrlich gefliesten Mosaikböden, Springbrunnen und blauen Jalousien. Dieses Haus, inmitten eines Palmenhains, scheint ihr jetzt, in der ungemütlichen Kälte des Brüsseler Winters, wie das Paradies. Unendliche Sehnsucht hat sie nach ihrem Zuhause und nach ihrem Mann, doch aus Erfahrung weiß sie, daß die Liebe und Zärtlichkeit, die sie jetzt so stark für ihn empfindet, in seiner Gegenwart dahinschmelzen wird wie Butter in der Sonne. Sie hat ja schon einmal erlebt, bei Jean, daß das Zusammenleben alle herzlichen Gefühle abtötet. Ja, bei aller Sehnsucht, es ist für Alexandra einfach unvorstellbar, für immer und ewig einen Menschen um sich zu haben, zumal einen Mann.
Die Unbeständigkeit ist das Gesetz allen Lebens. Vergiß das nie. Die Worte Baschkaranandas kommen ihr wieder in den Sinn, aber diesmal spenden sie keinen Trost.
Zögernd geht Alexandra an den Schreibtisch zurück und nimmt die Feder wieder auf:

Mouchy, ich kann nicht mehr. Es ist alles so hoffnungslos, und ich sehne mich danach, wie ein ganz kleines Mädchen an Deiner Brust auszuruhen.

Nun, Alexandra muß noch eine Weile auf Philippes Zuspruch verzichten und in der verhaßten Umgebung ausharren. Louis Davids langer Todeskampf dauert fast drei Wochen, und als er endlich ausgelitten hat, sieht sie sich, angesichts der Passivität ihrer Mutter, gezwungen, die nötigen Formalitäten zu erledigen.
Da sie es nicht länger erträgt, zwischen der untröstlichen Witwe, an deren ehrliche Trauer sie nicht glaubt, und dem aufgebahrten Leichnam des Vaters zu leben, nimmt sie die Gastfreundschaft Elisée Reclus' und dessen Gattin in Anspruch.
Wenige Tage nach der Beisetzung aber kann sie dann endlich heimkehren, heim in die ungetrübte Heiterkeit und unter den blauen Himmel Tunesiens, heim zu Mouchy und dem blühenden Garten, in dem bei ihrer Ankunft die Veilchen duften.
Einen weiteren schmerzlichen Verlust muß sie hinnehmen: den Tod von Elisée Reclus. Doch diesmal fährt sie nicht nach Brüssel, sondern drückt seiner Witwe nur brieflich ihre aufrichtige Anteilnahme aus.
Alexandra bemüht sich nun aufrichtig, an der Seite ihres Gatten zu leben, ihrer journalistischen Tätigkeit daheim nachzugehen und sich ansonsten nur als brave Ehe- und Hausfrau zu betätigen. Sie will seßhaft werden, doch es gelingt ihr einfach nicht, ihr eigenes Ich zu verleugnen, den guten Vorsätzen über längere Zeit treu zu bleiben.

Bereits nach wenigen Monaten zieht sie ihre Kreise schon wieder weiter und ist immer häufiger unterwegs: Besuche, Einladungen zum Tee, Vorträge, Ansprachen, Ausflüge in die Wüste, Reisen nach Malta und sonst wohin, pausenlos. Sie schreibt unzählige Briefe in alle Himmelsrichtungen Europas oder Asiens und hat dennoch das Gefühl zu sterben. Langsam zwar, aber jeden Tag ein wenig mehr.
Trotz der vielen Reisen fühlt sie sich wie gefesselt und ihre Situation, der Bourgeoisie Tunis' anzugehören, flößt ihr Angst ein. Angst, einmal wie ihre Mutter zu werden.
Natürlich bleiben auch Philippe die Veränderungen seiner Frau nicht verborgen, und er beginnt sich zu fragen, warum ausgerechnet er diese ungewöhnliche Person heiraten mußte, wo es doch so viele gutbürgerliche Europäerinnen in Tunis gibt, die sich mit Handarbeiten und Kochrezepten zufrieden geben.
Verzweifelt versucht Alexandra, ihm ihre Unrast und ihre Angstzustände zu erklären:
»Es quält mich einfach alles, verstehst du? Wenn ich mit der Bahn fahre, bedaure ich, nicht den Autobus genommen zu haben, wenn ich beschließe, spazieren zu gehen, plagt es mich, nicht einen anderen Weg eingeschlagen zu haben, und wenn ich mich irgendwo aufhalte, möchte ich nach kurzer Zeit ganz woanders sein.«
Doch Philippe begreift nicht, und es kommt zu ernsten ehelichen Zerwürfnissen. Der Zustand wird für Alexandra immer unerträglicher. Sie kann nicht mehr schlafen, hat keinen Appetit, bricht oft ohne Grund in Tränen aus und hat eine Nervenkrise nach der anderen. Erfolglos konsultiert sie mehrere Ärzte, und da sie

keinen anderen Ausweg weiß, stürzt sie sich noch mehr in die Arbeit als jemals zuvor. Ein Teufelskreis, denn die Folge daraus sind immer neue Reisen. Sie beginnt ein neues Buch, »Moderne Strömungen im Buddhismus und der Buddhismus Buddhas«, korrespondiert mit dem berühmtesten Buddhisten Ceylons, Dharmapala, und schreibt einen Artikel über die wirtschaftlichen Aspekte des Feminismus, in dem sie den Mann beschuldigt, für alle Leiden, die eine Frau erdulden muß, verantwortlich zu sein. Die logische Schlußfolgerung daraus: Die Frau muß sich vom Mann zurückziehen, nur dann wird sie in der Lage sein, eigene Entscheidungen zu treffen, selbstbewußt zu bleiben und frei zu sein.

Alexandras depressive Phase endet jedoch schlagartig, als sie beginnt, Erfolg zu haben. Sie wird nach Edinburgh eingeladen und nach Brüssel. Man ruft sie nach Rom und nach Paris. Die einen wollen ihre Vorträge, die anderen ihre Schriften. Endlich kann sie die Früchte ihrer Hartnäckigkeit ernten. Ihr Buch »Die modernen Strömungen im Buddhismus« findet sofort einen Verleger, erntet einen erfreulichen Achtungserfolg und erhält hervorragende Kritiken.

Alexandra genießt den schwererkämpften Ruhm in vollen Zügen und scheint in ganz Europa mehr zu Hause zu sein als bei ihrem Mann. Vorbei sind die seelischen und körperlichen Beschwerden. Sie ist wieder zufrieden. Und dann geschieht es doch noch, das Wunderbare, auf das sie seit Jahren gewartet hat: Alexandra erhält einen Forschungsauftrag des französischen Erziehungsministeriums über die Vedanta-Philosophien. Und dieser Auftrag wird sie nach Indien und Ceylon führen! Alexandra ist überglücklich.

Philippe hat gegen die neuerlichen Reisepläne seiner Frau nichts einzuwenden. Sie ist so häufig unterwegs, daß es auf ein paar Monate mehr oder weniger nicht ankommt.
Wie üblich begleitet er sie bis zum Schiff. Es ist die »Stadt Neapel«, auf der sie sich Richtung Marseilles einschifft. Ein Abschied wie jeder andere, glaubt Philippe. Wie hätte er auch ahnen können, daß Alexandra all ihre Ersparnisse zusammengetragen hat und zusätzlich zu dem Geld vom Erziehungsministerium bei sich trägt? Woher hätte er wissen sollen, daß Baschkaranandas Tuch, das orangefarbene Tuch der Entsagung, in ihren Koffern liegt? Philippe Néel hat bei den persönlichen und finanziellen Angelegenheiten seiner Frau noch nie etwas mitzureden gehabt.
Alexandra ist 43 Jahre alt, als sie neuerlich nach Asien aufbricht, und sie ist fest entschlossen, in Ceylon und in Indien, dort, wo sie schon einmal wiedergeboren wurde, die ganze Last ihres Lebens abzuschütteln. O ja, Alexandra hat sich auf eine lange Reise eingerichtet, auf die längste, die sie bisher unternommen hat. Doch selbst sie kann nicht ahnen, daß sie erst 14 Jahre später zurückkehren wird.

Die Schönheiten Ceylons

Zerstreut betrachtet Alexandra das bunte Menschengewimmel des alten Hafens von Marseille, dem »Tor zum Orient«. Das Bild, das durch den von einem leichten Mistral aufgewirbelten goldbraunen Staub irgendwie unwirklich erscheint, hat selbst bereits einen Hauch von Orient an sich. Doch sie, die an diesem Sonntag im August an Bord des japanischen Dampfers »Mishima Maru« geht, hat zumindest im Geiste dieses »Tor« schon lange passiert und ist in Gedanken bereits auf Ceylon gelandet. Um ungestört zu sein, hat Alexandra eine Einzelkabine gebucht und zieht sich sofort dahin zurück, ohne ihre Mitreisenden auch nur eines Blickes zu würdigen.
Die Gangway wird eingezogen, das Schiff losgemacht, die Sirene heult zum Abschied. Langsam schiebt sich der Ozeanriese aus dem Hafen, Menschen winken sich einen letzten Gruß zu, dann hat das Schiff das offene Meer erreicht. Alexandra jedoch, in ihrer Kabine, hat von all dem nichts mitbekommen und bereits vergessen, daß sie sich auf einem Ozeandampfer befindet.

Sie ist in einem Wald. Ernste Einsiedler sitzen vor ihren aus Zweigen geflochtenen Hütten auf dem Boden und reden miteinander:
Wenn das Leben aus einem Körper entweicht, stirbt er, doch das Leben stirbt nicht. Nur die Seele dieses Körpers ist Wirklichkeit: Es ist der Weltgeist.
Die Schiffsglocke läutet. Vermutlich ruft sie zu irgendeiner Mahlzeit, aber Alexandra hört sie nicht. Zu

sehr ist sie vertieft in die Sprache der Upanischaden, die heiligen Lehren der Veden.

Für ihn geht die Sonne weder auf noch unter; für ihn währt ewig nur der Tag, für ihn, der das Brahman, das absolute Sein, kennt.

Wie üblich verläßt Alexandra ihre Unterkunft erst am späten Abend, als sich kein Passagier mehr an Deck befindet. Noch immer wie in Trance setzt sie sich vor die Tür ihrer Außenkabine und bleibt dort die ganze Nacht. Erst die Morgenkühle reißt sie aus ihrem euphorischen Rausch. Wie erwachend blickt sie sich um und scheint ihre Umgebung zum ersten Mal seit sie an Bord gegangen ist, bewußt wahrzunehmen.
Alexandra erhebt sich ein wenig steif und tritt an die Reling. Am Horizont wird der Himmel von einem rosa Schimmer erhellt. Der neue Tag bricht an. Ruhig zieht das große Schiff seine Bahn durch die spiegelglatte See und trägt sie dem Morgenrot, dem Orient, entgegen.
Die Überfahrt verläuft ereignislos. Wie üblich zieht Alexandra sich in ihre schweigende Isolation zurück, ein Verhalten, das die übrigen Passagiere erst recht neugierig werden läßt. Immer wieder versuchen sie, ein Gespräch mit ihr zu beginnen, jedoch ohne Erfolg. Eines Morgens, Alexandra hat sich ein ruhiges Plätzchen für ihren Liegestuhl gesucht und schreibt einen Brief an ihren Mouchy, hetzen die Wißbegierigen eine junge Frau auf sie, die ungeniert genug ist, ihr direkte Fragen zu stellen:
»Ein wunderschöner Morgen, nicht wahr, Madame?«

Alexandra sieht flüchtig von ihrem Buch auf und nickt kurz. Ein Zeichen, das die Frau zu ermutigen scheint.
»Fahren Sie heim zu ihrer Familie?«
Alexandras Antwort fällt kurz und bündig aus:
»Nein.«
Doch die andere läßt sich nicht entmutigen.
»Ist Ihnen denn nicht langweilig, so allein?«
»Nein.«
Einen Augenblick bleibt es still zwischen ihnen, doch die Frau ist hartnäckig und ändert ihre Taktik.
»Darf ich Sie vielleicht zu einer Tasse Tee einladen? Dabei läßt es sich doch viel angenehmer plaudern.«
Alexandra schüttelt energisch den Kopf.
»Nein, wirklich nicht. Vielen Dank.«
Die Andere scheint irritiert, ist jedoch noch immer nicht bereit, aufzugeben.
»Was werden Sie in Ceylon tun?«
Alexandra erhebt sich. Sie hat nun genug von dieser aufdringlichen Person. Offen sieht sie ihr ins Gesicht.
»Ich reise nach Ceylon, um meine Sanskrit-Studien fortzusetzen«, erklärt sie und läßt die Fragerin einfach stehen.
Verblüfft blickt die Frau ihr nach.
Madame David-Néel eilt in ihre Kabine und will sich ausschütten vor Lachen.
Vermutlich weiß diese Schnepfe noch nicht einmal, was Sanskrit überhaupt ist, schreibt sie amüsiert an Philippe, dem sie diese kleine Episode natürlich sofort berichtet. Ach ja, Philippe. Ein wenig beginnt sie sich, da sie ihn in sicherer Entfernung weiß, schon nach ihm zu sehnen.
Von nun an hält man Alexandra nur noch für einen unsympathischen Sonderling und läßt sie in Ruhe.

Das schöne Wetter dauert an. Der Dampfer erreicht Port Said und damit die nördliche Einfahrt zum Suezkanal. Alexandra steht an der Reling und stellt erstaunt fest, wie groß die Stadt seit ihrem letzten Besuch geworden ist. Nur der gelbe Sand und die roten Berge bieten noch einen vertrauten Anblick.
Langsam schlendert sie zum Bug des Schiffes und sieht nun den Suezkanal vor sich liegen, der, wie mit einem Lineal gezogen, Mittelmeer und Rotes Meer verbindet. Es ist schon ein eigentümliches Gefühl, auf einem großen Ozeanriesen durch die Wüste zu gleiten, ein Fremdkörper zu sein in dieser Landschaft, in der die Menschen aussehen, als wären sie gerade der biblischen Geschichte entsprungen.
Alexandra beobachtet einen Mann und eine Frau, die auf Mauleseln am Kanal entlangreiten, Hirten mit langen Krummstöcken, die Lämmer auf ihren Schultern tragen, und nackte Fellachen, die an der Verbreiterung des Kanals arbeiten. Unweigerlich muß Alexandra beim Anblick dieser Männer, die mit ihren Bastkörben Sand auf einen Hügel tragen, an den Bau der Pyramiden denken.
Je weiter das Schiff in die Wüste eindringt, um so unwirklicher wird das Land. Kein Baum, kein Strauch, kein Halm ist mehr zu sehen. Nur der heiße Wind scheint noch zu leben, der glühende Sandfontänen durch die Luft wirbelt, die bis zum Schiff herüberwehen und zeitweilig das Licht des Tages verdunkeln.
Auf dem Dampfer breitet sich allmählich Apathie aus. Auch Alexandra flüchtet vor der Sonne und kehrt erst an Deck zurück, als diese sich wie ein glühender Ball dem Horizont nähert.
Es ist tiefe Nacht, als die »Mishima Maru« Suez und

damit das Ende des Kanals erreicht. Am nächsten Morgen durchkreuzen sie bereits das Rote Meer und wenige Tage später das saphirblaue Wasser des Indischen Ozeans.
Und endlich, nach gut zwei Wochen, ist eines Morgens am Horizont eine Linie in Meeresspiegelhöhe zu erkennen. Die flache Küste Ceylons. Schon bald kann man die Kokospalmen unterscheiden, die das Ufer säumen, und die weiter zurückliegenden, dichtbewaldeten Berge, über denen vereinzelte Wolken dahinsegeln.
Alexandra ist am Ziel.
Zwanzig Jahre sind seit ihrem ersten Besuch vergangen, zwanzig Jahre, in denen sich in Colombo nichts Wesentliches verändert hat. Und doch, diesmal ist alles ganz anders. Während sie bei ihrer ersten Ankunft von keinem Menschen erwartet wurde, wird ihr nun ein überaus freundliches Willkommen bereitet. Ihr langjähriger Brieffreund, der Buddhist Dharmapala, steht höchstpersönlich am Kai, um sie zu begrüßen, und im Hotel wird sie bereits von einer Delegation der Stadtväter und Honoratioren Colombos erwartet, die einen festlichen Empfang mit anschließendem Galadiner zu ihren Ehren vorbereitet haben. Alexandra ist angenehm überrascht, aber Dharmapala schmunzelt nur.
»Worüber wundern Sie sich, meine Liebe? Sie sind zu einer Berühmtheit geworden, zu einer anerkannten Orientalistin. Und dank Ihres Buches über den Buddhismus, der Staatsreligion unserer Insel, sind es nicht nur die in der Stadt lebenden Engländer, die Sie heute abend willkommen heißen wollen, sondern auch eine große Anzahl Ceylonesen.«

Alexandra genießt diese herzliche Begrüßung, achtet aber streng darauf, sich in den folgenden Tagen nur soweit von ihren Bewunderern vereinnahmen zu lassen, wie es ihre Pläne erlauben. Sie, die während ihres ersten Ceylon-Aufenthaltes nur Colombo und die nähere Umgebung kennengelernt hat, ist fest entschlossen, diesmal nichts auszulassen.

Dharmapala hat sich bereit erklärt, ihr seine Heimat zu zeigen, und so entdeckt sie an seiner Seite das paradiesische, das lichte, das duftende, das faszinierende Ceylon. Begeistert folgt Alexandra ihrem Führer in die heilige Ruinenstadt Anuradhapura, der antiken Königsstadt im Centrum Ceylons.

»Anuradhapuras Geschichte ist bis in das 250. Jahr vor eurer Zeitrechnung belegt«, erklärt Dharmapala. »Auch wenn nur noch Ruinen übriggeblieben sind, so zeugen diese Überreste von Palästen, Gartenanlagen, Säulenwäldern, Badebecken und monumentalen Dagobas, den buddhistischen Heiligtümern, doch von dem längst vergangenen Glanz dieser Stadt.«

Zwei Tage lang führt Dharmapala, der seine Rolle als Reiseleiter sehr ernst nimmt, Alexandra durch die riesigen Ruinenfelder, zwischen denen friedlich weiße Kühe weiden, um dann die Besichtigung mit einem weiteren Höhepunkt zu beenden: einem riesigen Baum, der sich groß und mächtig auf einem umzäumten Sockel über einer Terrasse erhebt, an der Pilger Blumen und Räucherstäbchen ablegen.

»Das ist der heilige Bodhi-Baum«, erklärt Dharmapala der staunenden Alexandra. »Ein Ableger jenes Baumes, unter dem Buddha einst erleuchtet wurde. Die indische Prinzessin Sanghamitta pflanzte ihn vor mehr als zweitausend Jahren. Und jeden Monat einmal, bei

Vollmond, kommen die Gläubigen von nah und fern, um diesem heiligen Baum Opfer darzubringen und ihn mit Früchten zu schmücken. Übrigens, morgen ist es wieder soweit, morgen abend ist Vollmond«, setzt Dharmapala mit einem kleinen Schmunzeln hinzu, wohlwissend, daß seine Begleiterin die Gelegenheit nutzen wird.
Und tatsächlich. In der folgenden Nacht kehrt Alexandra, die Freundin der Bäume, allein zu dem Riesen zurück. Im sanften Licht des Mondes, der der Szenerie etwas Unwirkliches gibt, legt sie ihre Opfergaben nieder und setzt sich zu seinen Füßen, um ihn ehrfürchtig zu betrachten und um Zwiesprache zu halten mit diesem Ur-Baum, dem Vater aller Bäume.
Am nächsten Tag führt Dharmapala Alexandra nach Kandy, um ihr die Gärten von Peradeniya, einem Paradies mit Tausenden von tropischen Pflanzen, Palmenalleen, Blumenmeeren, Gewürz- und Kräutergärten zu zeigen. Unzählige Affen schaukeln in den Baumwipfeln, und in der großen Flußschleife des Mahaweli baden Elefanten.
Aber Dharmapala bietet ihr noch mehr. Unermüdlich fährt er mit seiner Begleiterin über die Insel, zeigt ihr palmenumsäumte Küsten, interessante Städte und die im satten Grün unterschiedlichster Schattierungen schimmernden Berge, die mit einem Teppich von Kautschuk, Kakao und Kaffeepflanzen, Gewürzen und lieblichen Teelandschaften bedeckt sind.
»Unser nächstes Ziel ist der Berg Sri Pada, den die Engländer ›Adams Peak‹ nennen«, erklärt Dharmapala eines Tages. »Er gilt vielen Religionen als Heiligtum. Auf seinem kegelförmigen Gipfel befindet sich nämlich eine breite steinerne Vertiefung, die von den

Buddhisten als Buddhas, von den Hindus als Shivas und von den Moslems und Christen als Adams Fußspur verehrt wird.«

Wenig später erreichen sie das kleine Dorf Dalhousie, zu Füßen des majestätisch aus der Bergkette herausragenden Sri Padas, und suchen sich sogleich eine Unterkunft.

»Wir sollten uns bald zur Ruhe legen«, rät Dharmapala. »Um den herrlichen Sonnenaufgang auf dem Gipfel erleben zu können, müssen wir nämlich bereits in der Nacht aufbrechen.«

Alexandra nickt und sieht zu der bizarren Berglandschaft hinauf, die in regenschwere Monsunwolken gehüllt ist.

»Von den grandiosen Sonnenauf- und untergängen auf dem Adams Peak habe ich bereits gehört. Nur bei der Wolkendecke wird nicht viel zu sehen sein. Hoffen wir also, daß sich das Wetter aufklart.«

Die Freunde legen sich schon am Nachmittag nieder und fühlen sich, als sie um 2 Uhr früh aufbrechen, frisch und ausgeruht. Es ist gar nicht leicht, im Dunkeln die Konturen des Pfades auszumachen, trotzdem schreiten sie munter bergan, überqueren bald eine hölzerne Brücke, unter der sie ein Flüßchen rauschen hören, und passieren wenig später eine Dagoba. Hoch über ihnen ist nun die Silhouette der Bergkuppe, die sich in den, nur von wenigen Sternen erhellten Nachthimmel schneidet, zu erkennen.

Der an den Seiten dicht bewachsene und bewaldete Pfad, der zum Teil von Gebüsch überwuchert ist, schlängelt sich steil bergauf. Nach einer Weile beginnen die Treppenstufen, etwa 4000 sind es, die bis zum Gipfel hinaufführen. Stufen über Stufen. Alexandras Beine werden immer schwerer. An manchen Abschnitten muß sie sich mit aller Kraft am Geländer hinaufziehen, doch sie geht weiter, unablässig, fest entschlossen, ihn irgendwie zu meistern, diesen Berg. Hin und wieder, wenn die Sicht ein wenig klarer wird, zeigt der Adams Peak dort oben sein markantes dunkles Antlitz, um sich dann gleich wieder in Wolken zu hüllen.

Langsam wird es heller, doch der Nebel bleibt. Jeder Schritt kostet Überwindung, und als Alexandra sich schon zu fragen beginnt, ob die Mühe überhaupt lohnt, haben sie plötzlich den Gipfel erreicht. In diesem Augenblick reißt auch endlich die Wolkendecke auf, und die Sonne erscheint, ein orangefarbener Ballon am Horizont.

Atemlos betrachtet Alexandra den herrlichen Rundblick über das Bergland, auf grüne Dschungelszenerie, Wasserfälle im Gegenlicht und steil abfallende Felswände. Sie fühlt sich durchgeschwitzt und ausgelaugt und ist doch glücklich wie selten in ihrem Leben.

Aus dem kleinen auf dem Gipfel gelegenen Kloster kommt ihnen ein Mönch entgegen und bewirtet sie mit heißem Tee, dann führt er sie zu dem kleinen Tempel und dem riesigen Fußabdruck von …?

Alexandra ist es gleich. Sie bewundert andächtig die Schönheit um sich herum und gönnt allen dreien, Buddha, Shiva sowie Adam, diesen herrlichen Ausblick schon einmal genossen zu haben.

»O Dharmapala.« Bittend sieht sie den Freund an. »Können wir nicht bis zum Abend bleiben? Ich würde so gerne auch den Sonnenuntergang erleben.«

Als Dharmapala zögert, schaltet sich der Mönch ein und bietet ihnen ein Nachtquartier im Kloster an. Er-

freut willigen die Freunde ein und machen sich also erst am nächsten Tag wieder an den Abstieg.
Trotz des feinen Nieselregens, der bis auf die Haut geht und der die ohnehin steilen und unregelmäßigen Treppenstufen nun auch noch glitschig werden läßt, benötigen sie für ihren Weg ins Tal nur die Hälfte der Aufstiegszeit.
Unermüdlich setzt Alexandra an der Seite Dharmapalas die Entdeckung Ceylons fort. Ihre Begeisterung für die Baudenkmäler und die Schönheiten der Insel läßt keinen Augenblick nach, nur mit den kanariengelben Buddhastatuen kann sie sich noch immer nicht anfreunden und bemüht sich, sie weitgehend zu ignorieren.
Neben diesen Reisen vernachlässigt Alexandra jedoch keinesfalls ihre Studien. Sie vertieft ihre Kenntnisse des Pali, dem vom Sanskrit abgeleiteten Dialekt, nimmt an Diskussionen der buddhistischen theosophischen Gesellschaft teil und frönt außerdem einer neuen Liebhaberei – der Photographie. Eifrig nimmt sie Unterricht und zeigt sich schon bald als begabte Photographin, deren Aufnahmen oft von beeindruckender Schönheit sind. Begeistert läßt sie Philippe, mit dem sie nach wie vor in engem Briefkontakt steht, an ihren Fortschritten und auch an allen anderen Erlebnissen teilhaben, nur wann sie heimkehrt, das schreibt sie ihm nicht.

Nach fast drei Monaten treffen Dharmapala und Alexandra wieder in Colombo ein. Dort besucht sie noch Versammlungen, nimmt an verschiedenen Festlichkeiten, die ihr zu Ehren gegeben werden, teil, hält eine Vorlesung am Royal-College, aber ist mit ihren

Gedanken eigentlich schon an ihrem nächsten Ziel: Indien.
Und eines Tages ist es dann soweit. Alexandra packt ihr unentbehrliches Gepäck – einen Zinnbadezuber, Bücher, Notizen, Tintenfäßchen, Federhalter und ihre neueste Errungenschaft – einen Photoapparat – zusammen, um sich auf den Weg zu machen.

Wunderbares, schreckliches Indien

Aus dem alten Fährschiff, das Alexandra vor zwanzig Jahren über den Golf von Manaar gebracht hat, ist ein eleganter Dampfer geworden, und die Ausschiffung, die damals in schmalen Ruderbooten vorgenommen wurde, erfolgt heute in einer geräumigen Schaluppe. Nun ja, alles ändert sich, und Alexandra ist dankbar, daß die Überfahrt auf diese Weise wesentlich bequemer ist als beim ersten Mal.

Verblüfft ist sie jedoch, als sie in Tuticorin an Land geht. Aus dem kleinen Dorf mit den vereinzelten Hütten ist eine Stadt geworden, eine Stadt mit Häusern, Straßen, Fabriken, einem neuen Bahnhof und einer langen ins Meer hinein gebauten Mole. Tuticorin ist nicht wiederzuerkennen. Der Fortschritt macht wirklich vor gar nichts halt, stellt sie unangenehm berührt fest. Wenn das so weitergeht, wird das ganze Land bald nur noch eine gewaltige Fabrik sein.

Nachdenklich schlendert sie die Mole entlang und bemerkt dabei einige riesige Meerwasserschildkröten, die man auf den Rücken geworfen hat, damit sie nicht entkommen können. Verzweifelt versuchen die Tiere, wieder auf die Beine zu gelangen, aber in dieser Rückenlage sind sie hilflos ihrem Schicksal ausgeliefert. Mitleidig versucht Alexandra, die Schildkröten aus ihrer Qual zu erlösen und umzudrehen, aber sie sind einfach zu schwer. Außerdem hat sie bereits die Aufmerksamkeit einiger Fischer erregt und zieht es schließlich vor, sich schleunigst davonzumachen – zunächst von der Mole und wenig später auch aus Tu-

ticorin. Ihre erste Begegnung mit dem modernen Indien hat sie zu sehr enttäuscht, als daß sie noch länger in dieser Stadt bleiben möchte.
Alexandra besteigt also den Zug nach Madurai und hat sich gerade in ihrem Abteil eingerichtet, als ein Brahmane eintritt und Platz nimmt. Eine Weile bleibt es still zwischen ihnen, nur das gleichmäßige Rattern des Zuges ist zu hören, und Alexandra überlegt bereits fieberhaft, wie sie mit diesem Hindu-Priester ins Gespräch kommen kann. Immerhin hat sie einen Forschungsauftrag zu erfüllen und will auf dieser Reise soviel wie möglich über die Vedanta-Philosophien erfahren, ein Thema, wie geschaffen für einen Brahmanen …
Plötzlich und ohne Vorwarnung ertönt in die Stille hinein ein surrendes Geräusch, das Alexandra und den Priester erschrocken auffahren läßt. Suchend sehen sie sich um und brechen dann gleichzeitig in Gelächter aus, als sie feststellen, was dieses Surren verursacht: Es ist der elektrische Ventilator, der sich automatisch eingeschaltet hat.
»Ja, ja, die moderne Technik versetzt uns immer wieder in Erstaunen«, stellt der Brahmane schmunzelnd fest und macht es damit für Alexandra leicht, nun ein Gespräch anzuknüpfen. Da man mit einem Hindu-Priester sehr rasch auf das Thema Philosophie und Religion kommt, zieht sie bald ihre Bhagawadgita im sanskritischen Original aus der Handtasche und sichert sich damit endgültig die Hochachtung ihres Reisebegleiters.
Den Rest der Fahrt verbringen sie im angeregten Gespräch, und als sie in Madurai ankommen, hat Alexandra eine Unterkunft und einen Führer. Sie ist für

diese außergewöhnliche Einladung sehr dankbar, denn in der Regel verbietet die Kastenzugehörigkeit den Brahmanen, Ausländer in ihrem Haus zu empfangen.

In den folgenden Tagen muß Alexandra feststellen, daß auch Madurai sich verändert hat. Viele Orte, die sie anläßlich ihres ersten Besuches bewunderte, sind verschwunden. Überall ist gebaut worden, und sie findet sich kaum noch zurecht. Nur der Minakshi-Tempel ist derselbe geblieben. In Begleitung ihres Brahmanen geht sie durch den mit Skulpturen bedeckten Torturm und betritt eine Halle, in der sich ein Basar befindet. Unzählige Händler haben hier ihre Waren auf dem Fußboden ausgebreitet und bieten den Besuchern allerlei überflüssigen Schnickschnack an. Auch Alexandra kann nicht widerstehen und kauft sich Ohrringe und Armreifen aus buntem Glas.
Das marktschreierische Bild ändert sich jedoch schlagartig, als sie das zweite Tor passieren und sich inmitten steinerner Riesen – Helden der hinduistischen Legenden, Götter und Tiere – wiederfinden. Sie verbringen Stunden in dem dunklen Labyrinth aus schwärzlichen Steinen.
Bei Anbruch der Nacht beginnt, mit langen Gongschlägen und Glockengeläut, das durch die Gewölbe widerhallt, der Arati, der abendliche Gottesdienst. Lichter geistern durch das Labyrinth, und dahinter erscheint die schattenhafte Gestalt eines Priesters mit nacktem Oberkörper, der um die Lenden ein weißes Tuch geschlungen trägt. Dann öffnen sich die hell erleuchteten Tore des Altarraums und geben den Blick frei auf eine finstere Höhle, in der mit Gold und Ju-

welen übersäte Statuen und Standbilder mit abscheulichen Fratzen das Licht der Bodenlämpchen auffangen und funkelnd widerspiegeln. Welch unvergeßlicher und unheimlicher Anblick, der viel mehr im Betrachter auslöst, als das Auge wahrzunehmen vermag.
Alexandra empfindet diese Umgebung als einzigartig und lauscht staunend den Worten des Brahmanen:
»Diese Götterbilder werden sorgfältig gepflegt und umsorgt«, erklärt er ihr. »Frühmorgens weckt man sie mit einem Ständchen, dann werden sie gebadet, geschminkt und angekleidet. Mehrmals am Tag bekommen sie Lebensmittel hingestellt, und bei Anbruch der Nacht entkleidet man sie und bringt sie ins Bett. Eine Serenade, die die Musiker des Tempels darbieten, bildet den Abschluß des täglichen Rituals.«
Ungläubig sieht Alexandra ihn an. Ihr, der Buddhistin, sind solche Götzenverehrungen fremd, doch der Brahmane fährt unbeirrt fort:
»Sogar Ausflüge machen die Götter, doch die beschränken sich meist auf eine kurze Fahrt rund um ihren Tempel. O ja, Indien ist im wahrsten Sinne des Wortes ein Land der Götter«, setzt er stolz hinzu. »Sie sind allgegenwärtig und in jedem Bereich des sozialen Lebens anzutreffen.«

Von Madurai macht Alexandra sich auf den langen Weg nach Benares, der heiligen Stadt am Ganges. Tagelang rollt der Zug durch die brütende Hitze. Er durchquert scheinbar endlose Ebenen, deren vertrocknete Böden nirgends auch nur eine Spur von Grün aufweisen und deren kahle Bäume mit ihren grotesk verkrüppelten Ästen Spukgestalten gleichen, bösartig und bejammernswert zugleich. Bei jedem Halt des Zuges bemerkt Alexandra durch die vom glühend heißen Wind aufgewirbelten Staubwolken größere oder kleinere Menschentrauben, die sich an den Schranken drängen und um Essen betteln.

Hungersnot in Indien! Kein ungewohntes Bild, das ebenso wie die Cholera einmal in dieser, einmal in jener Region auftritt.

Alexandra und die anderen Reisenden verteilen mitleidig ihren Proviant, aber es ist nur ein Tropfen auf den heißen Stein.

»Es gibt religiöse Verbände und christliche Missionen, die halbwegs wirksame Hilfsleistungen organisieren«, erklärt ein Mitreisender und wischt sich erschöpft den Schweiß von der Stirn. »Aber auf den langen Transportwegen bleiben regelmäßig weitaus mehr Hilfsgüter bei den diversen zuständigen Beamten hängen, als schließlich tatsächlich zur Verteilung kommen. Ja, leider gibt es immer noch genügend Leute, die sich an den Hungersnöten bereichern.«

Alexandra nickt und muß unwillkürlich daran denken, daß diese Spezies Mensch auch in der westlichen Welt nicht gerade unbekannt ist.

Endlich ist Benares erreicht, und Alexandra bringt rasch ihr Gepäck in die christliche Mission, in der sie übernachten will, bis sie eine geeignete Unterkunft gefunden hat. Danach macht sie sich sofort auf den Weg zu dem Rosengarten von Baschkarananda. Viele Jahre mußte sie auf das Wiedersehen mit dem weisen Swami warten, und nun freut sie sich schon sehr auf die Gespräche mit ihm.

In ihrer Erinnerung hat sie ihn immer in dem blühenden Rosengarten gesehen, in dem er lebte, aber nun ist nicht die richtige Jahreszeit für Rosen. Die Beete, zwischen denen Marmorplatten liegen, sind abgeblüht. Das staubige, eingefriedete Stück Land wirkt verlassen. Automatisch richtet Alexandra den Blick auf den Platz, wo Baschkarananda für gewöhnlich zu sitzen pflegte, aber er ist leer ...

»Suchen Sie den Meister?«

Ein Mann, bekleidet mit einem Tuch in der rituellen Farbe der Sannjasin, tritt neben sie. Alexandra nickt.

»Ja, ich wollte zu Swami Baschkarananda. Lebt er nicht mehr hier?«

Der Mann schüttelt traurig den Kopf.

»Der Meister ruht jetzt unter dem Grabmal aus weißem Marmor, das wir, seine Schüler, für ihn errichtet haben«, erklärt er, und Alexandra läßt sich betroffen die prächtige Grabstätte des weisen Swamis zeigen.

Still verweilt sie dort einige Zeit und verläßt schließlich niedergeschlagen den Rosengarten. Sie hat sich so sehr auf das Wiedersehen gefreut, nun sind Enttäuschung und Trauer doppelt groß.

»Wer kann wissen, was morgen ist? Die Unbeständigkeit ist das Gesetz allen Lebens. Vergiß das nie.« Ist es die Seele Baschkaranandas oder ihre Erinnerung, die ihr die Worte des Weisen zuflüstern? Alexandra ist sich nicht ganz sicher. Sie weiß nur eins:

»Ich werde weder dich noch deine Lehre jemals vergessen, Swami.«

Das Thermometer zeigt 45° Celsius, und Alexandra sitzt auf der durch ein zweifaches Dach gegen die sengende Sonne geschützten Veranda des von ihr gemieteten Hauses. Erschöpft durch die Hitze liest sie in

einem Buch und erfrischt sich gerade mit einer eisgekühlten Zitronenlimonade, als es an die Tür klopft. Es ist der Reverend, ein englischer Missionar und Indologe, der sämtliche Gelehrte in Benares kennt. Müde setzt er sich in den Schatten und nimmt dankbar eine Erfrischung entgegen.
»Haben Sie schon von dem Sadhu gehört, diesem Hinduasketen, der sich auf den Ghâts in einer Nische einquartiert hat und sich vom Hochwasser überschwemmen lassen will?«
Alexandra schüttelt den Kopf und lauscht entsetzt den Worten des Engländers. Da ihr sein Bericht jedoch nicht ausreicht, überredet sie ihn, mit ihr zu den Ghâts zu gehen.
In Benares führen die Kais am Ganges terrassenförmig von der Stadt bis zum Wasserspiegel des Flusses hinunter. Auf diesen Absätzen von verschiedener Breite erheben sich zahlreiche Sakralbauten, die einen in den Dimensionen eines richtigen kleinen Tempels, andere wiederum reduziert auf einfache Nischen, die das Bildnis eines Gottes beherbergen. In einer dieser Nischen hat sich nun der Sadhu einquartiert, sitzt mit untergeschlagenen Beinen auf dem Boden und verharrt regungslos in dieser Meditationshaltung.
»Glauben Sie wirklich, daß er sitzenbleibt, bis das Hochwasser kommt?« fragt Alexandra zweifelnd den Reverend. Der zuckt mit den Schultern.
»Ich befürchte ja«, entgegnet er. »Und da die Schneeschmelze im Himalaja bereits eingesetzt hat, wird es auch nicht lange auf sich warten lassen.«
Der Reverend behält recht. Das Hochwasser kommt und steigt von Tag zu Tag an. Von seiner Nische aus kann der Sadhu beobachten, wie es einen Absatz nach

dem anderen überflutet. Mittlerweile sind viele Leute aufmerksam geworden und zollen ihm respektvolle Bewunderung, bekränzen ihn mit Girlanden und werfen Blumen vor den Eingang seiner Nische.

Der Sadhu bleibt unbewegt sitzen. Er fastet.

Verzweifelt versucht Alexandra, den Reverend und einige ihrer hinduistische Freunde zu überreden, den wahnsinnigen Selbstmörder aufzuhalten. Doch sie schütteln nur den Kopf über ihre Naivität.

»Der Sadhu handelt aus freien Stücken«, entgegnen sie. »Nichts und niemand hindert ihn daran, seinen Platz zu verlassen.«

In den nächsten Tagen geht Alexandra immer wieder zum Ganges hinunter, um nach dem Mann zu sehen, dessen Tod naht. Er verharrt mit aufrechtem Oberkörper und gehobenem Kopf, den steinernen Standbildern gleich, die ringsum in den Kapellen thronen. Schon überschwemmt das Wasser die erste Stufe seiner Klause, dann die zweite, umspült schließlich die Schwelle.

Die Menschen kommen von weit her, teilweise sogar in Booten, um den Sadhu zu sehen und ihm Blumen zuzuwerfen. Und das Wasser steigt immer weiter, reicht ihm bis zum Gürtel, bis an die Schultern, den Hals, streichelt den Mund und schlägt ihm schließlich über dem Kopf zusammen, ohne daß er aus seiner Reglosigkeit erwacht. Die Menge, die sich versammelt hat, um das Ende des Dramas zu verfolgen, schreit: »Jai, jai« (Sieg).

Alexandra ist fassungslos.

Durch die Theosophische Gesellschaft in Benares hat Alexandra eine Engländerin kennengelernt, die von der hinduistischen Gläubigkeit, aber vor allem von den »Heiligen« hingerissen ist. Lächelnd lauscht Alexandra ihren Erzählungen.

»Wissen Sie«, klärt sie die junge Frau auf, »es gibt fünf Millionen berufsmäßige Heilige in Indien, aber von jeweils hundert dieser Yogis, Fakire und Sadhus sind neunzig Strolche und Betrüger. Jeder, der das orangefarbene Gewand des Asketen anlegt, gilt bereits als Sadhu. Aber kommen Sie, ich zeige Ihnen, was ich meine.«

Sie gehen zum Ufer des Ganges hinab, wo es wie immer von Gläubigen wimmelt. Auf einer der Kaitreppen steht ein Mann, auf eine Art Pult gestützt, das ihm bis zur Taille reicht. Ein Sadhu, der sich niemals hinsetzt, niemals hinlegt. Wieder ein anderer sitzt auf dem Boden. Bis auf ein schmales, um die Lenden geschlungenes Tuch ist er nackt. Er übt sich in einer Form der Selbstkasteiung, die man »die fünf Feuer« nennt. Um ihn herum brennen vier Flammen und verstrahlen eine gnadenlose Hitze. Die Sonne, das fünfte Feuer, sengt seinen kahlgeschorenen Schädel.

Ein anderer Sadhu sitzt gegen eine Mauer gelehnt, die Augen geschlossen, reglos, offenbar in tiefste Meditation versunken und der Umwelt entrückt.

»Was meinen Sie?« fragt Alexandra ihre Begleiterin. »Befindet er sich wirklich im Samadhi, dem Zustand der vollkommenen Versenkung in sich selbst?«

Die Engländerin nickt entschieden.

»Wir werden sehen«, lächelt Alexandra und ruft einen zerlumpten Straßenjungen herbei.

»Willst du dir eine Rupie verdienen?« fragt sie. Er nickt erfreut. »Geh zu dem Sadhu dort und versuch, ihm eine Münze aus seiner Almosenschale zu stehlen.

Damit wir uns richtig verstehen, wenn es dir gelingt, geben wir ihm das Geld zurück. Wir wollen uns nur einen Spaß machen. Du bekommst eine Rupie, wenn du dich geschickt anstellst.«
Der junge Bettler lacht vor Freude und saust davon. Doch kaum hat er die kleine schmutzige Hand nach der Almosenschale des Sadhus ausgestreckt, als dieser auch schon mit einem Satz aufspringt und lästerliche Flüche ausstößt. Alexandra sieht die Engländerin schmunzelnd an und legt etwas Geld in die Almosenschale des »heiligen Mannes«, um seinen Zorn zu besänftigen. Auch der Junge, der an der nächsten Ecke auf sie wartet, erhält die versprochene Rupie. Ihre Begleiterin ist enttäuscht, aber um eine Erfahrung reicher.

Die nächste Etappe auf Alexandras Indienreise ist Kalkutta. Wie bereits in Colombo wird sie auch hier von den ortsansässigen Gelehrten auf das herzlichste begrüßt. Ihr Besuch wird von den Zeitungen ausführlich kommentiert, ein Dichter improvisiert sogar Verse, in denen er Alexandra mit Sarasvati, der Göttin der Weisheit, vergleicht.
Der wachsende Ruhm der Orientalistin eilt ihr von den Ufern des Ganges bis zu den Gipfeln des Himalaja voraus, schon allein deshalb, weil in dem strikt englischen Indien eine Europäerin, die mit Indern verkehrt, deren heilige Schriften studiert und sich mit dem orangefarbenen Tuch der Entsagung schmückt, ein noch nie dagewesenes Phänomen darstellt.
Das europäische Viertel Kalkuttas gleicht London zum Verwechseln. Der graue Nebel, der abends vom Ganges heraufsteigt und der die Straßenlaternen mit einem Schleier umgibt, könnte von der Themse stam-

men, und die von europäischen Produkten überquellenden Warenhäuser durchaus in der britischen Hauptstadt stehen.
Alexandra eilt zwischen dem europäischen Viertel und den Behausungen der Sadhus an den Ufern des Ganges hin und her, nimmt an einem Abend an einer Party und am nächsten an einem hinduistischen Ritual teil, besucht Museen und Vorträge und dann wieder eine glanzvolle Parsi-Hochzeit. Sie ist in Hütten und vornehmen Häusern zu Gast und lernt unzählige Leute kennen. Begeistert nimmt sie an englischen als auch an indischen Zeremonien teil, und das einzige Problem, das sich ihr dabei stellt, ist ihre kärgliche Garderobe.
Um dieses Thema ein für allemal zu lösen, beschließt sie, sich in das ockerfarbene Gewand der Entsagung zu hüllen und es mit dem orangenen Tuch, dem Geschenk Baschkaranandas, zu schmücken. So ist sie für jeden Anlaß passend gekleidet.

Durch Vermittlung ihres alten Lehrers, Silvain Lévi, lernt Alexandra einen jungen Inder kennen, einen Chemiker, der in Paris sein Diplom erworben hat und der aus seiner religiösen Kaste ausgeschlossen wurde. Er ist von Geburt Brahmane, hat es aber seit seiner Rückkehr aus Europa abgelehnt, die ihm widerlichen Reinigungen über sich ergehen zu lassen, bei denen einem sogar die Zunge mit Kuhmist eingerieben wird. Nun gilt er als »unrein«, und sogar seiner Familie ist es untersagt, auch nur mit ihm zu essen.
Der junge Inder bietet sich Alexandra als Führer an, und so besuchen sie gemeinsam den Tempel der Dschainas, der ganz aus Glas, Porzellan und weißem

Marmor besteht, das glitzernde Werk eines Zuckerbäckers inmitten eines chinesischen Gartens. Er ist auch der einzige, der sie zu dem Verbrennungsplatz am Ganges führen kann, denn normalerweise wird ein Hindu unrein, wenn er ohne Grund dorthin geht, aber dieser Inder hat nichts mehr zu verlieren.
Drei Scheiterhaufen flackern vor dem grauen Abendhimmel. Zusammengekauert warten die Angehörigen in einiger Entfernung darauf, die Überreste – verkohlte Gebeine und Asche – in den Fluß werfen zu können.
Verblüfft beobachtet Alexandra, daß sich einige Männer die Wartezeit mit allerlei Spielen vertreiben.
»Die Hindus messen dem Tod nicht soviel Bedeutung bei«, erklärt ihr Begleiter. »Und den Toten wird es egal sein.«
Diese Argumente kann Alexandra noch akzeptieren, aber als sie ein wenig weitergehen und sie die vielen kranken Leute sieht, die in der Nähe des Verbrennungsplatzes auf den Straßen liegen, ist sie tief betroffen.
»In der Nähe des Ganges zu sterben«, erklärt der Inder, »garantiert die Wiedergeburt in einem Paradies voller Freuden.« Fassungslos sieht Alexandra ihn an.
»Heißt das, daß alle diese Leute hier auf ihren Tod warten und darauf, selbst an die Reihe zu kommen, verbrannt zu werden?« Er nickt.
»Manchmal bitten die Kranken von allein darum, hierher gebracht zu werden. Es gibt allerdings auch welche, die man schreiend und gegen ihren Willen an diesen Ort befördert.«
»Und dann müssen sie auch noch in dem Vorhof der Verbrennungsstätte warten, hören das Holz knistern

und riechen das verbrannte Fleisch«, stellt Alexandra erschüttert fest. »Was für eine unmenschliche Sitte.« Der Inder zuckt mit den Schultern.
»Sehen Sie selbst. Die meisten der Sterbenden wirken sehr ruhig. Die Vorstellung einer Reinkarnation macht es möglich, sich an das Sterben zu gewöhnen. Man redet sich ein, man sei schon so oft gestorben, daß es sich nur noch um eine reine Formsache handelt.«
Sicher spielt auch dieses Erlebnis bei der Verbrennungsstätte am Ganges eine Rolle, als Alexandra sich entschließt, Kalkutta zu verlassen. Aber vor allem ist es wohl ihr Wunsch nach Einsamkeit, der sie veranlaßt, weiterzuziehen. Der Aufenthalt hat ihr eine Vielzahl von Notizen und eine Vielfalt von Begegnungen mit herausragenden Persönlichkeiten gebracht, und sie ist dankbar dafür. Doch ihre nächsten Ziele heißen Darjeeling und das Königreich Sikkim im Himalaja, wo sie auf eine Audienz beim Dalai Lama hofft. Unmöglich, diesem Ruf noch länger zu widerstehen.

Ein Kronprinz, der Dalai Lama und der Gömptschen von Lachen

Darjeeling. Mondäne Sommerfrische der britischen Kolonialisten, aber auch das Ende jener Welt, die sich Zivilisation nennt. Hier hört die Eisenbahnlinie auf, hier beginnt der Dschungel, in dem das Abenteuer und die Götter warten.

Alexandra hält sich jedoch nur gerade so lange in Darjeeling auf, wie sie braucht, um ihre Expedition auszurüsten und Kulis sowie einen Führer anzuheuern.

Es ist früh am Morgen, als die Karawane aufbricht. Dichter Nebel liegt über dem Land. Dicke Schwaden ziehen durch die Wälder und verwandeln die Bäume in phantastische Gestalten. Nachdem sie Darjeeling hinter sich gelassen haben, erinnert bald nichts mehr an den Zauber Indiens. Hier beginnt das gelbe Asien, eine Natur, die ihre Geheimnisse nicht preisgibt, ein herbes Land mit einem seltsam bizarren Reiz. Alexandra reitet unter riesigen alten, mit Moos bewachsenen und mit Lianen behangenen Bäumen dahin. Ein Dschungel, dicht und rätselhaft.

Die Karawane überwindet schließlich eine Hügelgruppe und durchquert danach riesige Teepflanzungen. Es geht bergab, immer nur bergab, vom 2400 Meter hoch gelegenen Darjeeling zu dem in 241 Meter Höhe gelegenen Fluß Tista. Je weiter sie hinabsteigen, desto heißer wird es und um so üppiger wird die Vegetation.

Der Trupp überquert den Tista auf einer bedenklich schwankenden Hängebrücke, dann beginnt der Aufstieg. Kalimpong liegt 1360 Meter hoch. Es ist ein be-

schwerlicher Weg, der über Geröllfelder und durch einen Wald aus eibenähnlichen spitzen Bäumen führt und der kein Ende zu nehmen scheint. Doch endlich ist das Ziel Kalimpong erreicht. Alexandra findet eine Unterkunft, ein Zimmer, etwas abseits gelegen, aber sehr groß, sehr hoch und sehr sauber.
Einflußreiche Freunde aus Kalkutta haben den britischen Protektor von Sikkim, Mr. Charles Bell, der in Gangtok residiert, von Alexandras Reiseplänen unterrichtet, und er seinerseits hat den Maharadscha von Sikkim informiert, der zum Empfang des illustren Gastes seinen ältesten Sohn Kumar, den Kronprinzen, entsendet. Kumar ist kurz vor Alexandra in Kalimpong eingetroffen und schickt nun seiner Schutzbefohlenen eine Einladung zum Abendessen.
Alexandra und der Sohn des Maharadschas, der mit einem herrlichen Gewand aus Goldbrokat bekleidet ist, sind sich auf den ersten Blick sympathisch. Er, der neben seiner Funktion als Kronprinz auch das buddhistische Oberhaupt seines Landes darstellt, erweist sich als interessanter Gesprächspartner und großzügiger Gönner. So weist er seiner neuen Freundin einen Führer zu, Dawasandup, der sie auf ihren Reisen durch Sikkim begleiten, ihr als Dolmetscher und Beschützer dienen und ihr die tibetische Sprache beibringen soll.
Außerdem macht Kumar seinen ganzen Einfluß geltend, um ihr die sehnlichst gewünschte Audienz beim Dalai Lama zu verschaffen, eine Gunst, die bisher noch keiner Europäerin gewährt worden ist. Dawasandup übernimmt es, Alexandra in die Fragen der Etikette einzuweisen:
»Der 13. Dalai Lama ist ein bedeutender Politiker und

ein großer Visionär«, beginnt er seine Erklärungen. »Zweimal mußte er bisher aus Lhasa fliehen, zuerst vor den Engländern, dann vor den Chinesen, und er beabsichtigt erst wieder in seine Heimat zurückzukehren, wenn sein Land von den Eindringlingen befreit ist. Solange wird er bei uns im Exil leben.«

Alexandra nickt ungeduldig. Bis jetzt hat Dawasandup ihr keine Neuigkeiten berichtet. Er lächelt leise und kommt nun zum Kern der Sache:

»Normalerweise knien die Gläubigen nieder und werden gesegnet, aber der Kronprinz hat mit Seiner Heiligkeit gesprochen, und er war bereit, sich in Ihrem Fall auf einen Kompromiß einzulassen. Wenn der Dalai Lama Sie also begrüßt, gehen Sie zu ihm. Er wird seine Hand auf Ihren Kopf legen, um Sie zu segnen, und Sie brauchen sich zum Zeichen des Dankes nur zu verbeugen.«

Alexandra ist begeistert und fiebert aufgeregt dem bedeutsamen Augenblick entgegen.

Als der große Tag endlich da ist, hüllt sie sich in ihr ockerfarbenes Gewand und macht sich in einer leichten Sänfte auf den Weg. Die Träger setzen Alexandra vor der Wohnstätte des Dalai Lama ab. Die letzten Meter müssen zu Fuß zurückgelegt werden. Über eine Allee gelangt sie zu dem einstöckigen, in verschiedenen Farben gestrichenen Haus, passiert die Wache und wird schließlich an der Haustür von einem Kammerherrn in Empfang genommen. Er führt sie in ein Wartezimmer, in dem bereits zwei Japaner auf ihre Audienz warten, doch die beiden werden schnell abgefertigt, und der Kammerherr geleitet Alexandra eine Treppe hinauf.

Sie, die mit einem Vorzimmer gerechnet hat, steht

plötzlich in einem Raum, in dem auf einem einfachen Stuhl neben dem Fenster eine Person sitzt. Alexandra überlegt noch, ob sie diesen Mann überhaupt grüßen soll, als sie zu ihrem größten Erstaunen in ihm den Dalai Lama erkennt. Demütig wartet sie also seinen Gruß ab, bevor sie sich ihm nähert, läßt sich, der Etikette entsprechend, segnen und muß auch schon seine erste Frage beantworten:
»Eine Europäerin als gläubige Buddhistin? Sehr ungewöhnlich. Wann und warum sind Sie unserem Glauben beigetreten?«
»Oh, das liegt schon lange zurück«, erwidert Alexandra unbefangen. »Ich glaube, daß ich bereits den Grundsätzen des Buddhismus folgte, als ich noch gar keinen Buddhisten kannte. Vielleicht waren Buddhas Worte schon immer in mir.«
Seine Heiligkeit nickt erstaunt, scheint aber seine Frage für ausreichend beantwortet zu halten. Sie plaudern nun über dieses und jenes, und nach einer Dreiviertelstunde, am Ende der Audienz, erklärt er sich bereit, weitere Fragen Alexandras, die ihm in tibetischer Übersetzung vorgelegt werden sollen, schriftlich zu beantworten. Sie wird damit Dokumente besitzen, die in orientalistischer Hinsicht von größtem Wert sind. Alexandra ist glücklich. So viel Entgegenkommen hat sie nicht erwartet.
Sie verabschiedet sich dankbar mit einem Knicks. Es ist wie am belgischen Königshof, sie darf sich nicht umdrehen und ihren Rücken zeigen. Also geht sie rückwärts bis zur Tür und verneigt sich noch einmal. Der Dalai Lama nickt huldvoll und ruft ihr zu:
»Sie sollten unbedingt Tibetisch lernen, meine Liebe.«

In Windeseile verbreitet sich die Nachricht, daß der Dalai Lama eine weiße Frau empfangen hat. Schließlich erreicht diese Sensation auch Kalkutta, und so kommt es, daß in den Zeitungen, neben dem Untergang der Titanic, mehr oder weniger frei erfundene Versionen dieses Treffens geschildert werden.

Bald darauf verläßt Alexandra Kalimpong und begibt sich, in Begleitung des Kronprinzen und Dawasandups, auf die Reise nach Gangtok. Es ist ein mühevoller Weg, denn sie müssen weite Strecken zu Fuß gehen. Das Gefälle ist einfach zu groß, um es reitend zu bewältigen. Immer wieder rutschen die Pferde aus, und Alexandra ist froh, als sie das heitere Tal des Flusses Rischikola erreicht haben und sie eine Weile einem ebenen, mit Gras bewachsenen Pfad folgen können. Doch bald beginnt wieder der Aufstieg über Geröll und unsicheres Gestein. Nebenbei müssen sie immer noch sorgfältig darauf achten, daß sie nicht die Grenze des britischen Herrschaftsbereichs überschreiten, denn in den letzten Tagen ist es zu heftigen Gefechten zwischen den chinesischen und tibetischen Soldaten gekommen.
Doch so anstrengend und gefährlich dieser Weg ist, so schön ist er auch. Je höher sie steigen, um so großartiger wird der Blick auf das zurückliegende Tal des Rischikola, auf gewaltige Wasserfälle, die unter lautem Getöse hinabstürzen, herrliche Wälder und klare Gebirgsbäche. Alexandra möchte keinen Meter dieses Weges missen.
Nach drei Tagen kommt Gangtok in Sicht, die auf einem Berg gelegene Hauptstadt Sikkims. Der Trupp hat beinahe die Stadtgrenze erreicht, als plötzlich ein

schweres Unwetter einsetzt. Ein heftiger Sturm zieht auf, und haselnußgroße Hagelkörner fallen vom Himmel herab. Mühsam bahnen sich die Reisenden ihren Weg und erreichen endlich die ersten Häuser der Stadt, wo ihnen freundlich Unterschlupf gewährt wird.

Alexandra wird in Gangtok sehr herzlich aufgenommen. Bei Mr. Bell, dem britischen Regierungsvertreter ist sie zum Lunch eingeladen, bei seinem Stellvertreter zum Tee, sie besucht das Kloster und das Haus des Kronprinzen.

Überall ist man um sie bemüht, und alle Türen stehen ihr offen. Ständig unternimmt sie neue Ausflüge, kreuz und quer durch den Himalaja, teilweise allein, teilweise mit ihrem Freund, dem Sohn des Maharadschas. Sie steigt in Täler mit dschungelartiger Vegetation hinab, die von riesigen Bergen eingeschlossen sind, bestaunt wunderschöne Orchideen, die von den Bäumen herabhängen, blühende Begonien und riesige Lianen. Rote und blaue Vögel und herrliche Schmetterlinge flattern im strahlenden Sonnenlicht. Dann klettert sie wieder auf hohe Berge hinauf, die bis zum Gipfel mit wilden Bananenstauden bedeckt sind und deren moosbewachsene Tannen und Birken im geheimnisvollen Nebel liegen.

Alexandras Weg ist jedoch immer dann zu Ende, wenn die Schneegrenze erreicht ist. Um hier weiter zu steigen, fehlt ihr einfach die notwendige Ausrüstung.

Bei diesen Ausflügen übernachtet Alexandra in einsamen Klöstern, die sich an steile Felsen schmiegen und in denen, zu ihrem größten Befremden, ein mit Götzen und Hirngespinsten durchsetzter Buddhismus ge-

predigt wird, der nur noch wenig mit dem ursprünglichen Wort Buddhas zu tun hat.
Alexandras letzter Ausflug, bevor sie Sikkim verläßt, soll sie nach Lachen führen, wo sie erneut mit dem Kronprinzen zusammentreffen wird.
Als sie den Marktflecken erreicht, ist Kumar jedoch noch nicht eingetroffen, und sie steigt zunächst allein in der vorbestellten Unterkunft ab. Am nächsten Tag statten ihr die Angehörigen der finnischen Mission in Lachen einen Besuch ab. Man nimmt gemeinsam den Tee und plaudert angeregt, als ein Geistlicher fragt: »Wo sind eigentlich Sie zu Hause, Mrs. David?« Alexandra überlegt einen Augenblick.
»Immer dort, wo ich mich gerade aufhalte«, antwortet sie dann lächelnd. »Zur Zeit also in Sikkim. Aber wenn Sie wissen möchten, wo mein Wohnsitz ist...?« Der Geistliche nickt, und sie fährt fort: »Geboren bin ich in Frankreich, aber mein Gatte lebt in unserem Haus in Tunesien, wohin sicher auch ich eines Tages zurückkehren werde.«
Auf allgemeinen Wunsch beginnt Alexandra nun, von Tunesien zu berichten, von der Sahara, den Oasen, und als sie erzählt, überfällt sie plötzlich Heimweh. Heimweh nach dem geliebten maurischen Haus, Heimweh aber auch nach ihrem Mouchy, dem großen, schlanken, gutaussehenden Gentleman, den sie vor fast einem Jahr am Kai von Tunis zurückgelassen hat. Während sich die Finnen angeregt über die Möglichkeiten einer Reise nach Tunesien unterhalten, träumt sie mit offenen Augen ...
Alexandra und Philippe stehen nach wie vor in regelmäßigem Briefkontakt. Sie schreibt ihm ihre Reiseerlebnisse, schildert ihre Eindrücke, und er fordert sie

immer dringender auf, doch endlich wieder nach Hause zu kommen. Eine Bitte, die sie ihm beim besten Willen noch nicht erfüllen kann. Immer wieder versucht sie, ihm die Gründe hierfür zu erklären:

Bitte, mein lieber Mouchy, versteh mich doch. Wenn man einen Vogel gewaltsam in einen Käfig sperrt, wird er aufhören zu singen, den Kopf ins Gefieder stecken und sich in eine Ecke verkriechen. Kannst Du Dir etwas Traurigeres und Erbärmlicheres vorstellen? Glaubst Du nicht auch, daß der Herr dieses armen Tierchens wenig Freude an ihm hätte?

Am nächsten Morgen trifft der junge Kronprinz in Lachen ein. Eine malerische Abordnung von Lamas mit roten Spitzhauben empfängt ihn bereits am Ortseingang. Er richtet sich in der Unterkunft ein, und am Abend wird, anläßlich des Vollmonds, das große monatliche Fest der Buddhisten begangen. Alexandra und Kumar halten zusammen Andacht, lesen im Dhammapada, einer heiligen Schrift des Buddhismus, unterhalten sich über philosophische Fragen und diskutieren über Reformen, die den Lamaismus, der durch die verschiedensten Arten des Aberglaubens verfälscht wird, wieder zum ursprünglichen Buddhismus zurückführen sollen. Ein Anliegen, bei dem Alexandra den Kronprinzen unterstützt, so gut sie es vermag.
Am nächsten Tag steigen die Freunde den steilen Hang zum Kloster hinauf. Begleitet werden sie von musizierenden Lamas und einer Art Leibwache, die, Kirchenfahnen in den Händen haltend, an der Spitze des Zuges geht. Am Eingang des Klosters werden sie von rotgekleideten Lamas und dem Abt des Klosters, dem Gömptschen von Lachen, empfangen.

Der Gömptschen ist ein weithin berühmter Mann, dem man nachsagt, durch Yoga übermenschliche Kräfte erlangt zu haben. Er ist sehr hoch gewachsen, ein Riese fast, trägt ein rot-gelbes Gewand und hat seine Haare zu einem langen Zopf zusammengebunden, der ihm bis zu den Fersen reicht.
Der Gömptschen, der die eine Hälfte des Jahres in seinem Kloster, die andere jedoch in einer abgelegenen Grotte verbringt, führt seine Gäste in den Altarraum. Während die Lamas ihre Choräle singen, wird dem Kronprinzen und anschließend auch Alexandra zur Begrüßung die Reisschale gereicht. Auf teppichbelegten Stühlen sitzend, lauschen sie den Ansprachen und werden schließlich in das Betzimmer des Abts geleitet, wo man ihnen Tee mit Butter, Salz und einer Spitze Gerstenmehl serviert. Ein Getränk, das Alexandra so gut schmeckt, daß sie drei Tassen davon trinkt. Danach lassen sich die drei in der Lotushaltung auf den Gebetsteppichen nieder und plaudern. Der Abt richtet einige gezielte Fragen an Alexandra und stellt schließlich fest:
»Ich gebe Ihnen recht. Unbedingt müssen wir wieder zu den Ursprüngen des Buddhismus zurückkehren. Der ganze Firlefanz, der sich drumherum eingebürgert hat, ist nur etwas für Kleingeister. Ich bewundere Sie, Mrs. David. Sie haben das letzte und höchste Licht entdeckt, denn zu den Anschauungen, die sie äußern, gelangt man nicht nach ein oder zwei Jahren Meditation.«
Alexandra ist unendlich stolz und glücklich über diese Worte und nimmt demütig den Segen des Gömptschen von Lachen entgegen. Auch Kumar ist stolz auf seine Freundin, die die Bewunderung des hohen

Lamas errungen hat und macht ihr, als sie in ihre Unterkunft zurückgekehrt sind, ein wunderbares Geschenk:
»Ich weiß, daß es Ihr größter Wunsch ist, in das Tibetische Hochland hinaufzusteigen und die 5000-Meter-Linie zu überschreiten«, lächelt er freundlich. »Nun, diesen Wunsch möchte ich Ihnen erfüllen. Sie brauchen sich um nichts zu kümmern, ich werde alles vorbereiten und die gesamte Ausrüstung, einschließlich Träger und Jaks, zusammenstellen lassen.«
Alexandra bedankt sich überschwenglich und kann bereits wenige Tage später in eine Traumlandschaft aufbrechen.
Orangefarbene Berge heben sich scharf gegen einen tiefblauen Himmel ab und tragen eine Schneehaube auf ihrem Gipfel. In engen Tälern schlummern kleine Seen mit Eiswasser. Von Zeit zu Zeit fällt halbgefrorener Schnee, glitzernde Kristalle. Und über allem liegt dieses eigentümliche, einzigartige Himalaja-Licht, das Licht, das sie ihr Leben lang gesucht hat. Alles wirkt dunkel, wie unter einem Nebelschleier, und doch hüllt ein weißer Lichtschein die Dinge ein. Die Schatten erstrahlen geheimnisvoll in einer Helligkeit, die nicht von Sonne oder Mond zu stammen scheint, sondern wie aus dem Inneren der Erde hervorgetreten. Welch ein Land!
Alexandra spürt in sich das schier unwiderstehliche Verlangen, mit ihren Jaks weiterzuziehen, immer weiter, in das Innere Tibets hinein. Doch leider ist es unmöglich. Zum einen läßt es ihre beschränkte Ausrüstung nicht zu, und zum anderen müßte sie für eine weitere Grenzüberschreitung erst die Erlaubnis des englischen Präfekten einholen.

Wie verzaubert steht sie nun am Rande eines Geheimnisses und hat nicht die Möglichkeit, es zu ergründen. Plötzlich kommt ihr alles andere uninteressant vor. Bestimmt nur ein vorübergehender Eindruck, aber eins weiß Alexandra ganz sicher: Ihr ganzes Leben lang wird sie von diesem Land in Schnee und Wolken träumen. Schweren Herzens nimmt sie also nach einer Woche Abschied von Tibet. Sie ist überzeugt, denn irgendwann muß sie schließlich wieder nach Tunis zurück, es niemals wiederzusehen.

Das Gewand einer Lamina und ein Boy namens Yongden

Trotz aller guten Vorsätze, eilig hat Alexandra es nicht mit ihrer Heimkehr. Sie kann sich einfach nicht von Asien trennen, und je länger sie dieses Nomadenleben führt, um so unvorstellbarer scheint es ihr, nach Tunis zurückzukehren und ihr altes Dasein, an der Seite ihres Gatten, wieder aufzunehmen. Jeder, aber auch wirklich jeder Grund, der ein halbwegs brauchbares Argument liefert, die Heimreise weiter hinauszuzögern, ist willkommen, und ach, es gibt so viele Gründe. Alexandras gebräuchlichster ist: »Wenn ich schon einmal in der Nähe bin, sollte ich wirklich die Gelegenheit nutzen...« Ja, und mit dieser Einstellung verläßt sie schließlich Sikkim und nutzt die viel zitierte Gelegenheit für einen Abstecher in das Königreich Nepal.

Immerhin ist es die Heimat Buddhas, Mouchy. Da kann ich doch nicht einfach so vorüberziehen. Nicht wahr, mein Liebster, das verstehst du doch? schreibt sie an Philippe, der aus der Ferne kaum etwas dagegen unternehmen kann.

Nachdem Alexandra alles Sehenswerte in Nepal besichtigt hat, kehrt sie nach Indien zurück, macht eine kurze Stippvisite in Kalkutta – alte Freunde zu besuchen – und reist dann weiter nach Benares.

Ich befinde mich doch bereits auf der Heimreise, Mouchy, aber wenn ich schon einmal hier bin, sollte ich auch die Gelegenheit nutzen, meinen Sanskrit-Unterricht wieder aufzunehmen. Auf ein paar Tage mehr oder weniger kommt es doch nun wirklich nicht mehr an.

Aus den Tagen werden jedoch Wochen und aus den Wochen Monate. Die Zeit rinnt Alexandra nur so durch die Finger. Jede Stunde möchte sie festhalten, um ihren Aufenthalt zu verlängern, um »ihr« Asien zu riechen, zu schmecken, zu leben und um ... von Tibet zu träumen.

Doch Philippes Briefe werden immer drängender, er beginnt, sich ganz entschieden zu weigern, ihre Reisen noch länger zu finanzieren, und Alexandra ringt sich schließlich durch, ihm nachzugeben, als eine Nachricht aus Sikkim eintrifft.

Der Gesundheitszustand meines Vaters, des Maharadschas, läßt sein nahes Ende befürchten, schreibt der Kronprinz. *Und darum möchte ich Sie bitten, nach Gangtok zurückzukehren. Ich brauche Sie an meiner Seite, brauche Ihre Unterstützung und ihre Ratschläge für die Reformen, die ich durchführen werde, sobald das Schicksal des Landes in meinen Händen liegt.*

Wie hätte ausgerechnet Alexandra diesem Ruf widerstehen können? Sie ist entzückt, endlich einen triftigen Grund zu haben, ihre Heimreise noch einmal zu verschieben.

Diesen Wunsch kann ich ihm doch wirklich nicht abschlagen, Mouchy. Nach all dem, was Kumar für mich getan hat. Ja, soll er mich denn für undankbar halten? schreibt sie an Philippe und besteigt den nächsten Zug in Richtung Himalaja. Eine letzte »Galgenfrist«, ach, ist das Leben nicht wunderbar?

Als der Zug die Endstation erreicht hat, wird Alexandra bereits von einer berittenen Eskorte erwartet, die der Kronprinz ihr zur Begrüßung und zum Geleit entgegengeschickt hat. Noch einmal reitet sie durch die herrliche Landschaft und begrüßt jeden Tag wie ein unverhofftes Geschenk.

Es ist ein großartiger Empfang, den man ihr in Gangtok bereitet. Schüler, Lehrer und Lamas stehen Spalier, um sie willkommen zu heißen, und der Kronprinz persönlich schreitet seiner Freundin entgegen und überreicht ihr die traditionelle Schärpe, die klassische Ehrengabe des Landes.

Doch damit nicht genug der Auszeichnungen. Wenige Tage später erhält Alexandra vom Kronprinzen und dem Gömptschen von Lachen ein wunderbares Geschenk. Es ist ein Gewand aus dunkelrotem Filztuch mit einem Kimonokragen aus tiefblauer Seide, entsprechenden Umschlägen an den weiten Ärmeln und einer goldenen Seidenschärpe mit Fransen. Dazu gehören hohe, mehrfarbige Stoffstiefel mit hübschen Handstickereien im Tuch, die unterhalb des Knies mit goldenen Bändern geschnürt werden, und eine Haube aus goldgelbem Brokat mit rot eingefaßten Plüschumschlägen.

Mit Tränen der Rührung in den Augen nimmt Alexandra das Geschenk entgegen, denn sie hat natürlich sofort erkannt, was es darstellt: Es ist das Gewand einer Lamina, einem weiblichen Lama von hohem Rang.

»Du bist nun wirklich eine von uns«, erklärt der Kronprinz feierlich, und die umstehenden Lamas nicken ernst. »Dieses Gewand wurde vorschriftsmäßig geweiht, und du trägst es mit vollem Recht«, fährt Kumar fort. »Denn du bist nun ganz offiziell eine Himalajalamina.«

Fast ehrfürchtig streichen Alexandras Hände über den Stoff. Niemals hat ihr ein Geschenk mehr Freude bereitet.

Selbst der sterbenskranke Maharadscha, der von Tag zu Tag schwächer wird, spricht ihr seine Glückwünsche aus.

»Es ist wirklich eine hohe Auszeichnung für Sie«, stellt er fest. »Es gibt nur sehr wenige weibliche Lamas auf der Welt, kaum eine Handvoll, aber eine Europäerin ist ganz gewiß nicht darunter. Trotzdem bin ich überzeugt davon, daß die Wahl auf keine Würdigere hätte fallen können.«

Alexandra dankt dem Maharadscha und ist erfreut, daß er eine so hohe Meinung von ihr hat, doch das soll sich in den nächsten Wochen ändern.

Zwischen dem alten Mann und dem Kronprinzen kommt es nämlich bald darauf zu Unstimmigkeiten. Dem Maharadscha wäre es plötzlich lieber, wenn der älteste Sohn seiner zweiten Frau seine Nachfolge antreten würde, und er versucht nun, Kumar zu überreden, auf sein Erbe zu verzichten. Von Alexandra bestärkt weigert sich der Kronprinz hartnäckig, die Verzichtsurkunde zu unterschreiben. Bevor der Streit beigelegt werden kann, stirbt der Maharadscha, und Kumar tritt unbehelligt sein Erbe an. Der Feldzug für die Glaubensreform kann beginnen.

Leider sind die Streitigkeiten um die Sikkimsche Erbfolge nicht die einzigen Sorgen, die Alexandra hat. Sie erhält einen Brief von ihrem Mann, in dem dieser vorsichtig anfragt, wie seine widerspenstige Gattin zu einer Trennung stehen würde. Offensichtlich hat Philippe eine andere Frau kennengelernt und wünscht, diese neue Beziehung zu legalisieren. Alexandra denkt jedoch gar nicht daran, sich mit einer Scheidung einverstanden zu erklären.

Ich trage Deinen Namen mit Würde, und Du bist mein bester Freund, schreibt sie ihm. *Das sind keine Scheidungsgründe. Wenn Du Dir für die Zeit meiner Abwesenheit eine Mätresse halten willst – ein armseliger Entschluß, wie ich finde – so kann ich Dich nicht daran hindern. Einer gesetzlichen Trennung werde ich jedoch niemals zustimmen. Da Du außerdem durch unseren Ehevertrag verpflichtet wärst, mich auch nach einer Scheidung zu unterhalten, hättest Du ohnehin keine finanziellen Vorteile, sondern wärst mehr denn je in einer mißlichen Lage.*

Philippe fügt sich, und seine Geliebte muß sich mit einer Ehe zur »linken Hand« zufriedengeben. Er scheint zu resignieren, schickt von nun an, widerwillig zwar, aber immerhin, die für Alexandras Reisen erforderlichen finanziellen Mittel nach Asien und ist bereit, sein Schicksal zu akzeptieren und das Leben eines ewigen Strohwitwers zu führen.
Von einer Rückkehr Alexandras nach Tunis kann also gar nicht mehr die Rede sein, zumal sie im Augenblick mit ganz anderen Dingen beschäftigt ist. Aus Alexandra ist nämlich eine richtige Lamina geworden. Um ihr Versprechen, Kumar bei seinen Reformen zu unterstützen, einzuhalten, predigt sie die Lehren des wahren Buddhismus in allen Klöstern der Umgebung und verbringt sogar einige Zeit im Kloster von Podang, dem der Maharadscha als Abt vorsteht, um auch

den dortigen Mönchen die unbuddhistischen Bräuche auszutreiben. Einer richtigen Lamina aber steht – ebenso wie einem Lama – eine Hütte in den Bergen zu, wo sie sich von Zeit zu Zeit zum Meditieren zurückziehen kann. Ein Vorschlag, der Alexandra natürlich außerordentlich gut gefällt, und eifrig macht sie sich auf die Suche nach dem geeigneten Platz für ihr »Häuschen auf dem Lande«.

Begeistert ist sie aber auch über eine ungewöhnliche Einladung, die der Gömptschen von Lachen ausspricht. Er bietet ihr an, ihn in seiner Grotte an der tibetischen Grenze zu besuchen. Das Quartier des Gömptschen befindet sich in etwa 4500 Meter Höhe, in der Nähe eines sehr schönen Sees, und allein die Reise dorthin ist schon ein Erlebnis.
Alexandra willigt gerne ein, doch bevor sie aufbrechen kann, gibt es noch ein Problem zu lösen. Ihr tibetischer Boy hat sich in eine Teeverkäuferin verliebt, die ihn total verrückt und, was schlimmer ist, zum Dieb macht. Es kommt zu einem Skandal, weil er seine Liebste mit ins Kloster von Podang bringt und dumm genug ist, sich auch noch mit ihr erwischen zu lassen. Die Lamas beschweren sich und verlangen seine Bestrafung. Alexandra muß sich also, schon um die Lamas nicht zu beleidigen, von dem Boy trennen. »Ich bin ohnehin nicht gut auf ihn zu sprechen«, erklärt sie hinterher ihrem Freund Kumar. »Er hat mich bestohlen, und er hat seine Pflichten vernachlässigt, aber das Schlimmste: In seinem Liebeswahn hat er mir eine Süßspeise mit Pilzen gekocht, statt Rührei mit Pilzen, wie ich es ihm aufgetragen hatte.« Angewidert verzieht sie das Gesicht, und Kumar schmunzelt.

»Dann brauchst du nun also einen neuen Boy?«
»O ja, und das so schnell wie möglich«, entgegnet Alexandra lachend. »Denn stell dir vor, mein zweiter Diener, der in der Übergangszeit die Kocherei übernommen hat, servierte mir doch tatsächlich abermals diese Süßspeise mit Pilzen. Offensichtlich hat er dem anderen Boy bei der Zubereitung zugesehen und angenommen, es handle sich um ein Gericht, so recht nach meinem Geschmack. Na ja, ich habe ihm deutlich zu verstehen gegeben, daß er die Herstellung dieses kulinarischen Phänomens in Zukunft unterlassen soll.«

Nachdem Alexandra eine Weile gesucht hat, findet sie endlich einen neuen Boy, Aphur Yongden, einen tibetischen Jungen, zu dem sie sofort eine starke Zuneigung faßt. Yongden ist fünfzehn Jahre alt, in einem kleinen Dorf in Sikkim geboren und gilt als Reinkarnation eines tibetischen Häuptlings namens Tekongtok, der ein Bodhisattva gewesen sein soll, ein Erleuchteter. Was Alexandra an diesem Jungen sofort fasziniert, ist sein Abenteuergeist.
»Als ich acht Jahre alt war«, gibt Yongden aufrichtig zu, »bin ich von zu Hause ausgerissen und zu einem Onkel gegangen, der als Mönch in einem tibetischen Tempel lebt. Von ihm habe ich mich in der Lehre Buddhas unterrichten lassen.«
Zwei geborene Ausreißer, zwei Jünger Buddhas haben sich also gefunden, und als Yongden auch noch behauptet:
»Ich will reisen und lernen und sonst nichts«, ist er sofort engagiert. Der Junge zögert keinen Augenblick, seine Familie zu verlassen und sich dieser fremden

Frau anzuschließen, der er so ähnlich ist und die er bald als seine zweite Mutter betrachten wird.
Yongdens Lieblingsgericht ist eine Mischung aus Tsampa, Butterkäse und Zucker. Alexandra hingegen mag Tsampa mit viel Sahne. Tsampa ist ein Hauptnahrungsmittel der Tibeter, geröstetes Gerstenmehl, das in einer Schale mit Tee vermischt wird. Ob mit oder ohne Sahne, Alexandra kann vom ersten Tag an nicht genug davon bekommen, was bedeutet, daß sie und ihr neuer Boy noch eine große Vorliebe miteinander teilen: Tsampa.
Alexandra stürzt sich nun in die Reisevorbereitungen, um möglichst bald den Gömptschen von Lachen in seiner Grotte aufzusuchen, doch bevor sie aufbrechen kann, erreichen sie zwei Nachrichten aus der Heimat. Philippe hat die schöne weiße Villa in La Goulette verkauft und ist nach Bône, gleichfalls in der Nähe von Tunis, umgezogen.
Alexandra ist recht traurig darüber und denkt ein wenig wehmütig an das große Haus zurück, das sie mit seinen Gittern und schweren Türen immer ein wenig an ein Kloster oder einen Tempel erinnert hat und in dem sie sich stets wohl und geborgen fühlte.
Die zweite Nachricht ist jedoch ungleich schrecklicher: In Europa ist der Krieg ausgebrochen, und die Preußen sind durch Belgien nach Frankreich marschiert!
»Was für ein kollektiver Wahnsinn, was für ein Irrenhaus ist doch diese Welt. Die Großen, armselige Hampelmänner allesamt, lächerliche Marionetten und nicht mehr«, schüttet sie Kumar ihr Herz aus. »Und meine arme Mutter. Wird sie überhaupt begreifen, was da vor sich geht? Mein Gott, wie kompliziert ist

das alles. Wie schwer sind Ruhe und Frieden zu finden, wenn man sie nicht in sich selbst, sondern in Äußerlichkeiten sucht.«

Niedergeschlagen beendet Alexandra ihre Reisevorbereitungen und bricht mit ihrer Karawane auf. Sicher, Europa liegt in Blut und Asche darnieder, aber da sie ohnehin nichts daran ändern kann, folgt sie einmal mehr dem unwiderstehlichen Ruf des Himalaja, der schneebedeckten Gipfel und des Gömptschen von Lachen.

Der Tod eines Freundes

Es ist schönes Wetter, und der erste Teil von Alexandras Reise verläuft ohne Schwierigkeiten. Ihr Trupp besteht aus neun Jaks, die die Zelte und das Gepäck tragen, und drei Reitjaks für sich und ihre beiden Diener. Außerdem hat sich ihnen der schottische Orientalist Silacara mit seinen Leuten und seinen Jaks angeschlossen, so daß es eine ganz respektable Karawane ist, die sich bei strahlendem Sonnenschein durch die Bergwelt schlängelt.

Am Tangtschung-Paß, in etwa 5000 Meter Höhe, geraten sie dann allerdings in einen heftigen Schneesturm und müssen anhalten. Es ist äußerst mühsam, das Lager aufzuschlagen, während der Wind tobt und die gefrorenen Schneekristalle ihnen wie unzählige winzige Messer ins Gesicht schneiden.

Doch endlich ist es geschafft, und Alexandra kann erschöpft in ihr Zelt kriechen. Sie friert erbärmlich, und die dünne Luft erzeugt Atembeschwerden. Fest wickelt sie sich in ihre Decken, lauscht eine Weile auf den Sturm, der heftig an der Leinwand ihres Zeltes zerrt, und schläft dann doch ein.

Als sie am nächsten Morgen erwacht, hat sie hohes Fieber und rasende Kopfschmerzen. An eine Weiterreise ist überhaupt nicht zu denken.

»Sie bleiben hier liegen, bis Sie sich besser fühlen«, entscheidet Silacara energisch und legt ihr besorgt seine Hand auf die glühende Stirn. »Ich kann Ihnen zwar leider nicht helfen, gesund zu werden, werde mich aber um Ihre Boys kümmern und dafür sorgen,

daß Sie im Zelt bleiben können und nicht bei Kälte und Wind draußen herumlaufen müssen.«
Alexandra nickt dankbar. Wie gut, daß der Schotte da ist.
Eine Woche muß sich die Karawane gedulden, dann ist Alexandra wieder auf den Beinen, und sie können weiterziehen. Vorbei an den hohen Eisgipfeln des Kangchenjunga und einer riesigen Moräne, die sich kilometerlang zu Füßen der glitzernden Schneemassen hinzieht. Ein großartiges Schauspiel.
Hier trennen sich die Wege Alexandras und Silacaras. Der Orientalist bleibt in Sikkim, während Alexandra und ihre Leute die Grenze nach Tibet überqueren.

Es ist ein anstrengender Weg, der über einen herrlichen Paß mit einer immerhin 50 cm hohen Schneedecke führt, und als sie am Abend endlich ihre Zelte im Schutz einiger Felsen errichtet haben, sinken alle wie erschlagen auf ihr Lager. Es schneit die ganze Nacht, und als sie am nächsten Morgen erwachen, biegen sich die Zelte unter der Last des Schnees. Es friert, doch das Wetter ist trocken, und die Sonne strahlt von einem unglaublich blauen Himmel.
Die Karawane zieht an den letzten schneebedeckten Himalajagipfeln entlang und erreicht das Tibetische Hochland. Wilde Esel und Schafe beäugen sie aus sicherer Distanz, und in der Ferne kann man bereits, jenseits dieser bizarren Steppenlandschaft, die weißen Bergspitzen des Transhimalaja ausmachen.
In dieser herbstlichen Einöde, auf dem Rücken ihres Jaks, eingelullt vom Lied des Windes, fällt Alexandra die Strophe eines Liedes aus der Vergangenheit ein:

Über Berg und Tal
zieht im sanften Pferdetrab
die Karawane
Sie zieht im Traum – Wohin?
Wohin bläst der Wind den Sand?
Vorwärts, immer vorwärts,
strebend nach der Ferne.

O ja, wie sehr hat sie schon damals, als junges Mädchen, nach der Ferne gestrebt. Und heute, wo sie tagelang durch die immer gleiche Landschaft zieht, die endlos wie der Ozean zu sein scheint, hat sie plötzlich nicht einmal mehr das Bedürfnis, irgendwo anzukommen. Wozu auch? Sie ziehen vorwärts, immer vorwärts. *Wohin bläst der Wind den Sand?*

Wenig später erreichen sie eine tief hinabfallende Steilwand zu Füßen des Tschörten Nyima La. Die Aussicht ist grandios. Sie blicken hinunter auf ein Tal, in dem ein Rinnsal fließt. Dort, wo die Schlucht etwas breiter wird, steht ein halbzerfallenes Kloster. Dahinter, fern und unglaublich hoch, klafft zwischen den Gebirgszügen eine Lücke, in die ein riesiger Gletscher eingelagert ist. Eine Landschaft wie aus einer anderen Welt. Ein ergreifender, ein gewaltiger Anblick.

Einen Monat dauert diese beschwerliche Reise, und wenn Alexandra des Nachts in ihr Zelt kriecht, herrschen dort so empfindliche Minustemperaturen, daß sie sich nicht mehr unter ihren Decken hervorwagt. Alles ist gefroren, die Milch, das Gemüse. Ihr Gesicht schützt sie mit einer Ölschicht, die zwei- bis dreimal täglich aufgetragen werden muß, und die Haut ihrer Hände ist, obwohl sie dicke Wollhandschuhe trägt, gerissen.

Dankbar ist Alexandra für das Lamina-Gewand, diesmal nicht wegen der Ehre, die ihr zuteil geworden ist, sondern weil das dicke Tuch sie besser als jedes andere Kleidungsstück schützt. Und trotzdem, so anstrengend diese Reise auch ist, so sehr Alexandra darunter leidet, sie hätte mit keinem Menschen auf der Welt tauschen mögen, und der fürchterliche Krieg, der in Europa tobt, scheint ihr von hier oben nur noch wie ein Kampf zwischen Ameisenarmeen.

Endlich haben sie die Höhle des Gömptschen von Lachen bei Dewa-Thang, die er Helles Licht getauft hat, erreicht. In diese Felsengrotte zieht sich der Gömptschen öfter zurück, doch noch nie hat ihn jemand dort besuchen dürfen. Wieder einmal eine außergewöhnliche Gunst, die Alexandra gewährt wird.

Der Gömptschen bringt seinen Gast in einer benachbarten Höhle unter, die an einem steilen, jedoch herrlich von der Sonne beschienenen Berghang liegt. Der Eingang ist mit einer Mauer aus Gesteinsbrocken verschlossen, die nur eine kleine primitive Tür aufweist. Als Alexandra eintritt, sieht sie sich neugierig um.

»Hier drinnen herrschen ja wirklich erträgliche Temperaturen«, stellt sie angenehm überrascht fest, während der Gömptschen sie aufmerksam beobachtet. Alexandra weiß, eine abfällige Bemerkung über diese Behausung oder die spartanische Einrichtung, und der Freund wird sich sofort enttäuscht von ihr zurückziehen. Gewogen und für zu leicht befunden.

Nein, niemals wird sie sich diese Blöße geben. Und dazu muß sie sich noch nicht einmal verstellen, denn wenn man 30 Tage in einem kleinen Zelt kampiert hat, wirkt diese Grotte durchaus behaglich. Außer-

dem, sie ist schließlich nicht hier, um der Bequemlichkeit willen – dann hätte sie auch in Tunis bleiben können –, sondern um etwas zu lernen.
So sind denn auch die folgenden Wochen ausgefüllt mit Studien. Der Abt von Lachen bringt Alexandra die tibetische Sprache und Philosophie bei und sie ihm Englisch. Das Zusammenleben und Arbeiten erweist sich als sehr harmonisch. Er versorgt sie mit Jakbutter, Milch und Früchten und stellt hohe Ansprüche, was das Studium angeht. Doch das Ergebnis ist dafür auch wirklich ausgezeichnet. Sie lernt in vierzehn Tagen mehr als in Gangtok in einem Jahr. Natürlich hat Alexandra anfangs ihre Schwierigkeiten mit dem absoluten Gehorsam, den der Gömptschen verlangt. Wie könnte es auch anders sein, bei ihr, die niemals bereit war, sich unterzuordnen und Befehle entgegenzunehmen. Doch was weder ihre Mutter noch ihr Vater erreicht haben, gelingt dem hohen Lama ohne Probleme.
»Ich habe einen großen Wunsch, Gömptschen«, erklärt Alexandra eines Abends. Sie haben gerade ihren Unterricht beendet und die Bücher aus der Hand gelegt. »Ich würde gern, mit Ihnen gemeinsam, ein Buch schreiben, in dem wir den Vergleich zwischen buddhistischem Lamaismus und indischer Vedanta anstellen. Was sagen Sie dazu, würden Sie mir dabei helfen?« Der Abt überlegt lange.
»Sie wissen aber, daß Sie ihr Tibetisch noch wesentlich vervollkommnen müssen, um in die Geheimnisse des tantrischen Buddhismus eindringen zu können, nicht wahr?« läßt er sich schließlich vernehmen. Alexandra nickt aufgeregt. Natürlich ist sie sich dessen bewußt, aber die Anstrengung ist es wert, denn über die

tantrischen Geheimnisse ist bisher noch kein Orientalist aufgeklärt worden.
Der Gömptschen schmunzelt, als würde er ihre Gedanken erraten, doch dann sagt er ernst:
»Ich bin allerdings nur unter einer Bedingung bereit, Sie auch noch in die letzten Mysterien unserer Religion einzuweihen. Wenn man dieses Thema nämlich richtig bewältigen will, dauert es seine Zeit, und ich mache es ganz oder gar nicht. Das heißt, daß Sie mir versprechen müssen, ein ganzes Jahr dafür zu opfern. Im Winter werden wir im Kloster von Lachen unseren Studien nachgehen und im Sommer hier oben, in meiner Höhle Helles Licht. Sind Sie dazu bereit?«
Alexandra hat Herzklopfen, als sie ihr Versprechen abgibt.
»Nun gut, dann ist es also abgemacht«, sagt der Gömptschen und erhebt sich. »Wir werden jetzt ein wenig Suppe zu uns nehmen, und anschließend werde ich Sie heimbegleiten. Morgen ist ein neuer Tag, und auf uns wartet eine schwere Aufgabe.«
»Machen Sie sich meinetwegen nur keine Umstände«, protestiert Alexandra und steht gleichfalls auf. »So spät mag ich keine Suppe mehr essen, und die wenigen Schritte kann ich gut allein gehen.«
Aber ein Widerspruch entspricht offensichtlich nicht der Etikette zwischen Lehrer und Schüler, denn der Gömptschen wiederholt, ohne ihre Absage auch nur zu beachten:
»Ich werde Suppe trinken, und Sie werden mir dabei Gesellschaft leisten.«
Alexandra gibt gehorsam nach, zumal sie diese tibetische Suppe kennt, die ihr schon des öfteren beim Maharadscha serviert wurde und die immer ausgezeich-

net geschmeckt hatte. Eine leichte Kost, die ihr vermutlich, trotz der späten Stunde, auch gut bekommen wird.

Jedoch zwischen der Suppe, die der Koch des Maharadschas zubereitet, und dem Gebräu des Gömptschen von Lachen liegen Welten. Schon nach dem ersten Löffel hat sie Mühe, die seltsame Kost hinunterzuschlucken. Nun heißt es Haltung bewahren. Um nichts auf der Welt will Alexandra den Gömptschen beleidigen.

Als sie ihre Schale gerade zur Hälfte gelehrt hat, muß sie, allen Bemühungen zum Trotz, schleunigst nach draußen. Ihr ist übel, und mit heftigen Magenkrämpfen schleppt sie sich in ihre Höhle zurück, wo sie eine unruhige Nacht verbringt.

Noch am Abend des nächsten Tages hat Alexandra den Geschmack der Suppe im Mund und sich vollkommen den Magen verdorben. Der Gömptschen, der von dem besorgten Yongden informiert wird, ist erstaunt, daß ein Gericht, das ihm so gut bekommt, eine solche Wirkung bei seinem Gast zeigt.

Um Alexandra abzulenken, setzt er sich zu ihr und unterhält sich mit ihr über ein berühmtes Sanskritwerk, das ins Tibetische übersetzt ist. Und siehe da, ihre Leiden vergehen sofort.

Um nicht eingeschneit zu werden, verlassen der Gömptschen, Alexandra und ihre Diener bald darauf, an einem wunderschönen Tag, die Höhlen bei Dewa-Thang und ziehen nach Lachen hinunter. Mittags kocht Yongden im Freien, was ihm einige Mühe bereitet, da es anfängt zu schneien und die weißen Flocken auf Suppe und Omeletts herabschweben.

Währenddessen bestaunt Alexandra begeistert die

herrliche Winterlandschaft, Schnee und leuchtend rote Blätter an den Bäumen, jedoch Tropensonne und azurblauer Himmel. Wird sie jemals genug davon bekommen?
Bald darauf ziehen sie weiter, und die Karawane nähert sich einem kleinen Dorf. Sofort kommen die Bewohner angelaufen, werfen sich dem Gömptschen zu Füßen und huldigen ihm mit Rauchwolken aus duftenden Kräutern. Für den Abt ein gewohntes und mittlerweile auch für Alexandra ein vertrautes Bild, an dem sie mit kurzem Gruß vorüberreiten.
Spät abends kommt die Kolonne in Lachen an und wird vom Kloster mit Trompetenklängen feierlich empfangen. Auch Kumar hat in Lachen gewartet, um Alexandra zu begrüßen, und nun können der frischgebackene Maharadscha und die berühmte weiße Frau ihr glückliches Wiedersehen bei reichlich Tee und Tsampa feiern. Leider muß der Freund schon am nächsten Tag zurück nach Gangtok, um sich seinen Regierungsgeschäften zu widmen. Lange winkt Alexandra ihm nach.
Sie hat jedoch keine Zeit, um weiter über den Abschied zu trauern. Der Gömptschen wartet bereits und weist seiner Schülerin nun eine kleine Hütte auf der Klosterterrasse als Unterkunft zu. Drei Zimmer und eine zusätzliche Kammer für die Dienstboten sowie einen Schuppen für Kisten und Vorräte. Alexandra ist zufrieden und bemüht sich eifrig, die Hütte winterfest zu machen, stopft Ritzen und Löcher zu, nagelt wasserdichte Tücher unter das Dach und beginnt, sich Vorräte anzulegen. Kartoffeln und Rüben, Pferdebohnen und in Ziegen- und Schafleder eingenähte Jakbutter.

Da es Philippe wegen des Krieges nicht möglich ist, Alexandra Geld zu schicken, und ihr Konto bei der Bank in Kalkutta so gut wie leer ist, muß sie sich bescheiden einrichten. Nun, wenn sie nicht auskommt, wird sie bestimmt jemanden finden, der ihr etwas Geld leiht, da ist sie ganz sicher. In Lachen hat sie ohnehin kaum Gelegenheit, Geld auszugeben. Warum sich also den Kopf zerbrechen?
Statt dessen bewundert Alexandra lieber die herrliche Aussicht, die sich ihr von der Klosterterrasse bietet: die umliegenden Berge, die Wälder, die der Winter gelb, orange, rot und braun gefärbt hat, und – weiter oben – der unberührte Schnee, der in der Sonne glitzert. In Ruhe und Frieden mit sich selbst betrachtet Alexandra dieses wunderschöne Bild.

Doch Ruhe und Frieden sollen nicht lange anhalten. Bereits wenige Tage später wird eine Nachricht aus Gangtok überbracht, die ganz Lachen wie ein Blitz aus heiterem Himmel trifft.
Auch Alexandra ist fassungslos. Ihr Freund und Gönner, Begleiter bei vielen Ausflügen durch den Himalaja, der Maharadscha von Sikkim, ist ganz plötzlich nach kurzer Krankheit gestorben. Die Ärzte stehen vor einem Rätsel.
Alexandra will es gar nicht glauben, daß Kumar wirklich tot sein soll. Sie kann sich einfach nicht vorstellen, daß sie ihn nie wieder in seinem Haus, in dem sie ein und aus gegangen ist, antreffen wird. Armer Kumar, er hing so sehr am Leben, war stark und aufrecht und hätte seinem Land noch so viel zu geben gehabt.
Unwillkürlich muß Alexandra an ihr letztes Zusammensein denken, an den Abschied, als er in die Haupt-

stadt zurückreiste. Sie sieht ihn noch vor sich, wie er an diesem Tage fortritt, sich von Zeit zu Zeit nach ihr umwandte und ihr laut zurief, während er seinen Hut schwenkte:

»Komm mich bald besuchen! Komm bald nach Gangtok! Auf Wiedersehen, liebe Freundin!«

Dann verschwand er an einer Wegbiegung.

Kumar, den hochgeschätzten Freund, der ihr fast wie ein Bruder gewesen ist, der ihr all seine Sorgen anvertraut und in allen Dingen stets ihren Rat eingeholt hat, Kumar gibt es nicht mehr.

»So ist das Leben«, flüstert Alexandra traurig, während sie einsam auf ihrer Klosterterrasse steht und Richtung Gangtok blickt. »Trennung, Zerfall und Tod gehören dazu.«

Es geht das Gerücht um, daß Kumar von den Gegnern seiner Reformbestrebungen vergiftet wurde, denn nun, wo er tot ist, muß jegliche Hoffnung auf eine religiöse Erneuerung begraben werden. Und so wird in den Klöstern, kaum daß der Maharadscha das Zeitliche gesegnet hat, sofort wieder der Umgang mit den Geistern und dem Aberglauben aufgenommen. Hilflos muß Alexandra dieser beklagenswerten Entwicklung zusehen.

Die Trauerfeierlichkeiten für Kumar finden, wie es üblich ist in Sikkim, mit viel Lärm, Unmengen zu essen und zu trinken statt. Alexandra ist nicht nach Gangtok gereist. Sie, die in Indien bereits Verbrennungen beigewohnt hat, hätte es nicht ertragen können, zuzusehen, wie der Körper des geliebten Freundes dem Feuer übergeben wird. Nein, sie will ihren Maharadscha so lustig in Erinnerung behalten, wie er immer war.

Alexandra und der Gömptschen von Lachen sind so betrübt über den Tod Kumars, daß jeder um die Gesundheit des anderen bangt. Sie betreiben auch weiterhin ihre Studien, jedoch, die rechte Freude fehlt dabei. Zumindest im Augenblick, aber das Leben wird weitergehen.

Der jüngere Bruder und Nachfolger des Maharadschas schickt Alexandra einen freundlichen Brief. Er ist einundzwanzig Jahre alt, sehr zurückhaltend und klug, hat eine gute englische Erziehung genossen und gilt allgemein als »lieber Junge«, allerdings, Reformen wird es unter seiner Herrschaft in absehbarer Zukunft keine geben.

Sie werden stets in Gangtok willkommen sein, schreibt der neue Maharadscha. *Denn auch ich möchte Ihr Freund sein.* Die Zeilen freuen Alexandra, und dennoch, nichts wird mehr so sein wie vorher.

Eine behagliche Einsiedelei

Es ist noch sehr jung, das Jahr 1915, doch allenthalben läßt sich der Frühling bereits erahnen. Alexandra und der Gömptschen von Lachen haben den ganzen Winter über an ihren Studien und dem gemeinsamen Buch gearbeitet und sich durch nichts und niemanden ablenken lassen. Selbst an der offiziellen Inthronisierung des neuen Maharadschas haben sie nicht teilgenommen. Zum einen, weil weder Alexandra noch der Gömptschen ein großes Interesse an pompösen Festessen und Empfängen haben, zum anderen aber, und das gilt vor allem für Alexandra, weil die Trauer um Kumar noch zu groß ist, als daß sie sein Haus betreten möchte, in dem nun ein anderer lebt.

Alexandra hat viel gelernt in diesem Winter, hat ihr Tibetisch verbessert, ist von dem Gömptschen in geheime buddhistische Riten eingeweiht worden und hat sich sogar die Fähigkeit erworben, mit der Handtrommel umzugehen, mit der die Lamas zu ihren Rezitationen den Takt schlagen. Es war gar nicht so leicht, die Handgelenkbewegung zu erlernen, mit der man die beiden kleinen, an der Trommel befestigten Kugeln im jeweils anderen Rhythmus zum Rotieren bringt.

Außerdem hat die scheinbar unersättliche Alexandra unter der Anleitung eines Dorfschullehrers begonnen, eine zweite tibetische Schriftart zu erlernen, da sie die erste bereits recht gut beherrscht. Anfangs sehen ihre Zeichen, die sie zu Papier bringt, noch wie Tierkarikaturen aus, aber ihre Fortschritte sind beachtlich.

Eines Tages, Alexandra hat gerade ihre Unterrichtsstunde bei dem Dorflehrer absolviert und will heim in ihre Hütte, winken ihr, als sie an der Missionsstation vorbeikommt, die Damen, die in ihrem Gemüsegarten beschäftigt sind, freundlich zu, und man kommt ins Gespräch.
»Ich liebe diese Arbeit«, sagt die eine. »Etwas anzubauen, was dann wächst und gedeiht, ist wirklich eine befriedigende und zugleich nützliche Tätigkeit.«
Alexandra nickt.
»Vielleicht sollte auch ich etwas Gemüse anbauen«, überlegt sie. »Schon allein, um meine doch recht eintönige Kost anzureichern.« Die Damen stimmen ihr zu.
»Wenn Sie möchten, überlassen wir Ihnen gern das nötige Saatgut«, bieten sie Alexandra an. »Es kommt aus unserer Heimat, denn die finnischen Samenkörner gedeihen hier sehr gut. Im Gegensatz zu den indischen Pflanzen, die sich natürlich dem heißen Klima angepaßt haben und hier kläglich zugrunde gehen würden.«
Alexandra nimmt das freundliche Angebot gerne an und beschließt, das Saatgut zu teilen. Die erste Hälfte wird sie schon bald auf einer kleinen Anbaufläche neben ihrer Hütte aussäen, die andere Hälfte jedoch will sie mit hinaufnehmen, zu den Höhlen bei Dewa-Thang an der tibetischen Grenze, zu denen der Gömptschen und sie demnächst aufbrechen werden.
Mit Feuereifer geht sie an die Arbeit und richtet sich ihren Gemüsegarten ein. Stolz betrachtet sie anschließend ihr Werk. Mit ein bißchen Glück werden hier bald junge Erbsen, grüne Bohnen, Salat, Mohrrüben, Petersilie, Kohl und sogar Schwarzwurzeln und Bit-

terkarotten wachsen. Sie selbst wird zwar nicht davon profitieren können, da sie zur Erntezeit gewiß in der Höhle ist, aber die Mönche im Kloster werden ihre Freude daran haben.
Alexandra ist ganz in Gedanken versunken und bemerkt den Mann daher erst, als er sie laut beim Namen ruft. Rasch säubert sie sich die erdigen Hände und geht dem Fremden entgegen, der ihr einen Brief und eine mit reichen Holzschnitzereien verzierte Schatulle überreicht.
»Ich soll Ihnen Grüße meines Herrn, des Maharadschas von Nepal überbringen«, sagt der Bote. »Er erinnert sich gern an die Zeit zurück, als sie in Kathmandu zu Besuch weilten. Mein Herr hat nun davon erfahren, daß Sie wegen des Krieges in Europa von jeder finanziellen Unterstützung abgeschnitten sind. Da außerdem der Maharadscha Kumar gestorben ist, Sie also über keinen reichen Gönner mehr verfügen, sendet Ihnen mein Herr seine Unterstützung mit der herzlichen Bitte, sie anzunehmen.«
Alexandra glaubt ihren Ohren nicht zu trauen und öffnet das Kästchen, in dem eine stattliche Summe Geld liegt. Nun, solche Geschenke sind keine Besonderheit in den Himalajaländern, zumal nicht von einem Maharadscha an eine Person, die sich für den geistlichen Stand entschieden hat, wozu ja auch eine Lamina zählt. Und trotzdem, Alexandra ist tief gerührt über das Geschenk eines Mannes, den sie nur einmal im Leben, und das vor über zwei Jahren, gesehen hat.
Sie entläßt den Boten mit warmen Worten des Dankes und herzlichen Grüßen an seinen Herrn und geht nachdenklich in ihre Hütte zurück.

Immerhin, mit diesem Geld kann sie sich einen großen Wunsch erfüllen, den Ausbau ihrer Höhle bei Dewa-Thang. Obwohl, vernünftiger wäre es sicher, das Geld beiseite zu legen, denn keiner kann sagen, wie lange dieser unselige Krieg in Europa noch toben wird und wann Philippe die Möglichkeit hat, wieder Geld zu senden.
Alexandra überlegt hin und her, doch schließlich siegt der Wunsch nach einem eigenen Haus im Himalaja.
Nun, da die Entscheidung einmal getroffen ist, zögert sie auch nicht länger und beginnt sofort damit, die Pläne auszuarbeiten.
»Reisen Sie nach Dewa-Thang hinauf«, rät der Gömptschen, nachdem er eine Weile amüsiert Alexandras hektisches Treiben beobachtet hat. »An Ort und Stelle läßt sich am besten begutachten, wie man den Umbau am günstigsten gestaltet, und die Pfade dürften mittlerweile passierbar sein.«
Das läßt Alexandra sich nicht zweimal sagen und macht sich bereits wenige Tage später, in Begleitung Yongdens und eines Lamas, auf den Weg.
Der Gömptschen hat recht gehabt, die Pfade, die an die tibetische Grenze hinaufführen, sind offen, durch Schlamm und Schneeschmelze jedoch recht mühsam zu bewältigen, und so benötigt der kleine Trupp für eine Reise, die man unter normalen Bedingungen an einem Tag zurücklegen kann, drei Tage. Nun, von solchen Nebensächlichkeiten läßt sich eine Alexandra schon lange nicht mehr die Laune verderben. Außerdem ist das Wetter schön, und nach den langen Wintermonaten ist es eine Freude, wieder in die Berge hinaufzusteigen. Mit glänzenden Augen sieht sie sich um und bewundert die Schönheiten der Natur. Über-

all blüht der Rhododendron, und die Landschaft wirkt wie ein richtiges Märchenparadies. Nur auf den nördlichen Berghängen liegt noch, in fünf bis sechs Meter hohen Wehen, Schnee. Hier setzt die Schmelze erst sehr viel später ein.

Als die Höhle erreicht ist, beginnt Alexandra sofort damit, alles zu vermessen, Berechnungen anzustellen und Pläne zu entwerfen. Eine ganz neue Beschäftigung für sie, deren architektonische Fähigkeiten sicher recht unfachmännisch sind, aber es soll ja auch kein richtiges Haus werden, sondern nur ein Vorbau an die Höhle.

Immerhin, dieser Umbau wird ihr Leben hier oben um einiges komfortabler gestalten, und so erklärt sie Yongden und dem Lama stolz ihre Pläne:

»Zunächst werden vor dem Höhleneingang zwei kleine Terrassen in den steilen Berghang gearbeitet. Auf diese Terrassen wird eine stufenförmige Hütte gesetzt«, erklärt sie, überlegt einen Augenblick und fährt dann voller Tatendrang fort: »Der vordere Teil soll das Arbeits- und zugleich Speisezimmer werden, und der hintere das Schlafzimmer. Von hier aus wird man, über drei Stufen, in die Höhle gelangen. An den Terrassen soll ein ziemlich breiter Balkon entlanglaufen, an dem sich ein winziges Badezimmer anschließt, und unter dem Balkon wird sich der Gang befinden, der zur Küche führt und von dem aus auch die Toiletten zu erreichen sind. Oberhalb der Hütte, direkt an den Berg gelehnt, ist dann Platz für weitere zwei Zimmer. Das eine wird deine Unterkunft, Yongden, das andere ist für Vorräte gedacht.«

Der Lama und der Junge können über diese Pläne nur staunen.

»Wer um alles in der Welt soll es übernehmen, dieses Haus zu bauen?« will der Lama wissen, doch Alexandra lacht nur.
»Die Bauern in Lachen werden mir schon helfen. Sobald ihre Saat in der Erde ist, haben sie Zeit und werden dankbar sein, sich etwas Geld hinzuverdienen zu können.«
Da das Wetter ausgezeichnet bleibt, machen sie auf dem Rückweg nach Lachen – typisch für Alexandra – einen kleinen Umweg. Sie will den schwarzen See besichtigen, von dem die Bauern der Umgebung behaupten, in ihm wohne ein böser Geist, der die Gestalt eines Ochsen habe.
Als sie den See erreichen, kann Alexandra jedoch nichts Mysteriöses an ihm finden. Friedlich und ruhig liegt er vor ihr. Als sie jedoch einige kleine Steine in den See wirft und sich die Wasseroberfläche zu kreisrunden, auseinanderlaufenden Wellen kräuselt, setzt plötzlich ein Hagelsturm ein. Yongden und der Lama werfen sich besorgte Blicke zu, aber Alexandra lacht nur über dieses zufällige Zusammentreffen und ist auf keinen Fall bereit, das Unwetter mit dem angeblichen Geist in Verbindung zu bringen.
Es stellt sich bald heraus, daß die Lachener Bauern tatsächlich über den unverhofften Nebenverdienst erfreut und gern bereit sind, den Auftrag zu übernehmen. Als der Maharadscha Alexandra dann auch noch die Erlaubnis erteilt, sich das erforderliche Holz direkt aus dem Wald zu holen, und zwar unentgeltlich, steht dem Bau ihres »Palastes« nichts mehr im Wege.
Ende Mai verlassen sie Lachen. Alexandra, der Gömptschen, Yongden und eine Gruppe von etwa siebzig Leuten, den Lachener Bauern. In wenigen

Wochen ist Alexandras Einsiedelei, die aus Baumstämmen, mit der Axt zugehauenen Brettern und Dächern aus Borke besteht, fertiggestellt. Für zivilisierte Verhältnisse sicher eine primitive Unterkunft, doch für himalajanische ein Luxusetablissement.
Alexandra tauft ihre Behausung De-Tschen Aschram, das Haus des großen Friedens. Sie kann es kaum fassen. Sie besitzt ein Haus im Himalaja!
Alexandra verliert keine Zeit und beginnt sofort, sich einzurichten. Die Bücher werden aus den Kisten geholt, Unterlagen und Karteikarten über die orientalischen Philosophen geordnet und die wunderbare neue Erfindung, das Geschenk des Maharadschas, ein Füllfederhalter, ausprobiert. Auch das finnische Saatgut wird nicht vergessen. Gemeinsam mit Yongden richtet Alexandra ein kleines Feld ein und freut sich bereits jetzt auf das frische Gemüse, das hier bald heranwachsen wird.
Am Abend eines harten Arbeitstages setzen sich die beiden mit einer großzügigen Portion Tsampa auf die Terrasse. Von hier haben sie einen wunderschönen Ausblick auf die kleine, von unwegsamen Bergen umgebene Hochfläche, deren Gipfel in zerklüfteten, scharfkantigen Felsspitzen enden. Etwas tiefer erstreckt sich ein schmales Tal, in dem Zwergsträucher wachsen, die mit ihrem, für den Himalaja so typischen Duft die Luft erfüllen. Das Tal endet in einem Halbkreis schneebedeckter Berge, von denen ein gewaltiger Wasserfall hinabstürzt.

Diese Landschaft ist so schön, erhaben und auch ein wenig schrecklich, denn sie übersteigt menschliches Fassungsvermögen, schreibt sie an den fernen Philippe. *Der europäische*

Mont Blanc ist ein Maulwurfshügel gegen diese gigantischen Riesen, die über unbeschreiblichen Moränen aufragen.

Am nächsten Morgen trifft ein Bote aus Lachen ein, der beladen ist mit Geschenken für die frischgebackene Hausbesitzerin. Der Maharadscha schickt ihr eine Ration tibetischen Tees, der in ziegelsteingroßen Blöcken zusammengepreßt ist. Schon Kumar hat Alexandra immer reichlich mit dieser Köstlichkeit eingedeckt, und sein Bruder und Nachfolger beabsichtigt offensichtlich, diese Tradition fortzusetzen. Seine jüngere Schwester hat dem Päckchen einen weißen, selbstgestrickten Wollschal beigelegt.
Auch die Damen der finnischen Mission haben Alexandra nicht vergessen und senden ihr frischeingemachte Erdbeerkonfitüre und eine Schachtel mit Kuchen. Der Bote bringt aber auch unangenehme Nachrichten: Einen umfangreichen Brief von Philippe, der ihr mitteilt, daß seine Bemühungen, ein Lebenszeichen von ihrer Mutter zu erhalten, bisher vergeblich waren, und der außerdem Zeitungen schickt, die über die schrecklichen Kriegsgeschehen aus dem gebeutelten Europa berichten. Der letzte Brief, den Alexandra öffnet, ist von einem Lama aus Lachen, der von einer Heuschreckenplage schreibt, die Sikkim heimgesucht hat.

Hier in Lachen ist alles kahlgefressen, berichtet er. *Und natürlich haben die Biester auch vor Ihrem verheißungsvollen Gemüsegarten nicht haltgemacht. Die Bauern sind verzweifelt, denn sie werden im kommenden Winter nichts zu essen haben.*

Alexandra ist tief bestürzt über diese Neuigkeiten und doch, die Not der Bauern und die Schrecken des Krieges, die sie in den Zeitungen nachliest, scheinen ihr hier oben nur wie die Schatten auf einer Kinoleinwand. Sie blickt sich um, sieht die riesigen Berge und ihre Einsiedlerhütte, und alles scheint ihr zu phantastisch, um wahr zu sein.

Trotz der ziemlich umfangreichen, täglichen Aufgaben, die das Leben in der Einöde mit sich bringt, vernachlässigt Alexandra niemals ihre Studien. Die Zusammenarbeit zwischen dem »Großen Frieden« und dem »Hellen Licht«, der Höhle des Gömptschen, wird mit unveränderter Intensität fortgesetzt. Das gemeinsame Buchwerk steht bereits kurz vor seiner Vollendung, und die Fortschritte, die der Gömptschen und Alexandra in ihrem gegenseitigen Sprachunterricht erzielen, sind enorm.
Die Zeit vergeht beiden wie im Fluge. Ohnehin ist der Frühling im Himalaja nur kurz und auch der Sommer, der in diesen Höhen sowieso nur eine Andeutung der warmen Jahreszeit ist, geht bereits seinem Ende entgegen.
»Jetzt ist es Winter. Bald herrscht tiefer Winter. Hier herrscht immer Winter«, stellt Alexandra fast vorwurfsvoll fest, während sie das Obst und das Gemüse, das sie mühsam aus dem finnischen Saatgut gezogen hat, erntet. »Sehen Sie sich das an, Gömptschen. Wieviel Sorgfalt habe ich den Pflanzen angedeihen lassen, und nun? Die Ernte ist gering, die Früchte sind ohne Aroma und schmecken wässerig. Schade, dabei habe ich mich so auf das frische Gemüse gefreut.« Der Gömptschen, dem sein eintöniger Speise-

zettel ohnehin gleich ist, zuckt jedoch nur mit den Schultern.
»Es ist bestimmt nicht nur das Klima«, gibt er gleichgültig zurück. »Sicher ist auch die beträchtliche Höhenlage daran schuld. Sie haben Glück, überhaupt etwas ernten zu können, denn einige Meter höher gedeihen nur noch Flechten.«
Alexandra beginnt nun, Vorsorge für den Winter zu treffen und bestellt bei einem Händler in Lachen Lebensmittel.
Wegen der Heuschreckenplage vor einigen Monaten ist zwar alles sehr teuer, aber dank des Maharadschas von Nepal muß sie sich nicht einschränken.
Zwei Wochen später trifft die Karawane ein, die ihr die georderten Waren liefert. 120 Kilo Butter, 500 Kilo Reis, 500 Kilo Mais, 1200 Kilo Kartoffeln, ferner Rüben, Radieschen, Bohnen, Gewürze, Konserven, Tee und Hammelfett lagert Alexandra in ihrer Vorratskammer ein. Dazu kommen 40 ganze Schafe, die bei der bereits herrschenden Kälte in einer natürlichen Gefrierkammer untergebracht werden können. Das Fleisch ist allerdings so hart wie Holz und muß mit einer Axt zerlegt werden.
Als alles an seinem Platz ist, überprüft Alexandra ihre Vorräte.
»Vielleicht habe ich doch ein wenig zu reichlich eingekauft«, stellt sie schließlich fest. »Aber immerhin, der Winter ist lang, und es ist nicht vorhersehbar, wie lange wir durch Schnee und Kälte von der Außenwelt abgeschnitten sein werden. Außerdem bin ich nicht nur für Yongden verantwortlich, der, seinem Alter entsprechend, ohnehin bei jeder Mahlzeit Unmengen verschlingt. Nein, auch dem Gömptschen gegenüber

fühle ich mich verpflichtet, und der hat noch niemals ein gutes Essen abgelehnt.«
Die Karawane hat jedoch nicht nur Lebensmittel geliefert, sondern auch die Post mitgebracht. Nach wie vor schreibt Alexandra Briefe an ihre Freunde in aller Welt. Erst vor kurzem hat sich ein gewisser Doktor Suzuki aus Japan diesem Kreis angeschlossen, der ihr Interessantes über das »Mahajana«, wie man den nördlichen Buddhismus nennt, der die Erlösung zum Wohle aller predigt, schreibt. Auch diesmal findet Alexandra einen Brief von dem japanischen Doktor in der Post. Außerdem erhält sie das Schreiben eines befreundeten Gentleman aus London:

Zu meiner größten Bestürzung habe ich erfahren, daß Monsieur Néel Ihnen kein Geld schicken kann. Nun ja, Ihr Gatte ist kein Engländer, denn für uns ist es kein Problem, Geld in ein Land zu schicken, in dem die britische Regierung vertreten ist. Anbei sende ich Ihnen darum – probeweise – fünf Pfund, um festzustellen, ob das Geld auch tatsächlich in Ihre Hände gelangt.

Alexandra wundert sich schon ein wenig, warum ihr sonst so cleverer Philippe nicht auf die Idee gekommen ist, ihr über Großbritannien Geld anweisen zu lassen. Sofort setzt sie sich hin, um ihm einen Brief zu schreiben, den die Karawane gleich am nächsten Tag, mit ihrer übrigen Post, mitnehmen soll. Nachdem sie ihm die Sachlage geschildert hat, fährt sie, ein wenig boshaft, fort:

Mein Londoner Freund will eine weitere Überweisung vornehmen, aber noch besser ist es wohl, wenn Du Dich mit ihm in Verbindung setzt, damit er Dir das Geheimnis seines Erfolges verraten kann. Vergiß bitte auch nicht, diesem liebenswürdigen Londoner so schnell wie möglich seine fünf Pfund zurückzuerstatten.

Nur wenige Tage, nachdem die Karawane abgezogen ist, beginnt es zu schneien. Unablässig fallen die großen weißen Flocken auf die Erde herab und bilden eine so hohe Schneedecke, daß die Höhlen bei Dewa-Thang schon nach kurzer Zeit von der Außenwelt abgeschnitten sind. Ganz plötzlich ist der Winter gekommen.
Der Anblick der riesigen weißen Berge ist großartig. Hinzu kommt die ungewöhnliche Stille. Alle Bäche und Wasserfälle sind erstarrt und stumm. Kein Vogel ist zu sehen.

Es ist kurz vor Weihnachten, als Alexandra plötzlich erkrankt. Gegen Abend wird ihr schrecklich kalt, sie leidet unter Schüttelfrost und mag nichts essen. Als sie sich ins Bett legt, schläft sie sofort ein, wacht jedoch gegen Mitternacht wieder auf und fühlt sich schlechter als zuvor. Ihr ist übel, und sie klappert mit den Zähnen, obwohl es in der Höhle wirklich nicht kalt ist.
Alexandra ruft Yongden und bittet ihn um heißen Tee. Er macht Feuer im Ofen und bereitet ihr das gewünschte Getränk, dann schickt sie ihn wieder ins Bett und sinkt erneut in einen unruhigen Schlaf.
Bald darauf wird Alexandra jedoch durch ein knisterndes Geräusch geweckt. Als sie die Augen öffnet, sieht sie, daß die Decke des an die Höhle angrenzenden Zimmers in Flammen steht. Trotz ihrer Schwäche springt sie aus dem Bett, ruft Yongden zu Hilfe und

beginnt sofort, das Feuer zu löschen, für das offensichtlich das Ofenrohr verantwortlich ist. Der Morgen graut bereits, als sie zitternd vor Kälte ins Bett zurückkriecht. Abermals bringt Yongden ihr heißen Tee und macht ihr auch eine Wärmflasche zurecht.

Am nächsten Tag hat Alexandra hohes Fieber, das sie mit Chinintabletten aus ihrer Reiseapotheke bekämpft, und bald geht es ihr schon wieder ein wenig besser.

»Sie sind einfach nicht abgehärtet genug«, stellt der Gömptschen fest. »Ich rate Ihnen, für eine Weile Ihr Haus zu verlassen und allein in die Berge zu gehen, mit nichts als einem kleinen Zelt, einem Jakfell und ein paar Decken. In der völligen Einsamkeit werden Sie sich rasch erholen.«

Verblüfft sieht Alexandra ihren Meister an.

»Den Tod werde ich mir holen, in der Kälte dort draußen«, gibt sie zurück, doch der Gömptschen winkt nur unwirsch ab.

»Sie lassen mich ja nicht ausreden. Also ..., während dieses Ausfluges sollten sie sich intensiv mit den Thoumo-Übungen beschäftigen. Wir haben schon einmal darüber gesprochen. Erinnern Sie sich?« Alexandra nickt und lauscht nun vollkommen konzentriert. »Es ist eine autosuggestive Methode, innere Wärme zu erzeugen und Atmung und Blutkreislauf so zu beeinflussen, daß der Körper gegen Kälte weitgehend unempfindlich wird. Üben Sie sich darin, und diese Fieberattacken, wie sie gerade eine erlebt haben, werden sich nicht wieder einstellen.«

Alexandra muß zugeben, daß die Argumente des Gömptschen nicht von der Hand zu weisen sind. Sie hat sich mit dem von ihm geschilderten Verfahren auch bereits ein wenig beschäftigt, allerdings bisher mit mäßigem Erfolg. Da sie sich schon immer von diesen Übungen angezogen gefühlt hat, kann sie es natürlich nicht bei »ein wenig« belassen und beschließt, den Rat ihres Meisters zu befolgen.

Alexandra packt also ein paar Sachen zusammen und steigt in die Berge, um ein bißchen »Camping« zu betreiben, wie sie sagt. An einem zugefrorenen Fluß findet sie einen Lagerplatz, hackt ein Loch in die Eisdecke und erledigt, vollkommen konzentriert, in dem eiskalten Wasser ihre Morgentoilette. Danach setzt sie sich vor ihr Zelt, steckt die nackten Füße in den Schnee, frühstückt in aller Ruhe und hofft, sich bei dieser Roßkur keine neuerliche Erkältung zuzuziehen.
Auch als Alexandra wieder in ihren Aschram zurückgekehrt ist, setzt sie die Thoumo-Übungen fort und kann allmählich durchaus Fortschritte verzeichnen. Wenn sie früher tagsüber eine Unzahl von Kleidungsstücken übereinander ziehen mußte, um nicht zu frieren, genügt nun ein wesentlich leichterer Aufzug, ebenso wie sie des Nachts immer weniger Decken benötigt, um sich warmzuhalten.

Wieder geht ein Jahr zu Ende, und ein neuer Frühling hält seinen Einzug. Die Rhododendren-Sträucher stehen in voller Blüte, und das Thermometer klettert auf außergewöhnliche 15 Grad. Den Rest des Winters hat es für Alexandra keine Erkrankung mehr gegeben, sie fühlt sich frisch und kräftig und sprüht vor Unternehmungsgeist ...

Ein trauriger Abschied

Der Taschi Lama und der Dalai Lama sind sich vom geistlichen Standpunkt durchaus ebenbürtig, vom weltlichen Standpunkt ist jedoch der Dalai Lama der absolute Herrscher von Tibet. Den Dalai Lama hat Alexandra bereits kennengelernt. Mit dem Taschi Lama, der im Kloster Taschi Lhünpo, in der Nähe von Schigatse, seinen Wohnsitz hat, verkehrt sie bisher nur brieflich.

Der Taschi Lama hat Alexandra bereits mehrmals eingeladen, ihn zu besuchen, und nun, da das Werk über den Vergleich zwischen dem buddhistischen Lamaismus und der indischen Vedanta, das sie mit dem Gömptschen zusammen erarbeitet hat, abgeschlossen ist, will sie diese Einladung auch endlich annehmen.

Eine Reise, die sie weit ins Landesinnere von Tibet hineinführen wird und für die sie eigentlich die Erlaubnis des britischen Regierungsvertreters, Mr. Charles Bell, einholen muß. Doch Gangtok ist weit, und Alexandra, in ihrem Adlerhorst auf dem Dach der Welt, nimmt es mit Gesetzen, die ihrer Meinung nach unsinnig sind, nicht so genau. Sie beschließt also, der Einladung des Taschi Lama nachzukommen, ohne eine Genehmigung der Behörden einzuholen. Vermutlich hätte sie die ohnehin nicht bekommen, da die Briten nur englischen Soldaten und Kaufleuten eine Einwilligung erteilen. Warum sich also erst eine Absage holen?

Vier Tagesmärsche braucht Alexandra, bis sie die westtibetische Klosteruniversität erreicht hat. Eine an-

strengende Reise. Zwar ist das Wetter schön, und sie kommt sehr gut voran, aber sie hat schon so lange nicht mehr auf einem Pferd gesessen, daß die langen Etappen zu richtigen Strapazen werden.
Als Entschädigung erwartet sie in Schigatse ein außergewöhnlich liebenswürdiger Empfang. Der Taschi Lama ist bestens über Alexandra informiert, denn ihr Aufenthalt in der Einsiedelei des Gömptschen von Lachen hat ihre Berühmtheit nur noch gesteigert. Er ernennt sie zu einer Äbtissin von Schigatse, einer Art Doktor honoris causa des Lamaismus und macht ihr außerdem das Angebot, in der Klosterstadt zu bleiben. »Sie können sich in einem Nonnenstift niederlassen oder, wenn es Ihnen lieber ist, in einer eigens für Sie erbauten Klause. Sie können aber auch einfach als unser Gast in Schigatse bleiben, solange wie Sie Lust haben.«
Doch Alexandra schlägt die verlockenden Angebote aus. So interessant der Aufenthalt auch ist, so sehr die Ehrungen ihr schmeicheln, sie sehnt sich schon wieder zurück nach ihrem Aschram und der Einsamkeit der Berge. Nach wenigen Wochen kehrt sie dorthin zurück und ist glücklich, wieder daheim zu sein.
Doch ihre heimliche Reise nach Tibet bleibt nicht ohne Folgen. Schon bald kommt ein Bote nach Dewa-Thang, der ihr ein Schreiben von Sir Charles Bell, dem englischen Regierungsvertreter in Sikkim, überbringt. Kurz und bündig teilt man ihr darin mit, daß sie, weil sie die Grenze zwischen Sikkim und Tibet ohne Erlaubnis überschritten hat, nach Darjeeling ausgewiesen wird. Außerdem wird ihr eine hohe Geldstrafe angedroht, falls sie Sikkim nicht innerhalb von zwei Wochen verlassen hat.

Alexandra ist bestürzt. Sie soll sich von allem trennen, was ihr lieb und teuer ist? Von ihrem Aschram, von den Bergen, vom Gömptschen und von Yongden, ihrem Boy, der ihr in all der Zeit richtig ans Herz gewachsen ist?
Ein Bittgesuch beim Maharadscha verläuft ergebnislos. Es wird nun deutlich, wie stark seine Machtbefugnisse durch das britische Protektorat eingeschränkt sind. So sehr der Maharadscha auch möchte, er kann Alexandra nicht helfen, und so bleibt ihr schließlich keine andere Wahl, als sich zu fügen, zumal Mister Bell des weiteren veranlaßt hat, die Einwohner von Lachen mit einer Geldstrafe über 200 Rupien zu belegen. Angeblich sollen sie Alexandra bei der Überschreitung der tibetischen Grenze unterstützt und gedeckt haben. Die Bauern von Lachen sind wütend. 200 Rupien sind für sie sehr viel Geld, und sie fühlen sich unschuldig, denn was geht es sie an, was diese fremde Frau, die sich seit über einem Jahr an der tibetischen Grenze herumtreibt, so alles anstellt. Die Bewunderung, die sie einst für Alexandra empfunden haben, ist schnell vergessen.
Unglücklich packt Alexandra ihre Habe zusammen und bereitet ihre Abreise vor. Von nun an wird es keine Ausflüge durch Steppen und auf einsame Berge mehr geben, keine eisigen Nächte im Zelt, keine verschneiten Nachmittage. Sie wird die blauen Berge des Transhimalajas nie wiedersehen und ihren Aschram, ihr Zuhause, verlieren.
Wie feiner Sand rinnen ihr die letzten Tage durch die Finger, und so sehr sie die Hand auch zusammenpreßt, der Sand rinnt fort. Schon kommt der Abschied vom Gömptschen von Lachen.

»Sie haben die Pflicht zu gehen«, sagt er. »Nicht weil der Engländer es so bestimmt, sondern weil Sie als meine Schülerin nun Ihre Erfahrungen und Ihr Wissen weitergeben müssen.«
Alexandra nickt schweigend. Ihr Schmerz ist so groß, daß keine Worte über ihre Lippen kommen.
»Ich bin stolz auf Sie«, murmelt der Gömptschen zum Abschied. »Hier oben in der Einsamkeit ist aus einer klugen Frau eine Leuchte der Weisheit geworden. Wohin werden Sie nun gehen?«
»Zuerst nach Darjeeling«, antwortet Alexandra traurig, »und dann ... Ich weiß es noch nicht genau, vielleicht nach Japan.« Ihre Stimme erstirbt, doch dann fährt sie mühsam fort: »Ich danke Ihnen für alles, mein Freund. Ich werde Sie niemals vergessen.«
Der Gömptschen nickt. Er hat alles gesagt, was gesagt werden mußte. Ein letztes Mal zieht Alexandra den Weg nach Lachen hinunter, wo sie sich jedoch nicht aufhält, sondern gleich weiterreist nach Gangtok.
Hier verabschiedet sie sich vom Maharadscha und seiner Familie und will zu guter Letzt auch Yongden adieu sagen, aber der Junge ist verschwunden. Er ist einfach ohne Gruß davongelaufen.
Enttäuscht und niedergeschlagen macht Alexandra sich im strömenden Regen auf den Weg nach Darjeeling. Doch sie hat kaum die Stadtgrenze Gangtoks erreicht, als sie hinter sich lautes Rufen vernimmt: Yongden. Naß wie eine Katze kommt er hinter ihr her gelaufen und bittet sie, ihn mit sich zu nehmen.
»Von meiner Mutter und meinen Brüdern habe ich mich bereits verabschiedet«, sagt er, vom schnellen Lauf immer noch atemlos. »Ich möchte bei Ihnen bleiben. Bitte, schicken Sie mich nicht zurück.«

Gerührt schließt Alexandra den Jungen in ihre Arme. Er ist nun alles, was ihr von Sikkim geblieben ist.
Am 15. September 1916, die zweiwöchige Frist, die Sir Charles Bell ihr eingeräumt hat, ist gerade abgelaufen, trifft Alexandra in Begleitung Yongdens in Darjeeling ein. Ihr ist, als hätte sie die letzte Seite im Buch ihrer verspäteten, dafür aber um so längeren Jugend umgeblättert.

Auf Umwegen nach Japan

Es ist beschlossene Sache, Alexandra fährt nicht heim nach Tunis, sie fährt nach Japan. Der nördliche Buddhismus, das Mahajana, fasziniert sie zu sehr, als daß sie einfach so an ihm vorbeireisen könnte. Vor allem in Korea, China und Japan hat er viele Anhänger, Länder, in denen sie sich bisher noch nicht umgesehen hat. Höchste Zeit, das nachzuholen, und da sie gerade in der Nähe ist …

Voller Elan plant Alexandra ihre Reiseroute und entscheidet sich – wenn nichts dazwischen kommt –, mit Japan zu beginnen. Immerhin hat sie in diesem Land die meisten Kontakte, ihren Brieffreund Doktor Suzuki zum Beispiel oder auch Professor Sonada, ein guter Bekannter ihres alten Lehrers Sylvain Lévi. Yongden, der mittlerweile mehr Sohn als Diener ist und dessen Studien die Lamina Alexandra in die Hand genommen hat, ist mit allem einverstanden. Er, der als Reinkarnation eines Bodhisatva gilt und selbst einmal ein Lama sein wird, ist bereit, alle Sehnsüchte mit seiner Meisterin zu teilen, das Fernweh nach fremden Ländern ebenso wie das Heimweh nach ihrem geliebten De-Tschen Aschram im Himalaja.

Bevor Alexandra nach Japan aufbricht, will sie sich jedoch einen vierwöchigen »Urlaub« in Kalkutta gönnen, zum einen, um alte Freunde zu besuchen, zum anderen, um die nötigen Reisevorbereitungen zu treffen.

Drei Jahre ist Alexandra nicht mehr in der Stadt am

Ganges gewesen, doch Kalkutta hat sie nicht vergessen, im Gegenteil, es wartet mit einer großen Überraschung auf sie.

Die Gesellschaft »Maha Bodhi«, die Alexandras Asienreisen und -aufenthalte interessiert verfolgt hat, verleiht ihr nun den Titel einer »Gelehrten Missionarin« und »Buddhistischen Sonderbeauftragten«, die das Recht hat, mit Euer Ehrwürden angesprochen zu werden.

Ja, Alexandra ist zu einer Berühmtheit geworden. Ihre Artikel erscheinen mittlerweile nicht nur in Frankreich, England und Indien, sondern auch in Amerika, und ihr Buch über den Buddhismus ist vor kurzem von ihrem ehemaligen Reisebegleiter Silacara ins Englische übersetzt worden.

Diese neuerliche Ehrung in Kalkutta bringt Alexandra eine Einladung nach Rangoon in Birma ein, wo sie mehrere Vorträge halten soll. Sicher, ein Umweg auf ihrer Reise nach Japan, aber Umwege hatten von jeher etwas Faszinierendes für Alexandra. Und da es ohnehin »fast« am Wege liegt, wird es sich schon lohnen, dort Station zu machen.

Etwa zwei Monate, nachdem Alexandra ihren Aschram im Himalaja verlassen hat, geht sie also in Rangoon an Land. Zwar haben ihre Gastgeber eine komfortable Unterkunft für sie vorbereitet, doch sie zieht es vor, sich in ein kahles, buddhistisches Kloster in den Sagaing-Bergen zurückzuziehen. Wie üblich ist sie auf der Suche nach weisen und gelehrten Männern, die eventuell in der Lage sind, ihre Studien zu vervollständigen.

Und was die Stadt Rangoon angeht: Alexandras Heimweh nach Dewa-Thang an der tibetischen

Grenze ist einfach noch zu groß, als daß dieser Ort eine Chance haben könnte, vor ihren Augen zu bestehen. Sicher, sie bewundert die goldene Schwe-Dagon-Pagode und den Aale-Teich von Ngagahtwang, doch im großen und ganzen ist sie von Birma so enttäuscht, daß sie bereits nach anderthalb Monaten weiterzieht.

Dieses Land hat nichts, was einen zurückhalten könnte, schreibt sie an Philippe. *Schon bald hat man genug von den Pagoden, denn sie sehen alle gleich aus. Die Vegetation ist ziemlich eintönig und die Landschaft nicht besonders beeindruckend.*

Natürlich, es erfordert mehr als ein paar Pagoden, um Alexandra auf andere Gedanken zu bringen. Im Geiste sieht sie immer nur ihre Einsiedelei vor sich, ihr auf Felsen gebautes Haus, nach dem sie sich unendlich sehnt. Es ist so grausam, daß dieser einsame Winkel im Gebirge, zu dem es ihr verboten ist zurückzukehren, für sie jetzt nicht mehr als ein schemenhaftes Traumgebilde sein darf und dabei doch gestern noch wunderbare Realität war.
Alexandra besteigt also ihr Schiff und reist weiter, um nach Zwischenlandungen in Penang, Singapore, Da Nang und Haiphong, den Stätten ihrer einstigen Bühnenerfolge – in einem anderen Leben ...? – in der japanischen Stadt Kobe einzutreffen. Die Fahrt auf dem Passagierdampfer »Cordillère« verläuft ohne Zwischenfälle. Trotzdem ist Alexandra froh, als sie ihrem Ende zugeht. Die Menschen, mit denen sie gemeinsam reist, die vom Jagen, Töten und Tiere-Massakrieren sprechen, affektierte Mienen zur Schau stellen

und abends im Salon Tango tanzen, widern sie an, und sie kann es kaum noch erwarten, die Einsamkeit und den Frieden wiederzufinden.
Die Fahrt durch das japanische Binnenmeer findet jedoch, als letzte Etappe der Seereise, ihre ungeteilte Zustimmung. An unzähligen kleinen Inseln kommen sie vorbei, von denen eine malerischer wirkt als die andere. Es ist schönes Wetter mit viel Sonnenschein und gerade soviel Nebel, um der Landschaft etwas Geheimnisvolles zu verleihen. Bewundernd stehen Alexandra und Yongden an der Reling und können sich kaum sattsehen an dieser wunderschönen Märchenwelt, die an ihnen vorübergleitet.
Gleich nachdem die »Cordillère« in Kobe angelegt hat, kommt ein Beauftragter von Doktor Suzuki an Bord, um Alexandra abzuholen. Er ist ihr bei der Ausschiffung und bei der Zollabfertigung ihrer 28 Gepäckstücke behilflich und begleitet sie anschließend in ihre Unterkunft.
Kobe ist eine dichtbevölkerte Stadt, die für Alexandra nichts Erwähnenswertes zu bieten hat. Darum beschließt sie bereits zwei Tage später, mit dem Zug nach Kyoto zu fahren, wo sie von Professor Sonada, dem Direktor der Buddhistischen Universität, herzlich empfangen wird.
»Ich soll Ihnen einen lieben Gruß von unserem gemeinsamen Freund Lévi ausrichten«, sagt der Professor und lächelt freundlich. »Erst gestern habe ich einen Brief von ihm erhalten. Er bewundert Sie und ihre ungebrochene Reiselust sehr.«
Alexandra freut sich über diese Worte, denn die Anteilnahme ihres ehemaligen Lehrers tut ihr gut.
»Ich weiß die Fürsorge meiner Freunde, die mich in

so vielen fremden Ländern einen Ansprechpartner vorfinden läßt, durchaus zu schätzen«, entgegnet sie herzlich und berührt nach buddhistischem Brauch mit den aneinandergelegten Händen ihre Stirn. »Und auch Ihnen danke ich vielmals für Ihre Hilfsbereitschaft.«

Professor Sonada hat Alexandra eine Unterkunft in einem Zen-Kloster verschafft. Das für sie bestimmte Haus in einem eingefriedeten Garten, der sich wiederum in einem von einer hohen Mauer umgebenen Park befindet, ist wahrhaft luxuriös. Es hat zwölf Zimmer, eine beeindruckende Eingangshalle und zwei Andachtsräume. Alexandra bedauert nur, daß es in einem dichten Bambusgehölz steht und somit über keinerlei Aussicht verfügt.

Der Zen-Meister des Klosters begrüßt sie persönlich. Er ist über ihre Reisen informiert und verwickelt sie sofort in ein Gespräch. Als er die Frage stellt:

»Wie hast du ausgesehen, bevor dein Vater und deine Mutter geboren waren?« muß Alexandra unwillkürlich lächeln.

»So wie jetzt«, antwortet sie und denkt dabei an den Gömptschen von Lachen, der angesichts einer solch kinderleichten Prüfung nur den Kopf geschüttelt hätte.

Der Zen-Meister scheint jedoch sehr zufrieden mit Alexandras Antwort zu sein und sie für würdig zu befinden, als Gast in seinem Kloster zu wohnen. Jedenfalls entläßt er sie bald darauf sehr huldvoll.

»Ich will dich nun nicht länger aufhalten. Sicher möchtest du dich in deinen Räumen einrichten. Sei willkommen und bleibe bei uns, solange es dir gefällt.«

Alexandra dankt dem Meister sehr freundlich, was sie jedoch nicht davon abhält, sich ein wenig über seine Worte lustig zu machen, denn immerhin läßt er sich seine Großzügigkeit recht ansehnlich entgelten. Dreißig Franc hat sie im Monat für ihre Unterkunft zu zahlen, und da ihre Barschaft durch die lange und kostspielige Schiffsreise sehr zusammengeschmolzen ist, muß sie sich wieder einmal an Philippe wenden und ihn bitten, ihr Geld zu schicken.

O ja, es ist schon ein Kreuz mit dieser ewigen Geldknappheit. Dabei ist Alexandra überhaupt nicht unvermögend. Nur leider liegen die Honorare, die sie für ihre in aller Welt erscheinenden Artikel bekommt, auf ihrer Bank in Frankreich fest, und so ist sie immer wieder gezwungen, ihren Mann im fernen Tunis um Bargeldnachschub zu bitten.

Es regnet andauernd und endlos. Nicht der sanfte Regen von Benares, Colombo oder Schigatse, nein, wahre Sturzbäche ergießen sich vom Himmel. In Alexandras viel zu großer Wohnstätte ist es finster und ausgesprochen kalt. Sie ist enttäuscht von Japan und klagt Yongden ihr Leid.

»Die japanische Küche ist für meinen Geschmack ungenießbar, und die Häuser, in denen die Leute leben und die sie fast wie Heiligtümer anbeten, sind unbequem. Außerdem gibt es einfach zu viele Menschen hier.«

Yongden nickt. Er empfindet ähnlich. Nur daß ihn auch noch die unzähligen Matten, auf denen man sich zum Essen niederläßt oder betet, zur Verzweiflung treiben.

»Als wenn es nichts Sinnvolleres zu tun gäbe, als den

lieben langen Tag zu fegen, zu scheuern und zu bürsten«, schimpft er. »Nein, das Japan der schönen Bilder ist nur ein Japan der Träume. Das wirkliche Japan ist das absolute Gegenteil davon.«
Alexandra muß ihm recht geben. Sicher, sie haben die blühenden Pflaumen- und Kirschbäume gesehen, Monumente und Museen besichtigt. Auch den Fudschijama mit seinem schneebedeckten runden Rücken haben sie bestiegen, und wenn seine Ansicht zum Meer hin, dort wo die immer flacher werdenden Gebirgszüge eine regelrechte Stufenleiter bilden, auch großartig ist, so bleibt dieser Berg doch nur ein armseliger Riese für jemanden, der mit den Himalajagipfeln vertraut ist.

Außerdem, was nützen ihnen die schönen Bilder? Schließlich sind sie keine Touristen, und was den eigentlichen Grund ihrer Japanreise angeht, das Studium des Mahajana, haben sie in dieser Hinsicht für sich bisher keine Gewinne verbuchen können.
So wie der nördliche Buddhismus sich ihnen darstellt, scheint er wesentlich oberflächlicher praktiziert zu werden als der Lamaismus in Sikkim und Tibet. Alexandras große Hoffnung in dieser Beziehung ruht auf Doktor Suzuki und auf einem Essen bei der auf dem Klostergelände wohnenden Ordensgemeinschaft, zu dem sie eingeladen ist. Doch auch dieses Essen entpuppt sich als Enttäuschung. Ein kahler Raum erwartet sie, makellos reine Matten, rote Teppiche und für jeden Gast ein Kissen, vor dem ein winziger, kaum 20 Zentimeter hoher Tisch steht. Bronzene Glutbecken erfüllen den Raum mit Rauch und lassen einem kaum die Luft zum Atmen. Eine Parade von Schalen und Tellerchen ist mit Speisen angefüllt, die grauenhaft

nach Abwaschwasser schmecken und ekelhaft nach Kloake riechen. Die reinste Heimsuchung!
An weiterführende Gespräche oder Erkenntnisse ist überhaupt nicht zu denken. Alexandra ist erleichtert, als die gegenseitigen Verbeugungen das Ende ihres Martyriums ankündigen und sie endlich wieder an die frische Luft gehen kann. Den ekelhaften Geschmack allerdings hat sie noch den ganzen Tag auf der Zunge.

Doktor Suzuki ist gekommen. Er hat sich endlich frei machen können, um mit Alexandra einen Ausflug nach Nara zu machen und um mit ihr den Koja-Berg zu besteigen. Auf dem Berg befindet sich ein weitläufiges Kloster, das etwa 300 Tempel umfaßt.
Die Begrüßung zwischen Dr. Suzuki und Alexandra fällt sehr herzlich aus, und es sind wunderschöne Tage, die sie gemeinsam verbringen. Der Berg Koja ist herrlich und erinnert Alexandra an Sikkim. Leider hat sich der Erdboden durch den anhaltenden Regen in unangenehmen glitschigen Schlamm verwandelt, in den man bis zum Knöchel einsinkt. Alexandra und Doktor Suzuki lassen sich darum in einer Rikscha bis zum Gipfel hinauffahren, vorbei an Hainen mit ungewöhnlich hohen Bäumen, die an verwunschene Druidenwälder erinnern, vorbei an schönen Tempeln und imposanten Grabmalen. Allerdings sind auch hier viele Menschen unterwegs, Scharen von Pilgern steigen die schlammigen Wege hinauf. Ohne sie, so stellt zumindest Alexandra fest, wäre der Ausflug noch wesentlich beeindruckender.
Nach Abschluß der Reise nimmt Doktor Suzuki Alexandra mit zu einem Tanz der Geishas.

Ein wirklich reizendes, allerdings, wie ich finde, auch ziemlich eintöniges Schauspiel, schreibt sie hinterher an Philippe. *Die Tänzer tragen immer die gleichen Kostüme und führen die fünf oder sechs Tänze des Programms in wenig abwechslungsreicher Form vor. Irgendwie wirken sie wie automatische Puppen, nicht wie lebendige Menschen.*

Nachdem Doktor Suzuki wieder abgereist ist, spielt auch Alexandra mit dem Gedanken, ihren Japanaufenthalt zu beenden. Sie macht sich über dieses Land keine Illusionen mehr. Das Klima sagt ihr absolut nicht zu, und die Sitten sind für sie, die sich an das Leben in der Einsamkeit gewöhnt hat, viel zu zivilisiert. Bei ihren Studien ist Alexandra auch mit Doktor Suzukis Hilfe nicht so recht weitergekommen und hat nur feststellen können, daß es gewisse Ähnlichkeiten zwischen den beiden Arten des Buddhismus gibt. Nichts Neues also, auch das Mahajana kann ihr den erlittenen Verlust nicht erleichtern.
Alexandra überlegt darum, nach Korea zu reisen, um sich im Gebirge umzusehen und die dort lebenden Einsiedler zu besuchen. Vielleicht haben ja wenigstens sie einige der althergebrachten Lehren bewahrt, aus der Zeit, als der Buddhismus noch nicht so weit heruntergekommen war, wie es ihr heute erscheint. Eine Reise nach Korea dauert außerdem nicht lange, und sie ist überzeugt davon, daß die Luft und die Ruhe in den Bergen ihr guttun werden. Sicher wird das Leben dort auch viel billiger sein als in Japan, und außerdem ist es Zeit, etwas Neues zu sehen. Alexandra ist ohnehin schon viel zu oft niedergeschlagen und deprimiert. Immer häufiger denkt sie in diesen dunklen Tagen, seitdem sie Dewa-Thang verlassen mußte, an den Tod.

Vielleicht wäre es am besten für mich gewesen, schreibt sie an Philippe, *wenn ich in den Bergen des Himalaja gestorben wäre. Dort haben sich meine Träume erfüllt. Was bleibt mir nun noch zu tun? Was habe ich hier verloren? Wozu schleppe ich mich durch die Städte, von Menschen umgeben, die mit ihrer Zivilisation ihr Leben, statt es zu erleichtern, immer noch mehr einengen. Ich fühle mich heimatlos und fremd, und als einziger Trost ist mir Yongden geblieben. Und weil ich gerade einmal bei dem Thema bin, möchte ich Dir gleich folgendes mitteilen: Ich trage für diesen Jungen, der mir sehr ans Herz gewachsen ist, die Verantwortung. Falls ich in Asien sterbe – hier oder anderswo, so ist es mein Wille, daß er in seine Heimat zurückkehren kann und eine Summe ausbezahlt erhält, mit der er die Möglichkeit bekommt, sich in seinem Dorf eine neue Existenz aufzubauen. Das bin ich ihm einfach schuldig, und ich glaube sicher, daß Du, sollte es denn einmal dazu kommen, mein Vermächtnis erfüllen wirst.*

Alexandra bläst Trübsal. Das Heimweh nach Dewa-Thang, ihrem Aschram, dem Rauschen des Gebirgsbaches, dem Blick auf die schwarzen Felsen, dem ewigen Schnee und den riesigen Wolken läßt sie genauso reagieren wie seinerzeit in Tunis, als sie sich selbst zu zwingen versuchte, sich an Heim, Herd und Ehemann zu gewöhnen. Sie beginnt zu kränkeln, ist unentschlossen und voller Unrast. Und dann kommt ihr zum ersten Mal eine Idee, die unbewußt schon lange in ihrem Kopf herumgespukt hat:
Was wäre, wenn ich trotz des Verbotes nach Tibet zurückkehre?
Fast ist sie selbst erstaunt über die zwangsläufige Schlichtheit, aber auch über die Dreistigkeit dieses Gedankens. Sicher, in ihr Aschram wird sie, solange

sich die politischen Verhältnisse nicht ändern, nie wieder einziehen können. Aber immerhin, wenn sie sich schon über bestehende Gesetze hinwegsetzt, kann sie es auch gleich richtig machen und versuchen, die von den Chinesen, Engländern und Tibetern am sorgfältigsten bewachte Stadt zu erreichen: Lhasa, die für alle Fremden bei Todesstrafe verbotene Hauptstadt Tibets auf dem Dach der Welt.

Kumbum und die Schrecken des Bürgerkrieges

»Sobald der Regen aufhört«, erklärt Alexandra entschlossen ihrem Begleiter, »werden wir nach Korea aufbrechen und von dort aus weiter nach Peking ziehen.«

Selbst Yongden gegenüber wagt sie ihr wahnwitziges Vorhaben noch nicht einzugestehen. Sie wird ihm erst davon erzählen, wenn der Plan ein wenig ausgereifter ist. Dazu braucht es jedoch Zeit, und Alexandra hat alle Zeit der Welt. Nun, da ihr Entschluß einmal gefaßt ist, wird sie diese Reise nach Lhasa auch durchführen. Irgendwann. Der Zeitpunkt ist nicht so wichtig. Das Wissen, daß keine Macht der Welt sie auf ewig von ihrem geliebten Tibet fernhalten kann, ist viel entscheidender und reicht aus, ihre Lebensgeister neu zu wecken.

Alexandra rüstet also wieder einmal zum Aufbruch. Da sie es satt hat, ihr ganzes Gepäck ständig mit sich herumzuschleppen, bittet sie den Zen-Meister, ihre Koffer solange in Aufbewahrung zu nehmen, bis der Krieg in Europa beendet ist. Er willigt ein und verspricht, sobald die normalen Verkehrsverbindungen wieder hergestellt sind, ihre gesamte Habe per Überseespedition nach Tunis zu schicken.

Diesmal ist es kein luxuriöses Passagierschiff, sondern nur ein schäbiger Frachter namens »Maru«, sehr alt und ausgesprochen schmutzig, auf dem sich Alexandra und Yongden Richtung Korea einschiffen. Ein winziger, als Kabine bezeichneter Verschlag, der dem Maschinenraum unmittelbar gegenüber liegt und aus

dem eine glühende Hitze dringt, dient ihnen als Unterkunft. Bei dem Krach kann von Schlafen natürlich keine Rede sein, und Alexandra verbringt ihre Nächte wie schon so häufig an Deck. In der dritten Nacht jedoch bricht ein Orkan los, und es gießt in Strömen. Die Schlingerbewegungen des alten Frachters werden immer bedrohlicher, und Alexandra und Yongden, die bereits bis auf die Haut durchnäßt sind, haben Mühe, nicht über Bord gespült zu werden.
Erleichtert verlassen sie am nächsten Morgen in der koreanischen Hafenstadt Pusan das Schiff. Auch in Korea regnet es, und so hält Alexandra sich nirgendwo länger auf, sondern befindet sich immer nur auf der Durchreise.
Von Pusan zieht sie weiter nach Kongosan und von dort zum Kloster Hokyuan in den Bergen. Nirgends hat sie Ruhe zum Verweilen, ihr ist, als würde eine unsichtbare Hand sie immer weiter ziehen, immer näher an Lhasa heran. In dieser Zeit verdichten sich ihre Pläne für die verbotene Reise mehr und mehr. O ja, allen Obrigkeiten zum Trotz wird sie noch einmal die verschneiten Gipfel des Himalaja sehen, die endlosen weiten Ebenen und das eigentümliche Licht. Sie wird noch einmal die sternenklaren Nächte erleben, in denen vor den kleinen Felsen das Feuer züngelt, auf dem der abendliche Tee kocht. Und über allem die Unermeßlichkeit des Raumes.
Alexandra hat zwar geplant, den Winter in Korea zu verbringen, flieht aber nun vor ihrer eigenen Unrast und dem ewigen Regen nach Peking. Die Fahrt durch die Mandschurai und der Besuch der großen Chinesischen Mauer in Schan-hai-kuan gefallen ihr ausgezeichnet. Peking hingegen hat für Alexandras Ge-

schmack keine außergewöhnliche Attraktion zu bieten, außer einem strahlend blauen Himmel. Nur die schmalen, verwinkelten Gassen der Altstadt, in denen deutlich der Atem Konfuzius' zu spüren ist, finden ihren uneingeschränkten Beifall.

Die politische Lage in China ist mehr als ungewiß. Die Revolution liegt in der Luft, und das Reich des Himmels ist in Auflösung begriffen. Die Auseinandersetzungen zwischen Nationalisten und Kommunisten können jeden Augenblick in einen blutigen Bürgerkrieg umschlagen. Alexandra weiß das alles und bemüht sich nach Kräften, die schwierige Situation zu ignorieren. Es ist schließlich nicht ihr Krieg. Warum also soll sie sich die schönen Herbsttage in Peking, die angefüllt sind mit der Vorfreude auf die bedeutsamste Reise ihres Lebens, dadurch verderben lassen?

Ihr Glücksstern bringt die unverwüstliche Alexandra mit Gurong Tsang, einem Lama, zusammen, der kurz vor seiner Rückreise in die Mongolei steht und bereit ist, sie mitzunehmen. Alexandra ist begeistert von ihrem neuen Freund, der ihr von seiner Heimat erzählt, die in der Nähe des Quellgebietes des Gelben Flusses liegt.

»Mein Hauptkloster ist Kumbum«, berichtet er, und Alexandra lauscht ihm hingerissen. Schon lange hat sie sich gewünscht, dieses Kloster zu besuchen.

Leider verschiebt sich die Abreise immer wieder, und Alexandra, die nicht damit gerechnet hat, so lange in Peking bleiben zu müssen, gerät in Geldnot. Seit Monaten hat sie nichts mehr von Philippe gehört, und das Geld vom letzten Wechsel ist fast aufgebraucht.

»Wenn der Lama seine Reise noch lange aufschiebt, können wir nicht mitgehen«, vertraut sie Yongden an.

»Wir können aber auch nicht in Peking bleiben. Diesmal sitzen wir wirklich in der Klemme.«
Alexandra und ihr junger Freund nehmen nur noch eine Mahlzeit am Tag ein und müssen, da sie sich kein Heizmaterial leisten können, in der eisigen Kälte Pekings frieren. Verzweifelt überlegt sie, ob sie ein Telegramm an Philippe schicken soll, unterläßt es aber, als sie erfährt, daß es ohnehin nicht möglich ist, telegraphisch Geld nach China zu überweisen. Unmittelbare Hilfe wäre also nicht sicher, und die Kosten für die Depesche würden die Reste ihrer Barschaft ganz umsonst aufzehren.
Doch dann geschieht etwas, was die Situation grundlegend verändert. Einen Tag vor ihrer endgültigen Abreise erfährt Alexandra, daß Philippe Geld auf die Bank von Tien-Tsin überwiesen hat. Außerdem teilt er ihr mit, daß ihre Mutter in Brüssel verstorben ist und sie eine beträchtliche Erbschaft gemacht hat.
Natürlich empfindet sie Trauer um ihre Mutter, aber da sie zu ihr ein Leben lang ein distanziertes Verhältnis hatte, ist auch die Trauer distanziert. Nun, zumindest ist es für Alexandra eine Erleichterung zu wissen, daß sie nicht bettelnd in die Mongolei und nach Tibet ziehen muß.

Am 24. Januar 1918 verläßt Alexandra Peking und macht sich auf eine schwierige und gefährliche Reise, denn der Bürgerkrieg ist ausgebrochen und vielerorts herrscht in China die Lungenpest. Überall begegnen ihnen Schrecken, Not und Elend, ja, in manchen Dörfern, durch die sie kommen, sind sogar Türen und Wände mit den Köpfen Hingerichteter gespickt. Ein entsetzlicher Anblick.

Schon bald machen die Kämpfe zwischen Rebellen und Regierungstruppen ein Weiterkommen unmöglich. Da Gurong Tsang und Alexandra sich nicht einigen können, welche Route nun einzuschlagen ist, bringt sich der Lama in Tsiang in Sicherheit und Alexandra in Tung-Tschou. Sie muß ihren Entschluß jedoch bald bereuen, denn bereits einen Tag nach ihrer Ankunft wird das Dorf in Belagerung genommen. Wie im Mittelalter gehen von der Stadtmauer Steinregen auf die Belagerer nieder, die ihrerseits versuchen, mit Leitern das Dorf zu stürmen. Nur mit Mühe gelingt Alexandra die Flucht nach Tsiang, wo sie wieder mit Gurong Tsang zusammentrifft. Sie hat wirklich keinen Augenblick zu lange gewartet, denn kurz nach ihrer Abreise ist Tung-Tschou von neuem angegriffen und diesmal auch eingenommen und besetzt worden.

Eine Weile setzen Alexandra und Gurong Tsang die schwierige Reise noch gemeinsam fort, doch dann trennt sie sich von dem Lama.

»Sicher, er ist sehr liebenswürdig«, erklärt sie Yongden gegenüber, »und im Grunde gewiß ein herzensguter Mensch, doch seine Gier nach Reichtum und sein Ehrgeiz beherrschen ihn vollkommen. Sieh doch nur, mit welchem Prunk er reist.« Yongden nickt, wie meistens ist er mit Alexandra einer Meinung.

»Ganz abgesehen davon, wie lächerlich diese Zurschaustellung wirkt, ist sie auch ziemlich gefährlich«, entgegnet er. »Dieser Mann zieht doch die Wegelagerer an wie der Honig die Bienen.«

Das Kloster von Kumbum liegt in der tibetischen Provinz Amdo. Die politische Lage ist chaotisch. Eingeborene, Tibeter, Mongolen, Chinesen hassen sich gegenseitig und lösen endlose Feindseligkeiten aus. Als Alexandra in Kumbum eintrifft, ist es jedoch gerade relativ ruhig. In sechs Monaten hat sie ungefähr 2500 Kilometer zurückgelegt, sie hat den Krieg erlebt, Plünderungen, Hinrichtungen und Kugelhagel.

Wäre ich nicht so unerschrocken, schreibt sie an Philippe, *hätte ich es nie geschafft. Und dabei liest man doch immer soviel über die »weibliche Zerbrechlichkeit«. Was für Eseleien!*

Der Abt des Klosters von Kumbum, Lama Agnai Tsang, ist schon seit sieben Jahren tot, und sein Nachfolger, durch den er nach ihrem Glauben wiedergeboren werden muß, ist noch immer nicht gefunden. Der Verwalter der Güter des Verstorbenen ist darüber nicht gerade böse und zieht einen beträchtlichen finanziellen Nutzen aus der herrenlosen Zeit. Als er sich jedoch eines Tages, anläßlich einer Inspektionsreise, auf einem Bauernhof aus einer Schnupftabakdose bedient, spricht ihn ein kleiner Junge an und fragt streng:
»Wer hat dir gestattet, meine Schnupftabakdose zu benutzen?«
Dem Verwalter bleibt keine andere Wahl. Er muß diesen Jungen als seinen wiedergeborenen Herrn anerkennen und ihn nach Kumbum begleiten. Dort angekommen bemängelt der Junge den eingeschlagenen Weg.
»Warum gehen wir nach links? Die Pforte zu meinem Hof ist doch auf der rechten Seite.«
Der Verwalter muß zugeben, daß es diese Pforte tatsächlich gegeben hat. Nach Agnai Tsangs Tod wurde sie jedoch zugemauert.

Und wem diese Beweise für die Reinkarnation noch nicht ausreichen, dem präsentiert der Junge eine weitere Bestätigung, indem er nach einer großen Schale aus chinesischem Porzellan verlangt.
In diesem Augenblick betritt Alexandra als Neuankömmling die Gemächer von Tulku Agnai Tsang, um ihm ihre Gastgeschenke zu überreichen. So wird sie unmittelbar Zeuge, wie der Verwalter und die Mönche die Schale suchen und schließlich den Wiedergeborenen davon überzeugen wollen, daß sie überhaupt nicht existiert. Daraufhin nennt der Tulku eine Truhe, in der das gewünschte Geschirr liegen soll. Und tatsächlich, die Schale findet sich.
Alexandra hätte jubeln mögen. Welcher Europäer vor ihr hat jemals so ein Wunder mit eigenen Augen gesehen.

Die Klosterstadt Kumbum, in der der Lebensunterhalt äußerst billig ist, erscheint Alexandra wie ein einziges Paradies. Sie bewohnt ein kleines Haus mit einem Innenhof und kann sich in der Stille des Tempeldorfes wunderbar von den Strapazen der Reise erholen. Außerdem hat sie die Erlaubnis erhalten, sich uneingeschränkt in der Klosterbibliothek bedienen zu dürfen und kann zu alledem endlich wieder ihr geliebtes Tsampa genießen.
Der Bürgerkrieg unterbricht zwar immer wieder die Postverbindungen, und Alexandra bleibt Monate ohne Nachricht und Geld von ihrem Ehemann, aber angesichts der Tatsache, daß sie ihre Studien wieder aufnehmen, ein sorgenfreies, friedliches und vor allem ruhiges Leben in Tibet führen kann, berührt es sie nicht sonderlich. Sie beschäftigt sich lieber intensiv

mit der Übersetzung buddhistischer Schriften und beginnt den Krieg, der immer noch in Europa tobt, und den Bürgerkrieg, der um sie herum sein Unwesen treibt, mit Gelassenheit zu betrachten.
Was bedeuten schon solche Episoden in der Geschichte der Welten, die entstehen und wieder vergehen.
Und trotzdem, als sie am 21. November 1918 erfährt, daß in Europa der Waffenstillstand unterzeichnet wurde, weint sie Freudentränen und beginnt doch tatsächlich, eine Trikolore zu nähen, die sie anschließend mit Begeisterung auf dem Gipfel eines Berges im Wind wehen läßt.
Nun, da der Frieden in Europa wiederhergestellt ist, kann Alexandra auch wieder ihre regelmäßige Mitarbeit an französischen Zeitschriften aufnehmen. Dabei kommt ihr eine Idee. Noch immer unterzeichnet sie ihre Beiträge mit Alexandra David, aber hat Philippe nicht ebenfalls Anteil daran? Ist er es nicht, der überhaupt die Voraussetzungen für ihren Asienaufenthalt schafft?

Du hast mir erlaubt, meinen sehnlichsten Traum zu verwirklichen: das Bedürfnis zu reisen, schreibt sie an Philippe, *das mir seit meiner Kindheit am Herzen lag. Ich kann Dir gar nicht sagen, wie dankbar ich Dir dafür bin.*

Und um diesen Dank unter Beweis zu stellen, unterschreibt Alexandra ab sofort nur noch mit einem Doppelnamen. Aus Alexandra David wird Alexandra David-Néel.

Ungeachtet des immer noch wütenden Bürgerkrieges

unternimmt Alexandra Streifzüge in die Umgebung des Klosters. Sie besucht andere Klöster, Einsiedeleien und ihren Reisegefährten Gurong Tsang. Bei diesen Ausflügen stößt sie auf verschiedene seltene Sanskrittexte, die sie begeistert mit nach Kumbum nimmt, um sie abzuschreiben und zu übersetzen. Trotz des wunderbaren Lebens in Kumbum hat Alexandra jedoch ihren großen Traum, die tibetische Hauptstadt Lhasa zu besuchen, nicht vergessen. Vorsichtig und in aller Heimlichkeit bereitet sie sich auf diese Reise vor.
So erhält Philippe eines Tages eine Einkaufsliste mit Dingen, die er für sie besorgen soll: 6 Paar Wollstrümpfe, 6 Paar Baumwollstrümpfe, 8 Knollen Stopfgarn, eine Strickweste, ein Buch über praktische Heilkunde, ein anderes über Gymnastik und eine Anleitung für Zauberkunststücke. Erstaunt fragt er sich, wozu um alles in der Welt diese sonderbare Frau ein Buch über Zauberkunststücke braucht. Aber Alexandra weiß genau warum. Ein paar gekonnt vorgeführte Tricks können ihr in diesem Land, in dem es von Abergläubigen und Strauchdieben nur so wimmelt, das Leben retten.
Nun, Philippe erhält nicht nur Einkaufslisten, sondern auch Instruktionen:

Unter keinen Umständen darfst Du mich durch die Botschaft oder sonstwie suchen lassen. Das könnte für meine Sicherheit schwerwiegende Folgen haben. Sei unbesorgt, ich gehe nicht zu den Menschenfressern. Im Grunde sind die Leute, die im Grenzland leben, den Reisenden gegenüber hilfsbereiter als die Europäer. Ich laufe also keinerlei Gefahr, und solange Du keine Nachricht hast, kannst Du annehmen, daß alles in Ordnung ist.

Eine erstaunliche Untertreibung. Die Lage um Kumbum wird immer bedrohlicher. Seit Monaten grassiert die Spanische Grippe. Plündernde Soldaten fallen immer wieder in die Klosterstadt ein, die Mönche sind bis an die Zähne bewaffnet, und Alexandra kann sich nur noch mit einer Leibwache von Tempel zu Tempel bewegen. Nirgendwo ist es mehr sicher, weder im Kloster noch auf den Landstraßen.
Alexandra läßt sich von ihrem Plan dennoch nicht abbringen und will auf jeden Fall aufbrechen. Angesichts der Gefahren hat sie Yongden freigestellt, sie zu begleiten oder in Kumbum auf ihre Rückkehr zu warten. Doch der mittlerweile 22jährige denkt überhaupt nicht daran, sie allein ziehen zu lassen.
»Diesen Ausflug werde ich mir ganz sicher nicht entgehen lassen«, erwidert er lachend, und Alexandra erkennt einmal mehr, wie ähnlich dieser junge Mann ihr ist und wie sehr sie sich mit ihm verbunden fühlt.

Im Frühjahr 1920 verlassen Alexandra und Yongden mit ihrer kleinen Karawane Kumbum. Sie haben sich auf eine lange Reise eingestellt, weil sie vermuten, daß sie immer wieder Hindernisse umgehen und Umwege werden machen müssen. Anfangs hatten sie beabsichtigt, einfach der Karawanenstraße nach Lhasa zu folgen, ein Weg, für den sie nur etwa drei Monate gebraucht hätten. Aus Furcht, erkannt zu werden, geben sie diesen Plan jedoch auf, und aus den drei Monaten werden drei Jahre. Drei Jahre, die sie an der tibetisch-chinesischen Grenze entlangirren und bei jedem Versuch, diese Grenze zu überschreiten, von Soldaten oder britischen Kolonialbeamten zurückgewiesen werden.

Sie durchqueren Graswüsten, Schneewüsten und Sandwüsten, stoßen auf menschenfressende Yogis und Wegelagerer und haben gegen Kälte, Hitze, Hunger, Durst und Krankheiten anzukämpfen. Außerdem, wie um alles in der Welt soll man sich Geld verschaffen in einem Land, in dem noch nie jemand etwas von Postverkehr und Banken gehört hat?
Trotz allem geben sie nicht auf, und das unsinnige Verbot, Lhasa zu betreten, mit dem sie tagtäglich konfrontiert werden, stachelt sie erst recht an, das scheinbar Unmögliche zu vollbringen.
In Tschiamdo lernt Alexandra Sir George Pereira, einen englischen General und passionierten Reisenden, kennen. So unauffällig wie möglich bringt sie das Gespräch auf Lhasa, und der gute Mann geht auch sofort darauf ein. Er holt seine Landkarten hervor und fährt mit dem Finger den Lauf des Tsangpo entlang.
»Diesen Weg ist noch keiner gegangen, um nach Lhasa zu kommen«, sagt er nachdenklich. »Es müßte wirklich interessant sein, diese Route, fern von großen Städten und bewachten Straßen, zu nehmen.«
Alexandra und Yongden tauschen einen kurzen Blick und verstehen sich ohne Worte. Während sie den General in ein Gespräch über andere Themen verwickelt, skizziert Yongden heimlich die Landkarten. Noch einmal werden sie versuchen, die sorgfältig bewachte Grenze zu überwinden, und ihr Weg wird genau der sein, den der General vorgeschlagen hat.

Ende Oktober 1923 erreichen Alexandra und Yongden Li-Kiang, die letzte chinesische Stadt im Nord-Osten Jün-Nans und damit den Ausgangspunkt ihrer neuen Route.

Sie sind allein. Alexandra hat die Männer ihrer Karawane heimgeschickt, weil sie endlich begriffen hat, daß zwei einsame Pilger wesentlich weniger Aufsehen erregen als eine ganze Reisegesellschaft.
Um sich vor dem Aufbruch noch ein wenig auszuruhen und neue Kräfte zu schöpfen, bitten sie in der französischen Missionsstation Li-Kiangs um Unterkunft. Pater Ouvrard nimmt die Fremden gerne auf, und als sie sich einige Tage später wieder von ihm verabschieden, ist sein freundliches Lächeln, mit dem er ihnen nachsieht, nicht frei von Besorgnis.
Alexandra jedoch hat keine Bedenken. Die helle, strahlende Herbstsonne, die an einem tiefblauen Himmel hängt, und die grünbewaldeten Hügel machen ihr Hoffnung, daß dieser Versuch erfolgreich verlaufen wird.
Und wirklich, es stellt sich heraus, daß der »Ratschlag« des englischen Generals richtig gewesen ist. Bei Temo gelingt es ihnen, ungehindert die tibetische Grenze zu überqueren. Überglücklich fallen sich Alexandra und Yongden in die Arme.
Sicher, der Weg nach Lhasa ist noch weit, aber die erste, bisher scheinbar unüberwindliche Hürde ist endlich genommen.

»Wer seid ihr? Warum wandert ihr bei Nacht?« Mißtrauisch mustert der tibetische Soldat die beiden Reisenden. Erschrocken bleiben Alexandra und Yongden stehen. Zwar reisen sie in der Verkleidung tibetischer Pilger, aber da sie das chinesische Grenzgebiet noch nicht verlassen haben, ist die Gefahr einer Entdeckung relativ groß und daher äußerste Vorsicht geboten.
Yongden ist der erste, der sich von dem Schrecken erholt und eine glaubwürdige Erklärung parat hat: »Wir sind Pilger«, antwortet er. »Und wegen der großen Hitze wandern wir bei Nacht.«
Das klingt einleuchtend, und der Soldat scheint sich mit der Auskunft auch zufriedenzugeben, jedenfalls läßt er sie unbehelligt weiterziehen.
Erleichtert atmet Alexandra auf. Es wäre das endgültige Ende ihres Vorhabens gewesen, wenn sie wieder einmal – diesmal an einer zufälligen Begegnung – gescheitert wäre.
»Die Engländer tragen die Hauptschuld«, schimpft sie leise, »daß es Fremden fast unmöglich gemacht wird, nach Lhasa zu gelangen.«
»Nicht nur die Engländer, auch die Chinesen und Tibeter sind dafür verantwortlich«, widerspricht Yongden. »Immerhin bewacht die autonome Region Tibet ihre Grenzen erst seit der Lösung von China vor 12 Jahren so genau und gestattet keinem Ausländer und erst recht keinem Andersgläubigen die Einreise.«
Alexandra, die nach dem Amtsmißbrauch – wie sie es

nennt – von Sir Charles Bell nicht gut auf die Briten zu sprechen ist, winkt nur ab.

»Wie auch immer, es wird mir eine Wonne sein, den Engländern ein Schnippchen zu schlagen. Wie werden sie wettern, wenn ich, trotz ihrer kleinlichen Ausreiseverfügung, als erste europäische Frau Lhasa erreiche. Darauf freue ich mich schon heute.«

Immerhin beweist ihnen die Begegnung mit dem tibetischen Soldaten, daß sie das Grenzgebiet so rasch wie möglich verlassen müssen, um endlich auf einer der viel benutzten Straßen in der namenlosen Menge der tibetischen Bettelpilger, Arjopas genannt, verschwinden zu können.

»Die Entscheidung, uns als Bettler zu verkleiden, war anscheinend richtig«, stellt Alexandra nachdenklich fest. »Bescheidene Wallfahrer kommen in Asien überall durch, also auch in Tibet. Und wenn wir erst auf der großen Pilgerstraße sind, werden uns die Beamten keines Blickes mehr würdigen.« Yongden nickt.

»Zumal die Arjopas aus allen Teilen des Landes kommen und sich einander mit ihren verschiedenen Dialekten und Trachten ohnehin fremd sind. Nein, eine bessere Tarnung konnten wir überhaupt nicht wählen, denn obwohl wir beide fließend Tibetisch sprechen, ist es doch schwer, uns einer bestimmten Region zuzuordnen.« Grinsend mustert er bei diesen Worten seine Begleiterin.

Auch Alexandra muß lächeln. Yongden hat sich eigentlich kaum zu verkleiden brauchen, sondern lediglich eine Klostertracht angelegt und sieht genau aus wie das, was er ja mittlerweile wirklich ist, nämlich ein richtiger gelehrter Lama.

Sie selbst hat sich dagegen schon mehr einfallen lassen

müssen und weist nun, nach ihrer eigentümlichen Verwandlung, keinerlei Ähnlichkeit mehr mit der wirklichen Madame David auf.

Alexandra trägt ein ehemals weißes Gewand, das die Farbe wilden Siennas angenommen hat, und eine speckige Fellmütze, unter der ihr schwarzes, mit chinesischer Tusche gefärbtes Haar hervorlugt. Da es für ihre Rolle als tibetische Frau zu kurz ist, hat sie es mit den kohlschwarzen Haaren eines Jaks verlängert. An ihren Ohren baumeln lange Ringe, und ihr heller Teint ist mit einer Mischung aus Kakao und zerdrückter Holzkohle dunkel gepudert.

Weiß Gott, ein sonderbares Make-up. Aber was macht es schon? Es ist wirksam und damit Grundlage für dieses grandiose Abenteuer.

Eilig setzen Alexandra und Yongden ihren Weg fort, schlafen am Tage und wandern des Nachts. Gerastet wird lediglich, wenn sie vollkommen erschöpft sind, und auch dann wagen sie nur, kurze Pausen einzulegen. Hastig verschlingen sie bei diesen Gelegenheiten eine karge Mahlzeit aus Dörrfleisch. Dazu trinken sie einfaches Quellwasser. Doch sie bemerken kaum, was sie da zu sich nehmen, denn im Augenblick zählt nur eins: den gefährlichen Grenzbezirk so rasch wie möglich zu verlassen!

Endlich haben sie es geschafft!

Der Morgen graut bereits, und eine lange anstrengende Nachtwanderung liegt hinter ihnen, als sie an die Stelle kommen, wo der schmale, kaum als solcher auszumachende Pfad, dem sie bisher gefolgt sind, in die Pilgerstraße mündet.

Daß sie diesen Punkt erreicht haben, ohne entdeckt worden zu sein, ist schon ein kleines Wunder, und

Alexandra hofft inständig, daß ihnen das Glück treu bleiben möge.
In bester Stimmung suchen sie sich nun einen Lagerplatz und beschließen, erst einmal ausgiebig zu rasten.
»Wie sieht es aus, sollen wir uns nicht zur Feier des Tages einen Buttertee leisten?« schlägt Yongden vor, und die Sehnsucht nach dem heißen Gebräu steht ihm in den Augen geschrieben.
Alexandra stimmt gerne zu, und schon bald haben sie ein kleines Feuer entfacht, um den Tee kochen zu können. Glücklich und über alle Maßen zufrieden läßt Alexandra sich am Feuer nieder. Für sie sind diese Tage, an denen sie als eine der zahllosen tibetischen Pilgerinnen das Land durchwandert, trotz aller Strapazen die schönsten ihres Lebens.
Die, wenn auch nur geliehene, grenzenlose Freiheit der Arjopas, die gleich Diogenes von Sinope ihre bescheidene Habe bei sich tragen und ihr Lager, unbehindert durch Gepäck, Dienerschaft und Pferde, mal hier, mal dort aufschlagen, ist ganz nach ihrem Geschmack. Und über all dem liegt außerdem die gespannte Vorfreude auf Lhasa!
Bei allen Göttern, wie auch immer sie heißen mögen, Alexandra, auf ihrem harten Lager am Rande der Pilgerstraße, in der Hand einen Becher mit dampfendem Buttertee, hätte mit keinem Menschen der Welt tauschen mögen.

Schon bald setzen sie ihren Weg fort, aber diesmal am hellichten Tage und ohne ständig auf der Hut vor anderen Reisenden sein zu müssen.
Nun kommt Alexandra auch endlich dazu, die herbe Schönheit des Tibetischen Hochlandes zu bewundern.

Von bewaldeten Bergrücken umgeben liegt der gigantische Gipfel der Kha-Karpo-Kette direkt vor ihnen. Blendend weiß ragt seine schroffe Spitze in den tiefblauen Himmel. Am fernen Horizont lassen sich weitere Bergriesen ausmachen, die ihre phantastisch geformten, schneebedeckten Gipfel wie mächtige Häupter erheben.

Hierzulande hat der Herbst die erwachenden Reize des Frühlings, und die Sonne taucht die ganze atemberaubende Landschaft in ein rosiges Licht, läßt mit ihren Strahlen das Wasser eines eisigen Bergbaches in allen Grünschattierungen schillern und bringt Farbe in die Moose und Flechten. Die kümmerlichen, krüppeligen Sträucher am Rande der Straße verströmen einen aromatischen Duft, der Alexandra an Dewa-Thang erinnert.

Nein, sie bereut nicht eine Sekunde, sich auf dieses Abenteuer, wie immer es auch enden mag, eingelassen zu haben, sondern genießt es in vollen Zügen.

Nach viermonatiger Wanderung haben sie ihr Ziel fast erreicht. Nur noch eine Tagesreise bis Lhasa.

In aller Frühe brechen sie auf. Der Morgen ist klar, trocken und kalt. Alexandra und ihr Begleiter kommen zügig voran und können schon bald im strahlenden Glanz der aufgehenden Sonne den Potala, den gigantischen Palast des lamaistischen Herrschers, ausmachen. Zwar liegt er noch in weiter Ferne, doch seine majestätische Größe ist deutlich erkennbar.

Alexandra verharrt für einen Augenblick und bestaunt andächtig den Palast.

»Wir haben es geschafft, Yongden!«

Unendliche Freude schwingt in ihrer Stimme. Doch ihr Begleiter dämpft ihre Begeisterung:

»Wir sollten uns lieber nicht zu früh freuen. Um in die Stadt zu gelangen, müssen wir noch einige Wachposten passieren.«
Alexandra läßt sich jedoch nicht beirren. Sie fühlt sich ihrem Ziel so nahe, daß sie an ein Mißlingen nicht mehr glauben kann.
Je näher sie kommen, um so höher erhebt sich der Potala vor ihnen. Schon können sie seine unzähligen goldenen Dächer mit den scharf nach oben gebogenen Ecken unterscheiden, die sich strahlend vom blauen Himmel abheben.
Alexandra kann ihre Augen nicht von diesem faszinierenden Anblick losreißen. Rasch schreitet sie voran, fest entschlossen, sich den Sieg nicht mehr streitig machen zu lassen.

Der Abstieg vom Paß in das weitgeöffnete Lhasa-Tal verläuft ohne Zwischenfälle, und schon bald haben sie die ersten Dörfer erreicht, die sich, je näher sie der Hauptstadt kommen, immer dichter aneinanderdrängen.
Die Soldaten, die allenthalben an den Straßen postiert sind, beachten die beiden Reisenden, die genauso zerlumpt und abgezehrt aussehen wie andere Pilger, überhaupt nicht, und so gelangen sie ungehindert an den Fluß Kyiflem, an dessen anderem Ufer die Stadtgrenze liegt.
Alexandra und Yongden überqueren den Wasserlauf auf einer kleinen Fähre. Die Fahrt dauert nur wenige Minuten.
»Nun kommt es drauf an«, murmelt Yongden leise. »Wenn der Kontrollposten an der Stadtgrenze uns passieren läßt, haben wir es tatsächlich geschafft.«

Alexandra wirft ihm einen kurzen Seitenblick zu, aber sein ausdruckloses Gesicht läßt keinerlei Gefühlsregungen erkennen. Ihr selbst hingegen klopft das Herz bis zum Hals. Wird man sie am Ende, kurz vor dem Ziel, doch noch entdecken?
Aber diesmal nimmt ihr Glück das Schicksal persönlich in die Hände. Sie schicken sich gerade an, die kleine Fähre zu verlassen, als die bis dahin unbewegte Luft plötzlich unruhig wird. In Sekundenschnelle tobt ein furchtbarer Sturm, der große Staubwolken aufwirbelt. An ihnen vorbei laufen gebeugte Gestalten mit notdürftig vermummten Gesichtern, die eilig dem peitschenden Staubregen zu entkommen suchen. Angesichts dieser Naturgewalten gibt es niemanden mehr, der kontrolliert, niemanden der versucht, ihnen das Betreten der heiligen Stätte zu verwehren.
Wie ein riesiger gelber Vorhang verhüllt der wirbelnde Sand die Stadt und gibt den beiden Wanderern die Möglichkeit, unbehelligt in ihren Gassen unterzutauchen.
Lhasa! Sie sind am Ziel ihrer Träume.

Lhasa – die Stadt auf dem Dach der Welt

Die Götter warfen einen Schleier über die Augen seiner Feinde, und sie erkannten ihn nicht. An diese Worte aus einer alten tibetischen Sage muß Alexandra unwillkürlich denken. Ist dieser Sandsturm am Ende ein Zeichen der Götter, die ihnen völlige Sicherheit versprechen?
Ja, sie ist sofort bereit, den Sturm als gutes Omen zu deuten, der nun, so rasch wie er gekommen ist, auch wieder abflaut. Etwas ratlos stehen die Neuankömmlinge auf einem belebten Platz inmitten vieler Menschen und wissen nicht, wohin sie sich wenden sollen.
»Als erstes müssen wir uns eine Unterkunft besorgen«, meint Yongden und sieht sich suchend um.
Alexandra nickt. Ihr ganzer Ehrgeiz hat bisher nur einem Ziel gegolten: Lhasa zu erreichen. Über das Danach hat sie sich noch keine Gedanken gemacht.
»Brauchst du eine Herberge, Mütterchen?« Eine junge Frau nimmt sich der beiden Fremden an. »Ihr kommt gewiß von weit her, und wenn ihr wollt, kann ich euch ein Quartier zeigen, wo ihr gut aufgenommen werdet.«
Alexandra wundert sich nur wenig über die Freundlichkeit der Frau, denn zum einen gibt es in Tibet viele hilfsbereite Menschen und zum anderen ist sie davon überzeugt, daß sie sicherlich, erschöpft auf ihren Pilgerstab gestützt und von den Strapazen der Reise bis auf die Knochen abgemagert, ein Bild des Elends bietet.
Wie auch immer, diese Frau schickt der Himmel, einer der Götter, oder wer sonst dafür zuständig ist, und sie

folgen ihr, dankbar und erleichtert, durch den nach der langen Zeit in der Wildnis ungewohnten Lärm.
»Wegen der Feierlichkeiten zum Butter-Tormas-Fest sind viele Pilger aus allen Provinzen Tibets in der Stadt«, erklärt die Frau. »Darum sind alle Gasthäuser besetzt, aber ich kenne etwas außerhalb ein Haus, dort wird gewiß noch ein Eckchen für euch frei sein.«
Zielstrebig führt sie die Reisenden zu einem halbzerfallenen und von bettelarmen Leuten bewohnten Gebäude am Stadtrand. Eine Bleibe, die wie geschaffen dafür ist, ihre Anonymität zu wahren. Und als Alexandra und Yongden in das winzige Zimmer treten und aus dem Fenster sehen, stellt sich heraus, daß sie zusätzlich auch noch einen wundervollen Blick auf die schöne Landschaft und auf den Potala haben. Yongden scheint die Situation erst in diesem Augenblick richtig zu erfassen:
»Wir sind also tatsächlich in Lhasa«, stellt er fast staunend fest. »Wir können wirklich stolz sein auf unseren Sieg, nicht wahr?«
Alexandra nickt lächelnd, und für eine Weile bestaunen sie stumm die herrliche Aussicht.
»Auf jeden Fall haben wir sehr viel Glück gehabt«, meint sie schließlich nachdenklich. »Und eines steht fest: Wir können jeden Augenblick entdeckt werden und müssen ständig mit einer Gefangennahme rechnen. Ohne Zweifel wird man uns den Prozeß machen, und kein Mensch kann vorhersagen, für welche Zeit man uns ins Gefängnis steckt. Aber egal wie lange das sein wird, am Ende werden immer Abschiebung und Ausweisung stehen.«
»Hast du etwa Angst?« Verwundert sieht Yongden sie an. Alexandra lacht amüsiert auf.

»Natürlich habe ich Angst, allerdings nur davor, zu früh bemerkt zu werden. Stell dir vor, sie nehmen uns fest, bevor wir den Potala, alle berühmten Heiligtümer und die großen historischen Klöster in Lhasa besichtigt haben. Das wäre wirklich ein Unglück, und darum dürfen wir auch keine Zeit verlieren. Laß uns sofort mit der Besichtigung beginnen.« Yongden glaubt, nicht recht zu hören.
»Möchtest du dich nicht erst ein wenig ausruhen?« Doch Alexandra schüttelt nur den Kopf.
»Nicht jetzt. Rasten können wir, wenn Zeit dazu ist. Dies ist schließlich keine Erholungsreise.« Einen Augenblick mustert er sie besorgt, doch dann nickt er.
»Du bist wirklich unverwüstlich. Ich liebe dich, Ba.« Überrascht sieht sie auf.
»Ba« ist indisch und bedeutet Mutter. Auch wenn das Verhältnis zwischen ihnen schon lange ein sehr inniges ist, hat er sie doch noch nie so genannt. Ein frohes Lächeln erhellt ihr abgezehrtes Gesicht.
»Also dann, laß uns aufbrechen, mein Sohn. Die Stadt auf dem Dach der Welt wartet darauf, von uns erobert zu werden.«

Lhasa ist, wie Alexandra und Yongden feststellen, nicht sehr groß. Es ist jedoch wunderschön gelegen, in einem weiten Tal, umgeben von mächtigen, aber kahlen Gebirgszügen. Die Straßen in der Innenstadt sind breit, haben an ihren Kreuzungspunkten weite Plätze und werden verhältnismäßig sauber gehalten. Da in den Häusern allerdings sanitäre Einrichtungen fehlen, werden an verschiedenen Punkten der Stadt einige unbebaute Grundstücke für die Notdurft der Menschen bereitgestellt.

Inmitten des Tales erhebt sich ein kleinerer Berg, auf dessen Gipfel der riesige Palast des Dalai Lama thront, der Potala. Hoch ragt der rote Prachtbau mit seinen goldenen Dächern, auf einem schimmernden Sockel blendend weißer Gebäude ruhend, zum blauen Himmel empor. Zu Füßen des Berges erhebt sich das Kloster von Sera. Schneeweiß, mit roten Tempeln und goldenen Dächern, gleicht es dem Potala selbst.
Alexandra hat davon gehört, daß der Palast üppig ausgestattete Gemächer haben soll und daß man von der obersten Terrasse aus das ganze Lhasa-Tal bis hin zu der weiten Wüstenlandschaft, die von einer hohen Gebirgskette abgeschlossen wird, überblicken kann. Nun will sie diese ganze Herrlichkeit natürlich mit eigenen Augen sehen und setzt den Potala ganz nach oben auf ihre Besichtigungsliste.
Um weniger aufzufallen, schließen sich Alexandra und Yongden einer Pilgergruppe an, deren grobe weiße Gewänder darauf schließen lassen, daß es sich um Bauern handelt. Hinter diesen Pilgern erklimmen sie, sich einigermaßen in Sicherheit wähnend, die lange Treppenflucht, die zum Potala hinaufführt, und kommen schließlich an das obere Tor. Doch hier wird Alexandra vom Türwächter, einem Novizenlama, zurückgehalten.
»Du mußt deine Mütze abnehmen«, befiehlt er mit barscher Stimme. »Diese Art von Kopfbedeckung ist im Potala nicht erlaubt.«
Alexandra erschrickt. Unter der großen, pelzgefütterten Mütze, die ihr Gesicht weit beschattet, fühlt sie sich vor einer Entdeckung relativ sicher. Außerdem verhüllt diese Kappe ihre Haare, von denen sich die chinesische Tusche weitgehend gelöst hat und die all-

mählich wieder ihre natürliche braune Farbe angenommen haben. Diese Farbe paßt jedoch nicht mehr zu den falschen, aus schwarzem Jakhaar geflochtenen Zöpfen, die sich mittlerweile in dünne Rattenschwänze verwandelt haben. Unter der Mütze ist das noch nicht aufgefallen, aber nun muß sie diese auf Befehl des Türstehers abnehmen.
Zögernd zieht sie die Kappe vom Kopf und sieht in Yongdens erschrockene Augen.
»Du siehst zum Fürchten aus«, raunt er ihr zu. »Jeder Blinde wird erkennen, daß mit dir etwas nicht stimmt. Nun werden wir gewiß entdeckt.«
Ängstlich sieht Alexandra sich um. Die anderen Pilger, die den Potala besichtigen, scheinen jedoch nichts Auffallendes zu bemerken und lauschen eifrig den Worten des Lamas, der sie durch die Räume führt und von Göttern, Heiligen und den verflossenen Dalai Lamas erzählt.
Rasch mischen sich Alexandra und Yongden unter die Menge, drängen sich mit den anderen in den Gängen, auf den steilen Treppen, vor engen Kapellentüren und beruhigen sich allmählich wieder. Doch als sie auf der obersten Terrasse mit ihren chinesischen Pavillons stehen und den herrlichen Ausblick genießen, scheint einem der Pilger ihre Erscheinung doch etwas ungewöhnlich.
»Was glaubst du, woher sie kommt?« fragt er seinen Begleiter. Der schüttelt nachdenklich den Kopf und meint schließlich:
»Sie muß eine Ladakhi sein, eine Frau aus Westtibet.«
Alexandra, die die Worte gehört hat, lächelt amüsiert und erleichtert zugleich und wendet sich erneut dem wundervollen Lhasa zu, das mit seinen Tempeln und

Klöstern wie ein ausgebreiteter weiß-rot-goldener Teppich im Tal liegt.
So schön der Potala auch ist, der gegenwärtige Dalai Lama besucht ihn nur gelegentlich. Seine Residenz, Norbu-ling, liegt in einem großen Park außerhalb der Stadt. In diesem Park gibt es einen kleinen zoologischen Garten mit einem eigenartigen Geflügelhof, in dem nur Hähne geduldet werden. Mindestens dreihundert sind es, die dank der Abwesenheit von Hennen friedlich nebeneinander ihre Körner picken. Diese Hähne des Dalai Lama zu füttern, gilt unter den Gläubigen als verdienstvolle religiöse Handlung. Außerdem gibt es in dem Park mehrere Häuser, die der Lamakönig von Zeit zu Zeit, je nach Lust und Laune, bewohnt. Eines hat Zimmer, die in verschiedenen Stilarten eingerichtet sind, oder wenigstens in dem, was die Tibeter dafür halten. Es gibt ein englisches, ein indisches und ein chinesisches Zimmer, und weil über dem Ganzen das tibetische Siegesbanner flattert, ist die Bevölkerung davon überzeugt, daß ihr Herrscher über alle anderen Nationen erhaben ist.
In Lhasa ist eine Geschichte im Umlauf, die diese Annahme noch erhärtet:

Als der Dalai Lama in Indien war, weilte er auch häufig als Gast im Palast des britischen Vizekönigs. Eines Tages nun, als er mit vielen anderen hohen Herren im Salon zusammensaß, streckte er zufällig eine Hand aus, und siehe da, auf der geöffneten Handfläche erschien der Berg mit dem Potala. Angesichts dieses Wunders beugten die anwesenden Herren vor dem heiligen Herrscher ihr Knie und baten um seinen Segen. Natürlich wurde auch der König von England sofort von dem Mirakel verständigt, woraufhin er den Lama anflehte, der

Schutzpatron seines Königreiches zu werden und ihn im Notfall gegen feindliche Angriffe zu unterstützen. Der mitleidige Dalai Lama versprach es gnädigst.

Tatsächlich stellt Alexandra fest, daß der normale Tibeter, der sein Land niemals verläßt, von der Allmacht seines Herrschers überzeugt ist und glaubt, daß der britische Regierungsvertreter sich nur deswegen in Lhasa aufhält, um ehrfurchtsvoll die Befehle des Dalai Lama entgegenzunehmen und sie seinem König zu übermitteln.

Mehrere bedeutende Klöster liegen in Lhasa selbst, einige außerhalb, und Alexandra besichtigt sie alle. Der den Tibetern heiligste Tempel heißt Jo Khang, »Haus des Herrn«. Er wurde erbaut, um ein altes Bild zu beherbergen, das Siddhartha Gautama als Jüngling darstellt, noch bevor er ein Buddha wurde. Tausende von Lampen brennen tagein, tagaus vor diesem Bild, über das viele Legenden im Umlauf sind, zum Beispiel die, daß Siddhartha es selbst gemalt und daß es schon mehrere Male gesprochen haben soll.

Lhasa rüstet sich zum Butter-Tormas-Fest, das nicht nur in Tibet, sondern auch in der Mongolei und in China bekannt ist. Große, leichte Holzgerüste werden ganz mit aus Butter hergestellten, buntgefärbten Ornamenten und Bildern von Göttern, Menschen und Tieren bedeckt. Diese Gestelle heißen Tormas, etwa hundert von ihnen stehen in den Straßen, und vor jedem brennen, auf einem kleinen Altar, unzählige Butterlämpchen. Dieses nächtliche Fest ist als Unterhaltung für die Götter gedacht.

Sobald es dunkel wird und die Lichter brennen, gehen Yongden und Alexandra in die Innenstadt und warten

in der Menge auf den Dalai Lama, der seinen Rundgang zur Besichtigung der Tormas machen soll. Die Menschen sind fröhlich und ausgelassen, und einige in Schaffelle gekleidete Hirten rennen wild vor Freude mitten in die dicksten Menschentrauben hinein. Die mit langen Stöcken und Peitschen ausgerüsteten Polizisten gebrauchen ihre Waffen ohne Ansehen der Person, um die Menge im Zaum zu halten.
Die ganze Garnison Lhasas ist im Einsatz. Fußvolk und Reiterei marschieren an den strahlenden Butterbauten vorbei. Und endlich kommt er: In einer mit gelbem Brokat bezogenen Sänfte, begleitet von dem Oberbefehlshaber der tibetischen Armee und anderen hohen Würdenträgern, zieht der Dalai Lama vorbei. Die Musik spielt eine englische Operettenmelodie, Knallfrösche werden abgebrannt, und ein bengalisches Licht färbt den Zug ein paar Minuten lang rot und grün. Vornehme Herren, unter ihnen ein Vertreter des Maharadschas von Nepal, folgen. Sie alle tragen die schönsten Festgewänder und ziehen fröhlich lachend durch die Straßen.
Alexandra und Yongden lassen sich von der Menge treiben. Sie beobachten und staunen und sind überglücklich, dabeizusein und dieses Fest mit den Tibetern feiern zu können.

Es ist Markt in Lhasa. Neugierig wandert Alexandra allein zwischen den Ständen umher. Yongden, der bei einem Trödler ein interessantes Buch gefunden und daheim sogleich mit der Lektüre begonnen hat, ist zu Hause geblieben.
Alexandra kommt an einem Polizisten vorbei, der plötzlich stutzt, stehenbleibt und sie scharf ansieht. Ihr

Herz schlägt schneller, und langsam und unauffällig weiterschlendernd bemüht sie sich, seinem Gesichtskreis zu entgehen. Der Beamte folgt ihr jedoch und läßt sie nicht mehr aus den Augen.
Alexandra geht weiter von Stand zu Stand, und als sie bemerkt, daß sie ihren Verfolger nicht abschütteln kann, bleibt sie stehen, wählt unter den ausgelegten Waren einen Aluminiumtopf aus und beginnt mit dem lächerlichen Eigensinn der Leute von den halbwilden Grenzstämmen zu feilschen. Alexandra bietet einen geradezu unannehmbar niedrigen Preis und schwatzt laut und atemlos das unsinnigste Zeug. Die Leute um sie herum fangen bereits an zu kichern und machen sich über sie lustig. Der Händler bietet ihr halb lachend, halb ärgerlich Kontra:
»Du bist mir eine waschechte Dokpa, das steht fest«, sagt er. Und die Umstehenden verhöhnen das dumme Weib, das nichts anderes kennt als ihr Vieh und das Wüstengras.
Der Polizist, der das Ganze beobachtet hat, kommt nun näher und schlägt Alexandra mit seinem Knüppel. »Geh weiter«, sagt er, und es gelingt ihr nur mit Mühe, sich ein Lachen zu verkneifen.
»Mit meiner Verkleidung kann ich wirklich zufrieden sein«, erklärt sie nach ihrer Rückkehr Yongden stolz. »Nun habe ich sogar Prügel bekommen wie ein gestandenes Tibeterweib.«
Von nun an fühlt sie sich in ihrer Tarnung vollkommen sicher.
Als armselige Bettlerin und einfältige Provinzlerin aufzutreten, ist überhaupt eine ganz neue Erfahrung für Alexandra. Bisher war sie immer die große, weise Dame oder Lamina, der dank ihrer Beziehungen alle

Türen offenstanden. Diese Türen bleiben ihr diesmal verschlossen, Gespräche mit hohen Lamas und Philosophen gibt es ebensowenig wie Ehrungen und Auszeichnungen. Alexandra stellt allerdings fest, daß auch das Leben einer einfachen Pilgerin durchaus seine Vorzüge hat. In ihrer Verkleidung kann sie nämlich die Menschen aus den verschiedensten gesellschaftlichen Schichten beobachten und so tief wie noch nie in Volksleben und Volksbräuche eindringen.

In der ärmlichen Herberge, in der sie wohnen, sind die Bewohner schmutzig und zerlumpt, das Essen denkbar derb und häufig knapp, aber die Menschen freuen sich trotzdem ihres Lebens. Bis auf den Mangel an sanitären Einrichtungen fühlen sich Alexandra und Yongden recht wohl unter ihren lebenslustigen Nachbarn, die keine Ahnung haben, mit wem sie dort zusammenleben, und die beiden Fremden wie ihresgleichen behandeln.

Es nähert sich nun der Tag, an dem in Lhasa die alljährliche Zeremonie stattfindet, den »Sündenbock« aus der Stadt zu vertreiben. Die Tibeter glauben, daß in Zauberkünsten erfahrene Lamas diesem Sündenbock alle Verfehlungen aufladen können, die von den Menschen der Stadt begangen wurden und die ansonsten der Rache böser Geister ausgesetzt und mit Krankheit, Armut und anderem Unglück bestraft werden würden. So meldet sich also jedes Jahr ein Freiwilliger als »Lus kong kyi gyalpo« (König der Unreinheit). Er wird mit allen Sünden des Herrschers und seiner Untertanen beladen und in die Sandwüste Samye verbannt.

Eine Woche vor der Austreibung des Sündenbocks streift dieser durch die Stadt, um von den Menschen die ihm gesetzlich zustehenden Ablaßgelder einzukassieren. Er geht von Haus zu Haus, tritt in die Geschäfte, wandert über den Markt und sammelt dabei seine Gebühren ein. Will jemand ihn mit zu wenig abspeisen, so redet er ihm kurz ins Gewissen und droht auch hin und wieder mit seiner Yakpeitsche. Doch das kommt nur sehr selten vor, denn die Leute legen großen Wert darauf, sich von ihren Sünden freizukaufen. Da der »Lus kong kyi gyalpo« stets aus der untersten Klasse kommt, erhält er auf diese Weise ein für seine Verhältnisse großes Vermögen. Alexandras und Yongdens Quartier besucht er allerdings nicht. Offensichtlich ist es ihm nicht der Mühe wert, sich von den bettelarmen Pilgern ein paar Kupfermünzen zu holen.

Am Tage, als der Sündenbock aus der Stadt getrieben werden soll, versammelt sich eine große Menschenmenge auf den Straßen. Wie schon während des Butter-Tormas-Festes werden die Leute auch diesmal wieder mit Lederpeitschen an die Straßenränder getrieben. Alle Augenblicke läuft ein Soldat, laut Befehle erteilend, vorbei. Die Ankunft des Dalai Lama steht bevor, der auch bald darauf auf einem wunderschönen schwarzen Maultier vorbeireitet. Der Lama-König wird von den geistlichen Würdenträgern Lhasas begleitet, allesamt in kirchliche Festgewänder aus dunkelrotem und goldenem Brokat gekleidet und mit gleichfarbigen runden, mongolischen Hüten auf den Köpfen.

Danach kommt der »Sündenbock«. Er trägt einen Rock aus weißen Ziegenfellen und als Kopfbedeckung wie in der Hand einen schwarzen Jakschweif. Sein Gesicht ist halb schwarz, halb weiß bemalt und überall, wo er vorbeischreitet, jubelt und pfeift die Menge. Die so gründlich von ihren Sünden gereinigte Stadt ist fröhlich und ausgelassen. Ganz Lhasa ist auf den Beinen, schwatzt, lacht, und selbst die armseligsten Bettler, die Taubstummen und Blinden und die vom Aussatz Verstümmelten sind ebenso vergnügt wie die reichsten und angesehensten Bürger.

Dann kommt der Festzug. Mehrere tausend Männer marschieren um den Potala herum. Sie tragen Hunderte von Seidenfahnen, gestickten Bannern und prächtigen Sonnenschirmen. Würdenträger wandern langsam unter Baldachinen einher. Knaben vollführen Tänze, und Männerpaare, von denen einer eine große Trommel auf dem Rücken trägt und der andere das Instrument von hinten schlägt, führen anmutige Bewegungen aus. Auch Elefanten ziehen vorbei. Ihnen zur Seite laufen und springen phantastische, in chinesische Maskengewänder aus Papier gekleidete Ungeheuer. Krieger in Panzerhemden und Rüstungen vergangener Jahrhunderte folgen. Örtliche Gottheiten, begleitet von ihren Priestern, beschließen endlich den Zug. Die Prozession wird von mehreren Musikkapellen begleitet. Unter ihnen manche mit schweren, anderthalb Meter langen Trompeten, die von mehreren Männern auf den Schultern getragen werden müssen. Diese riesigen Instrumente vereinen sich mit den klagenden Harmonien der tibetischen Oboen zu einer feierlich eindrucksvollen Musik, die das ganze Tal mit ihren tiefen vollen Tönen erfüllt. Und kaum sind sie verklungen, setzen mongolische Musiker mit ihren lieblichen Hirtenweisen ein und lassen ihre Flöten, ihre klingenden Glöckchen und kleinen Trommeln ertönen.

Alexandra hat noch niemals ein originelleres und wundervolleres Schauspiel gesehen. Selbst die Kulisse ist perfekt: Unter dem blauen Himmel und der starken Sonne Mittelasiens ist alles so lichtdurchtränkt, daß man meinen könnte, jeden Augenblick Flammen aus der Luft schlagen zu sehen. Das Rot und Gold der Prozession, die vielen bunten Schattierungen der Volkstrachten, die fernen weißschimmernden Berge, all das bildet ein unvergeßliches Schauspiel.

Nur wenige Tage nach der Austreibung des »Sündenbocks« verlassen Alexandra und Yongden Lhasa ebenso still, wie sie gekommen sind. Zwei Monate haben sie in der verbotenen Stadt gewohnt, ohne daß irgend jemand Notiz davon genommen hat. Da die Obrigkeit sich kaum um Reisende kümmert, die von der Hauptstadt in Richtung Grenze gehen, können sie es wagen, sich die Rückreise etwas bequemer zu machen. Alexandra hat zwei Pferde gekauft, die sie für die Beförderung ihres Gepäcks benötigt, denn wie immer und überall hat sie eine große Anzahl Bücher erstanden, die sie unmöglich selbst tragen kann.
An einem sonnigen Frühlingsmorgen schlagen die beiden Reisenden ein letztes Mal die breite, am Potala vorbeiführende Straße ein. Als sie am Tor von Norbuling vorbeikommen, muß Alexandra unwillkürlich lächeln.
»Hier wohnt der Herrscher von Tibet, der mir einmal vor langer Zeit empfohlen hat, die Sprache seines Landes zu lernen«, erklärt sie Yongden amüsiert. »Und nun weiß er noch nicht einmal, daß ich, eine ›Weißäugige‹, ihm lange Zeit so nahe gewesen bin.« Yongden nickt nachdenklich.

»Vielleicht hätte er sich gefreut, dich wiederzusehen, wenn du dich ihm zu erkennen gegeben hättest.«
»Ja, vielleicht«, stimmt Alexandra, plötzlich sehr ernst geworden, zu. »Trotzdem wäre ihm gar nichts anderes übriggeblieben, als uns gefangen zu setzen. Sein jetziger britischer Schutzherr läßt ihm nicht so viel Freiheit wie sein früherer chinesischer Gebieter. Der Dalai Lama ist schließlich nicht sein eigener Herr und darf nicht einfach nach eigenem Ermessen Fremde empfangen.«
Alexandra und Yongden kreuzen den Fluß Kyiflem und ersteigen einen niedrigen Paß. Von da aus werfen sie einen letzten Blick auf Lhasa. Nur der Potala ist noch zu erkennen und sieht aus dieser Entfernung wie ein kleines, in der Luft schwebendes Schloß aus.
Die Reisenden wenden sich nach Süden und beginnen den Abstieg. Sie überschreiten den Brahmaputra nahe Tsetang, dort wo die Täler des Yan sich öffnen, und schlagen endlich den Weg nach Gyantse ein, der zu einem britischen Vorposten gewordenen Stadt im südlichen Tibet.
Das Abenteuer ist zu Ende.

Zwischenstation Europa

Gyantse, eines Abends im Mai.
Der britische Handelsattaché David MacDonald hat sich gerade zur Nacht niedergelegt, als ihm sein Diener zwei seltsame Besucher meldet.
»Ein Lama und eine tibetische Bettlerin, die allerdings wie eine Europäerin spricht, stehen vor der Tür und möchten unbedingt noch heute mit Ihnen sprechen.«
MacDonald, der nichts anderes glaubt, als daß ihm zwei seiner neun Kinder einen Streich spielen wollen, läßt die Besucher ohne viel Aufhebens in sein Schlafzimmer führen und öffnet bei ihrem Eintritt noch nicht einmal die Augen.
»Was sind das schon wieder für Dummheiten«, will er wissen. »Ich weiß ganz genau, wer ihr seid, und jetzt laßt mich in Ruhe. Ich will schlafen.«
»Ich nehme an, es handelt sich um ein Mißverständnis«, antwortet Alexandra. »Mein Name ist Mrs. David-Néel.« Verwirrt blickt MacDonald auf.
»Mrs. ... David-Néel?« stammelt er und springt entsetzt aus dem Bett. »Bitte verzeihen Sie, Madam«, entschuldigt er sich. »Es ist mir wirklich unangenehm... Ein Irrtum, verstehen Sie?«
Der Attaché bittet seine Gäste in den Salon, wo er Tee servieren läßt. Dann trommelt er seine ganze Familie zusammen. Der Bericht dieser vollkommen verwahrlosten, in Lumpen gekleideten und halb verhungerten Gestalten wird sicher alle interessieren.
Alexandra mustert die Eintretenden mindestens ebenso entgeistert, wie sie selbst begutachtet wird. Du

lieber Himmel, wie sehr hat sich doch die Welt während ihrer Abwesenheit verändert. Die Frauen tragen kurze Haare, und ihre Röcke reichen gerade noch bis zum Knie – und die Herren erst! Bei diesem Captain Perry, dem Schwiegersohn MacDonalds, kann es sich mit Sicherheit um keinen Gentleman handeln. Ganz abgesehen davon, daß er sich statt einer Krawatte nur ein Tuch um den Hals geschlungen hat, wagt er es doch tatsächlich – in Anwesenheit von Damen! – zu seiner Uniform nur eine kurze Hose zu tragen und dabei seine nackten, stacheligen Waden zur Schau zu stellen.

Also wirklich. Alexandra ist entsetzt. Sie, die eine kleine Ewigkeit im »wilden Westen« Chinas und in Tibet herumgewandert ist, hat natürlich vom Beginn der turbulenten zwanziger Jahre nichts mitbekommen. Ein wenig irritiert beginnt sie mit ihrem Bericht über ihre Lhasareise, dem die ganze MacDonald-Familie staunend lauscht.

Als sie geendet hat, blicken alle, in sprachloser Bewunderung, auf die beiden Reisenden. Nur der besagte Captain tanzt aus der Reihe:

»Sie haben die verbotene Grenze überschritten?« Fassungslos schüttelt er den Kopf. »Und das, ohne die Erlaubnis der britischen Behörden einzuholen? Das ist ein schwerwiegendes Vergehen.« Vorwurfsvoll sieht er sie an. »Ich bedauere sehr, Madam, aber es ist meine Pflicht, Sie und Ihren Begleiter festzunehmen!«

Viel zu verblüfft, um Widerstand zu leisten, lassen sich Alexandra und Yongden abführen. MacDonald ist jedoch ganz und gar nicht einverstanden mit dem Eifer seines Schwiegersohnes und sorgt dafür, daß die beiden Reisenden bereits am nächsten Tag wieder auf

freien Fuß gesetzt werden. Er nimmt sie in seinem Haus auf, bis sie sich von den Strapazen der langen Wanderung erholt haben, borgt Alexandra, als sie weiterziehen will, 500 Rupien, da sie wieder einmal völlig mittellos ist, und wünscht ihr eine angenehme Heimreise. Ja, die Rückkehr nach Europa läßt sich jetzt durch nichts mehr aufhalten, höchstens natürlich, typisch für Alexandra, durch kleine Umwege.
Traurig verläßt sie Tibet und hat das Gefühl, ein Stück von sich selbst in der »Wohnstätte des Schnees« zurückzulassen. Ein Traum ist zu Ende gegangen.
Da sie gerade einmal in der Nähe ist, reist sie nach Gangtok, der Hauptstadt Sikkims, und ist enttäuscht. Die Engländer begegnen ihr distanziert und machen kein Geheimnis daraus, was sie von Alexandras eigenmächtiger Pilgerreise halten. Schmerzlich werden auch die Erinnerungen an den verstorbenen Freund, den Maharadscha Kumar, wach und an ihre triumphale Ankunft damals, vor vielen, vielen Jahren, als er sie noch persönlich willkommen geheißen hatte. Einmal mehr fällt ihr Baschkaranandas Ausspruch ein:
Die Unbeständigkeit ist das Gesetz allen Lebens.

Es gibt also nichts, was Alexandra in Gangtok zurückhalten könnte, und so nimmt sie bald Abschied. Schließlich will sie heim zu Philippe, der sich darüber nicht mehr allzu sehr zu freuen scheint. Natürlich, nach wie vor ist er bereit, sein Haus mit Alexandra zu teilen, wenn es denn sein muß, jedoch ohne Yongden, den Alexandra selbstverständlich mitnehmen will und den Philippe sich weigert zu akzeptieren. Nein, er ist nicht bereit, sich sein friedliches Leben durcheinanderbringen zu lassen.

Alexandra, die hofft, daß Philippe es sich vielleicht doch noch anders überlegt, reist zuerst nach Padong und von dort weiter nach Kalkutta, wo der »Heldin von Lhasa« ein begeisterter Empfang bereitet wird. Selbst die Briten sind endlich bereit, gute Miene zum bösen Spiel zu machen und stimmen in das allgemeine Loblied mit ein.
Alexandra beeilt sich, die Gunst der Stunde zu nutzen, und ersucht die britische Regierung um Erlaubnis, Mohandas Karamchand Gandhi treffen und interviewen zu dürfen. Den Mann, der von seinem Volk den indischen Ehrentitel für geistig hoch stehende Männer, Mahatma, verliehen bekam und der mit den Waffen der Menschlichkeit, der Liebe und der Gewaltlosigkeit gegen die Vorherrschaft der Engländer kämpft, um Indien zu befreien und um zu beweisen, daß Demut mächtiger sein kann als Gewalt.

Gandhi und Alexandra sind nahezu gleichaltrig und schließen, wie könnte es anders sein beim Apostel der Gewaltlosigkeit und der Leuchte der Weisheit, auf Anhieb miteinander Freundschaft. Aber auch das Interview wird gemacht, und Alexandra notiert sich für irgendeines ihrer Bücher, wer kann heute schon sagen für welches, Gandhis Erzählungen über seinen Aschram, über sein Spinnrad, seine vegetarische Kost und alle seine Eigenheiten.
Nebenbei rüstet sie sich aber auch weiter für die Heimreise und bemüht sich, ihr Gepäck, die vielen über ganz Asien verteilten Kisten und Koffer, einzusammeln. Ein Brief von Philippe trifft ein, in dem er auf seinem Standpunkt beharrt und eindeutig erklärt, unter gar keinen Umständen mit dem Farbigen in

einem Haus leben zu wollen. Alexandra, die ihm sein Verhalten keineswegs übelnimmt, schreibt ihm zurück:

Ich bin nicht auf den Kopf gefallen, mein lieber Freund, und ich habe verstanden. Ich habe begriffen, daß meine Anwesenheit in Bône unerwünscht ist. Aber glaube bitte nicht, daß Dein Brief auch nur das geringste an meiner tiefen Dankbarkeit für die Hilfe, die Du mir während meiner langen Reise gewährt hast, geändert hat.

Vor die Wahl gestellt, Yongden oder Philippe, entscheidet Alexandra sich, ohne lange zu überlegen, für den Tibeter und stellt fast amüsiert fest, daß sie plötzlich, mit sechsundfünfzig Jahren, heimatlos geworden ist.

»Wir werden uns ein neues Zuhause schaffen«, sagt sie zu Yongden. »Irgendwo in Südfrankreich, auf der Rôute des Alpes vielleicht. Dort ist es wunderschön, du wirst sehen.«

Die nächste Station der beiden »Heimreisenden« ist Benares. Einen Monat nehmen sie Abschied von der Stadt, an die Alexandra so viele glückliche Erinnerungen hat, um dann nach Bombay weiterzuziehen. Fast ein Jahr hat sie gedauert, die Reise von Lhasa nach Bombay, und genauso lange hat es auch gedauert, bis die Nachricht von Alexandras kühnem Ausflug um die ganze Welt gegangen ist. Die Agentur Havas in Paris meldet:

Einer Französin soll es gelungen sein, Lhasa, eine für Ausländer verbotene Stadt, zu betreten.

Die großen Pariser Zeitungen vom *Figaro* bis zum

Matin übernehmen die Meldung und berichten ausführlich. Aus der ganzen Welt treffen Angebote für Manuskripte ein, und man bietet Alexandra Honorare, die sie angenehm überraschen. Europa erscheint ihr plötzlich gar nicht mehr so abweisend.
Einen Monat später reist Alexandra, weil es gerade auf dem Weg liegt, nach Ceylon, um sich von ihrem guten Freund Dharmapala zu verabschieden. Ob sie jemals zurückkehren wird? Wer kann das wissen. Fest steht nur, daß ihre Abreise unmittelbar bevorsteht. Das Schiff, das sie nach Europa zurückbringen soll, liegt bereits im Hafen, und es wird sich mit Sicherheit an seine vorgeschriebene Route halten. Umwege sind von nun an ausgeschlossen.

Am 10. Mai 1925 treffen Alexandra und Yongden in Le Havre ein. Frankreich bereitet seiner heimgekehrten Tochter den Empfang einer Nationalheldin. Die Zeitungen, die schon seit einigen Monaten Berichte von und über Alexandra veröffentlichen, haben den Jubel über die »Bezwingerin der verbotenen Stadt« ausgelöst. Alexandras strahlendes Gesicht erscheint auf allen Titelseiten und auch Yongden, der mit seiner ruhigen und klugen Art die Bewunderung der Journalisten weckt, wird in sämtlichen Zeitungen gebührend erwähnt.
Ja, alles, was in Frankreich Rang und Namen hat, beschäftigt sich mit Alexandra. Nur Philippe scheint das Ganze kalt zu lassen. Er ist noch nicht einmal zu ihrem Empfang erschienen.
Auch Alexandra beabsichtigt nicht, nach Tunis zu reisen. Yongden und sie gehen nach Paris und feiern dort einen Triumph nach dem anderen. Der absolute

Höhepunkt ist jedoch der Vortrag, den man sie einlädt, im »Collège de France« zu halten. Bevor Alexandra überhaupt etwas sagen kann, klatschen ihre Hörer minutenlang stehend Beifall. Die Zeit danach ist mit Vortragsreisen ausgebucht, und so vergehen noch einmal neun Monate, bis es in Marseille, im Hotel Terminus, wo sie einen ihrer erfolgreichen Tibet-Abende veranstaltet hat, endlich zu einem Wiedersehen mit ihrem Ehemann kommt.

Aus Philippe ist ein stattlicher Herr mit weißen Schläfen und angegrautem Schnurrbart geworden, Gentleman durch und durch, der seine 64 Jahre mit Gelassenheit trägt. Er begrüßt sie herzlich, aber distanziert, und seine Zurückhaltung Yongden gegenüber grenzt bereits an Unhöflichkeit. Erst in diesem Augenblick begreift Alexandra, wie weit sie sich als Ehepaar voneinander entfernt haben.

Eine Weile betreibt man steife Konversationen, doch dann kommt Madame David-Néel endlich auf ihr Hauptanliegen:

»Ich spiele mit dem Gedanken, Yongden zu adoptieren«, sagt sie und blickt ihren Mann fragend an. Er reagiert jedoch sehr ablehnend.

»Das kannst du dir aus dem Kopf schlagen. Nie und nimmer werde ich meine Einwilligung dazu geben, daß dieser Wilde unseren Namen trägt.«

»Dieser ... Wilde?« bestürzt fährt sie auf und hofft, sich verhört zu haben. Aber Philippe ist nicht bereit, auch nur ein Wort zurückzunehmen. So endet dieses erste Gespräch, wesentlich schneller als gedacht, mit einem bösen Streit.

Alexandra belastet sich jedoch nicht allzu lange mit dem Verhalten ihres Ehemannes, denn auch so kostet

es sie genug Mühe, ihr erstes Buch, die »Reise einer Pariserin nach Lhasa«, das in Frankreich und Amerika zugleich erscheinen soll, trotz ihrer Vortragsreisen termingerecht abzuliefern.
»Es wird Zeit, daß wir ein richtiges Zuhause finden«, stellt Alexandra Yongden gegenüber fest. »Ich habe diese Vortragsreisen satt und sehne mich nach einem friedlichen Plätzchen zum Arbeiten. Im Hotel hat man einfach nicht die rechte Ruhe dazu.«
Doch ein Haus, das allen Ansprüchen gerecht wird, will sich einfach nicht finden, und Alexandra muß sich noch eine ganze Weile mit irgendwelchen Übergangslösungen zufriedengeben. Aber was nützt es, die »Reise einer Pariserin nach Lhasa« muß beendet und, da das Eisen geschmiedet werden sollte, solange es heiß ist, das nächste Buch – »Heilige und Hexer« – in Angriff genommen werden.

Alexandra arbeitet im Durchschnitt sechzehn Stunden am Tag, sucht nebenbei eine andere Bleibe und hat außerdem den Briefwechsel mit Philippe erneut aufgenommen, um weiterhin für ihre Adoptionspläne zu kämpfen. Sie ist bereits zwei Jahre wieder in der Heimat, als sich endlich ihr Wunsch nach einem zufriedenstellenden Zuhause erfüllt.
In Digne, einem kleinen Ort der Provence, inmitten der französischen Alpen, kauft Alexandra ein schönes Anwesen. Das ausgedehnte Grundstück mit den zwei Gebäuden liegt direkt an der Straße nach Nizza und bietet, von einer geräumigen Terrasse aus, einen wunderschönen Blick auf die Berge.
Die glückliche Alexandra nennt ihr Anwesen »Samten Dsong«, Festung der Meditation, und ist fest ent-

schlossen, es zu einer Oase der Ruhe und des Friedens zu machen.
Mit Feuereifer geht sie daran, ihr neues Haus mit ihren zahlreichen Reiseandenken auszustatten und in dem weitläufigen Garten Gemüse für den persönlichen Bedarf anzupflanzen. Einen Raum richtet Alexandra im Stil der Zellen eines tibetischen Klosters ein. Auf der einen Seite erhebt sich eine kleine Estrade mit einer niedrigen Sitzbank, und gegenüber befindet sich ein Altar, auf dem ein kostbarer rot-goldener Buddha thront und geheimnisvoll vor sich hin lächelt.
Scharen von Reportern kommen und werden – so es der Hausherrin gerade gefällt – freundlich aufgenommen. Alexandra reicht Tee, berichtet über ihre Reiseerlebnisse und erntet dafür unzählbare Zeitungsartikel, die aus Samten Dsong eine einmalige Verschmelzung zwischen Orient und Okzident machen. Alexandra ist jedoch froh, als der Ansturm vorüber ist und sie endlich ihre Arbeit wieder aufnehmen kann.
Gleichzeitig beschäftigt sie sich, ziemlich vage noch, aber immerhin, mit neuen Reiseplänen. Schließlich fühlt sie sich mit ihren mittlerweile sechzig Jahren noch zu jung, um endgültig seßhaft zu werden. Das Ziel dieser Expedition soll China sein und die Anreise über Rußland, mit der Transsibirischen Eisenbahn, erfolgen. Außerdem plant Alexandra einen Aufenthalt in der Nähe des Baikalsees, um mit den dortigen buddhistischen Burjaten zusammenzutreffen. Leider erweist es sich als schwierig, eine Genehmigung für den Sibirienaufenthalt zu erhalten. Aber sie hat ja noch Zeit, denn bis sie endlich wieder aufbrechen kann, werden schon noch ein paar Jahre vergehen.

In anderer Hinsicht macht sie dafür um so größere Fortschritte. Philippe hat endlich in die Adoption eingewilligt, und aus dem armen tibetischen Lama Aphur Yongden wird, an seinem dreißigsten Geburtstag, der mit allen Rechten und Pflichten behaftete ehrbare Franzose Albert Yongden-David.

Im Jahre 1929 erscheint das Buch »Heilige und Hexer – Glaube und Aberglaube im Lande des Lamaismus«, 1930 »Einführung in den Lamaismus«, 1931 »Das Heldenepos von Gesar Chan« und 1933 »Mönche und Strauchritter«. Diese vier Werke vermitteln ein umfassendes Bild der Menschen und Ereignisse, denen Alexandra auf ihren Reisen begegnet ist.

Alle ihre Bücher werden mit Begeisterung aufgenommen, und die Leser kaufen und verschlingen gierig und verzückt die Schriften von »Madame Lama«, wie sie von der französischen Presse getauft wird.

Wie es sich gehört, begleitet Alexandra das Erscheinen ihrer Bücher mit Vorträgen und Signierstunden. Zu diesem Zweck hält sie sich gerade in Toulon auf, als sie von ihrem ceylonesischen Freund Dharmapala einen Brief erhält:

Ich beglückwünsche Dich zu Deinem großartigen Buch-Werk, das Du mit Hilfe Deines Sohnes, Lama Yongden, erschaffen hast. Möge Deinem Sohn und Dir ein langes Leben beschieden sein. Ich für meinen Teil habe mich nach Benares zurückgezogen, um hier zu sterben.

Niedergeschlagen legt Alexandra das Schreiben aus der Hand. Dharmapala hat also mit seinem Leben abgeschlossen. Eine Nachricht, die einer Todesanzeige gleichkommt. Von nun an wird er für jeden uner-

reichbar sein, egal, ob er noch Tage, Wochen oder Monate zu leben hat.
Alexandra ist tief betrübt und trauert aufrichtig um ihren Freund. Um sich diesem Gefühl nicht allzusehr hinzugeben, stürzt sie sich, wie üblich, verstärkt in ihre Arbeit. Ein Buch nach dem anderen wird fertiggestellt, zwischendurch macht sie den Führerschein und treibt ihre Reisepläne voran. Und dann, 1936, ist es endlich soweit. Viel zu lange schon hat Alexandra die Rolle der ehrwürdigen Lamina gespielt und »Samten Dsong« zu Werbezwecken in ein exotisches Theater verwandelt. Der Spaß ist vorbei.

Noch einmal reist sie nach Tunis, um sich mit Philippe zu treffen und Erinnerungen an ein langes gemeinsames Leben, das so wenig Gemeinsames hatte, aufzufrischen. Nach ihrer Rückkehr stellt sie ein Pförtnerehepaar für »Samten Dsong« ein, um Haus und Garten während ihrer Abwesenheit nicht unbeaufsichtigt zu lassen und kann sich dann schließlich, gegen Ende des Jahres, auf den Weg machen. Buddha sei Dank, denn die Monotonie hätte sie keinen Tag länger ertragen. O ja, es wird wirklich höchste Zeit, sich wieder in ein Abenteuer zu stürzen.
Natürlich weiß Alexandra, daß es zur Zeit in China nicht gerade ungefährlich ist. Der Bürgerkrieg, in dem sich die Nationalisten von Tschang Kai-schek und die Kommunisten um Mao Tse-tung unerbittlich bekämpfen, wütet noch immer. Außerdem ist da noch Japan, das die Mandschurai besetzt hält und nur auf den geeigneten Moment wartet, um zuzuschlagen und sich noch ein weiteres Stückchen Land einzuverleiben.

Aber bleibt Alexandra eine Wahl? Sie hat den Buddhismus in Ceylon studiert, den Hinduismus in Indien, den Lamaismus in Tibet. Zwangsläufig muß sie also ihre Kenntnisse über den ursprünglichen Taoismus in China vervollkommnen.

O nein, da bleibt ihr gar nichts anderes übrig!

Gefährliches China

Weil es gerade auf dem Weg liegt, fährt Alexandra zuerst nach Brüssel, um die Gräber ihrer Eltern aufzusuchen und weiter nach Warschau, ihrem dortigen Verleger einen Besuch abzustatten. Die nächste Station ist Moskau.

»Ich lebe förmlich auf, seitdem wir wieder auf Reisen sind«, gesteht Alexandra ihrem Adoptivsohn, während der Zug der sowjetischen Hauptstadt entgegenrattert. »Wie ist es mit dir, Albert?« Nicht weniger aufgeregt als sie, zuckt er mit den Schultern.

»Ich weiß es nicht. Alles ist wie ein Traum.«

In Moskau angekommen, versucht Alexandra sich vor den obligaten Pflichtbesichtigungen zu drücken und eigene Erkundungsgänge zu veranstalten, jedoch ohne Erfolg. Also reiht sie sich brav auf dem Roten Platz in die Menschenschlange vor dem Lenin-Mausoleum ein, bewundert die Kuppeln des Kreml mit ihren vergoldeten Kreuzen und roten Sternen, die im Sonnenlicht leuchten, und die glänzende Basilius-Kathedrale. Wunderschönes Moskau. Alexandra bedauert aufrichtig, die Stadt nicht auf eigene Faust durchstreifen zu dürfen. Trotzdem läßt sie sich die Laune nicht verderben und saugt begierig alles Neue nach der langen Zeit am Schreibtisch in sich hinein.

Ihr Aufenthalt in Moskau dauert nur wenige Tage, dann geht es weiter. Pfeifend und zischend läuft der Transsibirien-Expreß im Bahnhof ein.

Über drei steile Stufen muß Alexandra sich hinaufschwingen und steht vor der wachsamen Prowodnika, der Schaffnerin, die ihre Fahrkarte prüft und sie zu ihrem Abteil begleitet. Mit Freude stellt Alexandra fest, daß das Coupé für zwei Personen größer ist, als sie angenommen hat. Alles ist sauber und ordentlich, mit weichen dunkelroten Teppichen, braunroten Vorhängen, Spiegeln, Lampen und Kleiderhaken ausgestattet. Rasch verstauen Alexandra und Yongden ihr Gepäck und widmen sich dann dem Trubel draußen auf dem Bahnsteig. Schließlich handelt es sich nicht um die Abfahrt irgendeines Zuges, sondern um die des Transsibirien-Expresses. Kein anderer Zug ist so lange unterwegs, legt eine so enorm weite Strecke zurück wie der Rossija, diese Schlange von zwölf eisenklirrenden Wagen.

Und endlich ist es soweit. Langsam und weißen Qualm ausspuckend setzt sich die Lokomotive in Bewegung. Die Wände des Abteils knirschen ein wenig, doch dann hat der Zug seinen Rhythmus gefunden und fährt mit gleichmäßigem Rattern über die Schienen.

Die Verpflegung im Zug ist, wie Alexandra bald feststellt, ziemlich eintönig. Sicher, sie kann sich an Kaviar satt essen, aber immer und zu allem Kaviar? Dankbar nutzt sie darum jeden Halt des Zuges, um von Bauersfrauen, die ihre Waren auf den Bahnsteigen feilbieten, Lebensmittel zu kaufen. Gekochtes Gemüse, warme Fleischklöße, häufig auch harte Eier und gebratene Hühner, manchmal sogar Kuchen, Kekse und frisches Obst werden angeboten, verkauft und in Zeitungspapier verpackt. Daß die Druckerschwärze Spuren an den Speisen hinterläßt, stört offensichtlich niemanden.

Jaroslawl, Kirow und Perm heißen die Stationen, dann fährt der Transsib durch riesige Wälder bis zum näch-

sten Halt Swerdlowsk, dem ehemaligen Jekaterinburg, wo vor nunmehr fast neunzehn Jahren Zar Nikolaus II. mit seiner Frau, seinen vier Töchtern und dem schwerkranken Zarewitsch ermordet wurden.
Bald darauf ist die Grenze Europas erreicht, das langgestreckte und bis zu 900 Metern hohe Uralgebirge. Genau dort, wo Europa aufhört und Asien beginnt, steht ein altertümliches, aus starken Rundholzstämmen gebautes Fort, das früher eine wichtige Etappe auf dem Weg nach Osten darstellte, ein Bollwerk gegen wilde Völkerscharen, von dem aus die Kosaken mit der Erforschung und Eroberung Sibiriens begannen.
Doch auch hier hält sich die Transsibirische nicht lange auf, sondern fährt weiter durch eine tiefverschneite Landschaft mit kahlen Bäumen, gefrorenen Seen und Siedlungen aus tief in den Schnee geduckten Holzhäusern nach Omsk, Nowosibirsk und Krasnojarsk.

Staunend betrachtet Alexandra die unendliche Weite dieses Landes. Das einzige, was sie irritiert, sind die Uhren, die im Zug immer noch die Moskauer Zeit anzeigen und damit auch den Tagesrhythmus bestimmen. So gibt es Frühstück, während es draußen noch dunkel ist, Mittag im Dämmerlicht und Abendessen im herrlichsten Sonnenschein. Eine verwirrende Regelung, wie Alexandra und Yongden finden.
Dann hat der Zug Irkutsk und damit den lang ersehnten und scheinbar unermeßlich großen Baikalsee erreicht. Einmal mehr bedauert Alexandra die Ablehnung ihres Aufenthaltsgesuchs. Zu gerne wäre sie hier ausgestiegen, um mit den Burjaten Kontakt aufzuneh-

men und um sich die faszinierenden Naturschönheiten aus der Nähe anzusehen. Nun muß sie sich damit trösten, daß der Transsibirien-Expreß immerhin fast fünf Stunden am See entlangfährt, und sie somit Gelegenheit hat, zumindest ihn zu bewundern. Bei strahlender Sonne bietet der Baikal ein hinreißendes Bild: tiefblaues Wasser, steile Küsten und felsige Fjorde, die an Norwegen erinnern und die von riesigen Nadelwäldern und sumpfigen Niederungen eingerahmt werden. Ein wunderschönes Erlebnis.
In Ulan-Ude, der nächsten Station, müssen Alexandra und Yongden den Rossija, der nach Wladiwostok weiterfährt, verlassen, um in den Peking-Expreß umzusteigen. Auf dem Bahnhof erwartet sie ein buntes Völkergemisch von meist mongolischen Stämmen. Die verschiedensten Waren werden feilgeboten, und die beiden Reisenden nutzen die Gelegenheit zu einem schmackhaften Imbiß, der sich wohltuend von der eintönigen Kost im Zug unterscheidet. Aber dann geht es auch schon weiter.
Schnaufend setzt sich der Peking-Expreß in Bewegung und bald ist die sowjetisch-mongolische Grenze und die Stadt Ulan-Bator erreicht. Danach durchqueren sie die innere Mongolei und treffen endlich, nach siebzehntägiger Reise, an ihrem Ziel ein.
Ein funkelndes, in strahlender Sonne liegendes Peking erwartet sie. Zwanzig Jahre sind Alexandra und Yongden nicht hier gewesen, und die Stadt hat sich sehr verändert. Die ehemals staubigen, von Radspuren durchfurchten Straßen haben sich in breite Avenuen verwandelt, in denen es von Autos und Straßenbahnen nur so wimmelt. Trotzdem, ihr und ihrer »gelben Seele« ist Peking nicht für einen Augenblick fremd.

Von Anfang an fühlt sie sich wohl in der Stadt, die als intellektuelles Zentrum gilt, und beschließt, nach einer passenden Wohnung Ausschau zu halten und ihre Studien über den alten Taoismus aufzunehmen. Schon bald kann sie sich in einem kleinen chinesischen Haus einrichten und gemeinsam mit Yongden in die Arbeit stürzen.
Die Freude ihres Wiedersehens mit Peking währt jedoch nur sechs Monate. Dann geschieht das Schreckliche: Die Japaner fallen über Peking her und erobern die Stadt. Alexandra und Yongden gelingt es im letzten Augenblick, vor dem Krieg und den Bombenangriffen zu fliehen.
Unbeschadet erreichen sie das Kloster Wu-tai-schan, auf einem der heiligen Berge Chinas. Hier herrschen noch Ruhe und Frieden.

Dankbar betritt Alexandra das Kloster und fühlt sich sofort umfangen von Altvertrautem. Von den Farben der Gebetsteppiche, dem Geruch von Butter und Weihrauch und dem Klang der Muscheltrompeten und Trommeln. Wehmütig schreibt sie in ihr Tagebuch:

Es ist vielleicht das letzte Mal, daß ich in einem Kloster wohne, und ich fühle mich wie eine Frau, die weiß, daß ihr Geliebter sie bald verlassen wird und die unersättlich und traurig die letzten Tage ihres Zusammenseins genießt.

Alexandra fühlt sich in diesem Kloster zu Hause, ein Eindruck, der noch verstärkt wird, als eine Pilgerschar von sechzig Mönchen aus Kumbum eintrifft. An Gesprächspartnern mangelt es ihr jedenfalls nicht. Sie

schreibt an ihren Büchern, betreibt ihre Studien und straft den Rest der Welt mit Nichtachtung. Vor allem das, was in China passiert, wo sich die Lage von Tag zu Tag verschlimmert.
In Peking wird gekämpft, in Shanghai wird gekämpft. Soldaten und Flüchtlinge ziehen in Scharen am Kloster vorbei. Angst liegt in der Luft, Angst vor dem Grauenvollen, das unaufhaltsam näherkommt.
Immer mehr Gläubige flüchten nach Wu-tai-schan, um die Götter zu beschwören, das drohende Unheil fernzuhalten. Überall wüten die Kämpfe, und irgendwann wird selbst Alexandra klar, daß Berg und Kloster eingeschlossen sind und es keine gefahrlose Möglichkeit mehr gibt, Wu-tai-schan zu verlassen.

Der Winter hält früh Einkehr in diesem in 2000 Meter Höhe gelegenen Kloster, das Heizmaterial ist teuer, und Alexandra erfährt zu allem Überfluß, daß die Banknoten, die sie in ihrer Geldbörse trägt, nichts mehr wert sind. Ein besorgter Brief von Philippe trifft ein.

Die Zeitungen melden täglich neue Einzelheiten über die Schrecken des japanisch-chinesischen Krieges, der durch die Luftangriffe noch grausamer wird. Wie weit liegt Dein Kloster von der Kriegsfront entfernt? Ich bin sehr besorgt um Dich, zumal ich lange keinen Brief mehr von Dir erhalten habe.

Und seine Besorgnis ist berechtigt. Die Kämpfe lassen nicht nach, und Alexandra muß unbedingt nach Taijüan, um ihre Schecks einzulösen. Ein gefährliches Unternehmen, denn überall sind Militärkonvois unterwegs.

Trotzdem verlassen Alexandra und Yongden das Kloster und machen sich auf den mehrtägigen Weg zur Haltestelle, an der der Bus nach Tai-jüan abfährt. Um den japanischen Jagdflugzeugen keine Zielscheibe zu bieten, sind sie gezwungen, ausschließlich bei Nacht zu reisen. Und um die Truppenaufmärsche zu umgehen, müssen sie auf Seitenstraßen ausweichen, die jedoch von den anhaltenden Regenfällen vollkommen aufgelöst und morastig sind. Ein mühsamer, ein gefährlicher Weg, auf dem sie sich immer wieder verlaufen.

Ihre Mühen und Qualen sind jedoch umsonst. Denn als sie die Haltestelle endlich erreicht haben, müssen sie feststellen, daß der Autobus requiriert wurde. Nun bleibt ihnen keine andere Wahl, als zu Fuß bis zum nächsten Bahnhof zu laufen. Erneut müssen sie über Landstraßen ziehen und sich vor Soldatenkolonnen verstecken. Die Front scheint mittlerweile überall zu sein.

Der Bahnsteig ist schwarz vor Menschen, Flüchtlingen, die alle auf den nächsten Zug warten. Als er endlich kommt, haben Alexandra und Yongden keine Chance, mitgenommen zu werden und der nächste Zug geht – wenn überhaupt – erst in 24 Stunden. Tatsächlich kommt er erst nach zwei Tagen und ist ebenso mit Flüchtlingen vollgestopft wie der vorangegangene. Trotzdem gelingt es Yongden, einen Platz für sich, Alexandra und ihr Gepäck zu erkämpfen.

In Tai-jüan wartet jedoch bereits die nächste Enttäuschung. Die telegraphischen Verbindungen nach Peking sind unterbrochen, und so hat Alexandra keine Möglichkeit, an ihr Geld heranzukommen. Es gibt nur noch einen einzigen Ausweg. Sie muß versuchen,

telegraphisch Geld von Shanghai nach Tai-jüan überweisen zu lassen. Das Ganze eilt jedoch sehr, denn Shanghai steht kurz davor, von den Japanern erobert zu werden.
Alexandra veranlaßt alles Notwendige und kann nur hoffen, daß die Transaktion gelingt. So oder so müssen Yongden und sie sich jedoch auf eine mehrtägige Wartezeit einrichten. Es ist nicht sonderlich schwer, in Tai-jüan ein Quartier zu finden, denn wegen der täglichen Luftangriffe ist die Zivilbevölkerung bereits zum größten Teil geflohen. Auf den Straßen sieht man nur noch Militärs. Regierungssoldaten in grünlichen Khakiuniformen und Kommunisten in Graublau. Den Feinden von gestern blieb keine andere Wahl, als sich gegen den gemeinsamen Gegner zusammenzuschließen. Die Lage wird immer bedrohlicher, doch Alexandra kann Tai-jüan nicht verlassen, bevor nicht ihr Geld eingetroffen ist.
Und endlich, nach vielen Tagen des Wartens, trifft das Telegramm ein. Das Geld ist auf der Bank. Die beiden Flüchtlinge beschließen nun, die Stadt so schnell wie möglich zu verlassen. Nicht einen Augenblick zu früh, denn der letzte Zug ist bereits angekündigt worden. Er geht nach Shijiazhuang, und Alexandra und Yongden erkämpfen sich, durch die flüchtenden Menschenmassen und begleitet vom Getöse der Bombenangriffe, der Granateinschläge und des Maschinengewehrfeuers, einen Platz. Sogar für ihr kostbares Gepäck, daß wie üblich in erster Linie aus wertvollen, alten und natürlich unersetzlichen Schriften besteht, finden sie noch ein Eckchen in einem Güterwagen.
Als der Zug endlich anfährt und ein wenig Ruhe eintritt, sieht Yongden seine Adoptivmutter besorgt an.

Die Strapazen stehen ihr deutlich im Gesicht geschrieben, trotzdem lächelt sie vergnügt.
»Schau nicht so, Albert«, beantwortet sie seine unausgesprochene Frage. »Ich wollte ein neues Abenteuer, und ich habe eins bekommen. Worüber hätte ich das Recht, mich zu beschweren?«

Der Zug kommt schließlich heil in Shijiazhuang an, doch auch hier wird bereits gekämpft, und die Flüchtlinge werden gleich nach Han Kou weitergeleitet. Die Menge gerät in Panik, als das Gerücht aufkommt, daß die Japaner bereits vor den Toren der Stadt stehen.
Wieder einmal haben Alexandra und Yongden Glück. Es gelingt ihnen, diesen letzten Zug zu erreichen und das hartumkämpfte Shijiazhuang zu verlassen. Sie können jedoch nur ihr nacktes Leben retten. Der Güterwagen, in dem ihr Gepäck untergebracht ist, bleibt zurück. Ihre ganze Habe, einschließlich der unersetzlichen Schriften, ist unwiederbringlich verloren.
Ein Verlust, den Alexandra nie ganz verschmerzen wird.

Die Gasthäuser in Han Kou sind überfüllt. Die Stadt ist voller Flüchtlinge, und die schrecklichsten Gerüchte über die Greueltaten der Japaner gehen von Mund zu Mund.
Alexandra und Yongden haben große Mühe, eine Unterkunft zu finden. Außerdem sind sie nicht sicher, wie sie sich nun verhalten sollen. Ist es besser zu bleiben oder weiterzuziehen?
Um die Zeit zu nutzen, erledigt Alexandra Einkäufe – schließlich besitzen sie nicht mehr als das, was sie auf dem Leibe tragen –, schreibt weiter an ihren Manuskripten und nimmt … Chinesischstunden.
Anläßlich ihres neunundsechzigsten Geburtstags wird sie in das britische Konsulat eingeladen. Leider wird die kleine, zu ihren Ehren veranstaltete Feier von zwei Bombenangriffen unterbrochen. Im Luftschutzkeller der Botschaft, in den sich die ganze Party zurückzieht, hört sie von dem Gerücht, daß die chinesische Regierung beabsichtigt, Nanking zu verlassen und ihren Sitz nach Han Kou zu verlegen.
»Das kann nur eine noch intensivere Bombardierung zur Folge haben«, stellt sie besorgt fest, und Yongden nickt.
»Wir sollten die Stadt so schnell wie möglich verlassen. Die Frage ist nur wohin. Ganz China ist auf der Flucht vor den Japanern und ihren Grausamkeiten.«
»Vielleicht ist es am besten, wenn du nach Sikkim zurückkehrst«, meint Alexandra nachdenklich. »Dort wärst zumindest du in Sicherheit.«

Doch Yongden schüttelt nur den Kopf. Wenn er sich auch sonst stets ihrem Willen beugt, in diesem Punkt widerspricht er:
»Auf gar keinen Fall lasse ich dich hier allein zurück.«

Wieder trifft ein besorgter Brief von Philippe ein.

Meine liebevollen und besorgten Gedanken sind bei Dir, schreibt er, *und da ich nicht weiß, ob Du wenigstens keine finanziellen Probleme hast, schicke ich Dir vorsorglich 10.000 Franc auf die Bank von Jün-Nan. Mein sehnlichster Wunsch ist es, daß ihr beide gesund und heil nach Hause kommen möget. Nur Mut.*

Alexandra freut sich unsagbar über diese Zeilen, und das nicht nur des Geldes wegen. Immerhin hat Philippe zum ersten Mal gezeigt, daß Yongden auch ihm nicht gleichgültig ist.
Es wird ein trüber Jahreswechsel, das Licht ist gelblichgrau, als würde es demnächst schneien, und das Gefühl von Krieg, Tod und Elend überdeckt alle Feierlichkeiten. Seit neuestem spielt Alexandra mit dem Gedanken, gemeinsam mit Yongden nach Tibet zu flüchten. Sie hat es satt, von einer Mausefalle in die nächste zu tappen. Wie jetzt, wo den Flüchtenden geraten wird, den letzten Zug nach Hongkong zu nehmen, weil schwere Bombenangriffe auf Han Kou unmittelbar bevorstehen.
Was hat sie in Hongkong verloren? Im tibetischen Grenzland wird sie Ruhe und Frieden finden, und sollte sie tatsächlich sterben, dann wird es wenigstens in diesem schon immer geliebten Land sein.
Die beiden Flüchtlinge beschließen also, nach Tibet

zu gehen und die erste Etappe dieser Reise mit einem Dampfer, der den Jangtse-kian hinauffährt, zurückzulegen. Natürlich ist auch dieser Dampfer überfüllt, aber immerhin, Alexandra und Yongden finden einen Platz. Als sie schon ein ganzes Stück den Fluß hinauf sind, hören sie in der Ferne die japanischen Bomber, die Han Kou dem Erdboden gleichmachen.
Immer öfter kommt es nun auch zu Ausschreitungen gegen die im Lande lebenden Europäer. Alexandra und Yongden sehen zum Glück asiatisch genug aus, um weder Beschimpfungen noch Tätlichkeiten ausgesetzt zu sein, aber die Brutalität der Chinesen den Ausländern gegenüber nimmt ständig zu. Als sie in Tschung-king den Dampfer verlassen, sehen sie, wie johlende Kinder hinter einem weißhaarigen, wahrscheinlich britischen Ehepaar herbrüllen »weiße Teufel, weiße Teufel« und sie mit Steinen bewerfen. Ein Polizist steht daneben und lacht. Er denkt nicht daran einzugreifen. Wo soll das alles noch hinführen?
Alexandra ist entsetzt und beschließt, auch diese Stadt so schnell wie möglich wieder zu verlassen. Ohnehin hat sie nicht vorgehabt, lange in dieser ekelerregenden Kloake zu bleiben. Tschung-king ist mit Abstand die schmutzigste Stadt Chinas, die sie bisher erlebt hat. Wegen der japanischen Bombenangriffe, die die Straßen unpassierbar machen und mehr als 10.000 Todesopfer fordern, müssen sie jedoch fast einen Monat warten. Dann gelingt es ihnen endlich, aus Tschung-king zu fliehen und nach Tscheng-tu zu entkommen. Hier können sie wieder ein wenig aufatmen und Pläne machen, wie sie am schnellsten nach Ta-tsien-lu, einem kleinen Ort an der tibetisch-chinesischen Grenze, gelangen. In diesem kleinen Dorf sind sie, vor

ungefähr fünfzehn Jahren, schon einmal gewesen, während ihrer Irrfahrt, die sie auf dem Weg nach Lhasa an der tibetischen Grenze entlang machen mußten. Nun erweist sich ihre Ortskenntnis als sehr vorteilhaft.
Leider sind die Pässe noch vom Schnee blockiert und die Straßen außerdem sehr unsicher. Vor allen Dingen Wegelagerer und meuternde Soldaten machen den Menschen das Leben schwer.
Erst Ende Juli gelingt es Alexandra und Yongden, nach einer mühsamen Wanderung, Ta-tsien-lu zu erreichen. Der Weg führt sie, bei sintflutartigem Regen und starken Windböen, über 3000 Meter hohe Pässe. Dazu kommt die ständige Angst vor Wegelagerern und Deserteuren. Was für eine Leistung für eine Frau von neunundsechzig Jahren. Aber Alexandra übersteht alles heil und gesund. Sie holt sich noch nicht einmal einen Schnupfen.
Leider finden sie auch in Ta-tsien-lu nicht die Ruhe, die sie sich erhofft haben. Auch diese Stadt quillt über vor Soldaten und Flüchtlingen. Selbst die Klöster sind überfüllt, und eine Unterkunft zu finden, ist sehr schwierig. Schließlich bleibt Alexandra nichts anderes übrig, als vorerst die Gastfreundschaft der englischen Mission in Anspruch zu nehmen.
Ta-tsien-lu, in einem Talkessel gelegen, ist seit Jahrhunderten der Ausgangspunkt der Karawanen, die den Tee nach Lhasa bringen, von wo aus er über ganz Tibet verteilt wird. Am liebsten würde Alexandra einer dieser Karawanen folgen. Lhasa! Erinnerungen an schöne Tage werden wach, doch was nützt es? Da sie sich nun einigermaßen in Sicherheit befindet, muß sie endlich ihre Studien wieder aufnehmen und das

Manuskript zu Ende schreiben, auf das ihr französischer Verlag bereits seit Monaten wartet. Philippe, dessen Briefe sie wie durch ein Wunder immer noch erreichen, beschwört Alexandra zwar ständig, endlich nach Hause zurückzukehren, doch sie weigert sich hartnäckig.

Ganz abgesehen davon, daß jeder Weg gefährlich wäre, kann ich es mir einfach nicht leisten, China jetzt zu verlassen, antwortet sie ihm. *Denn sicher würde ich nie wieder zurückkehren können, was zwangsläufig bedeutet, daß ich meine Taoismus-Studien nicht zum Abschluß bringen kann.*

Alexandra und Yongden richten sich also, so gut es geht, in Ta-tsien-lu ein, und es gelingt ihnen, sich eine Unterkunft in einer Einsiedelei auf dem Hochplateau des Pomo San zu verschaffen. Hier sind sie weitab von den Soldaten- und Flüchtlingsströmen, dafür aber in der Nähe der Berge und des von Alexandra so heiß geliebten tibetischen Lichtes. Zwei Zellen stehen ihnen hier zur Verfügung sowie ein kleiner, von Mauern umschlossener Hof. In einer dieser Zellen entdeckt sie die Statue von Tsongkapa, dem Gründer von Kumbum. Vom ersten Augenblick an fühlt Alexandra sich hier glücklich. Ist es nicht fast wie zu Hause in ihrem De-Tschen Aschram bei Dewa-Thang?

Die Bewohner Ta-tsien-lus brauchen eine Weile, bis sie sich an den Anblick der französischen Lamina gewöhnt haben. In ganz China, also auch in diesem abgelegenen kleinen Grenzort, geht die Angst vor Spionen um, und mittlerweile scheint jeder verdächtig, der ein wenig anders ist, als die Norm es vorschreibt.

So ist es kein Wunder, daß Alexandra bald in Verdacht

gerät. Eine Frau, die tagein, tagaus schreibt, hin und wieder mit einem Fernglas die Berge beobachtet und – das ist wohl das Ungewöhnlichste überhaupt – nahezu täglich zu baden pflegt, erregt natürlich Mißtrauen. So kommt es, daß Alexandra eines Tages, direkt aus ihrem Badezuber heraus, von zwei chinesischen Polizisten verhaftet wird. Die Polizisten vernehmen auch Yongden. Trotzdem gelingt es ihm, den französischen Konsul in Tscheng-tu um Hilfe zu bitten, und der bemüht sich auch rasch, die Sache wieder in Ordnung zu bringen. Die Chinesen entschuldigen sich in aller Form bei der ehrwürdigen Eremitin und veranstalten ein Festessen zu ihren Ehren.

Von dem Augenblick an hat Alexandra in Ta-tsien-lu nichts mehr zu befürchten. Sie und Yongden werden nun gastfreundlich in die Dorfgemeinschaft aufgenommen.

Alexandras Unterkunft liegt in der Nähe des örtlichen Friedhofes. Da es hin und wieder auch in Ta-tsien-lu zu Bombenwarnungen kommt, strömen die Menschen ins Freie und lassen sich auf diesem Friedhof in Gruppen zwischen den Gräbern nieder, plaudern, lachen und scheinen ganz offensichtlich die Pause an der frischen Luft zu genießen.

Die Bombenwarnungen werden mit der Zeit immer häufiger, die Aufenthalte im Freien immer länger. Schon stellen sich geschäftstüchtige chinesische Händler ein, die auf dem Friedhof umhergehen, Früchte verkaufen, Süßigkeiten und Zigaretten anbieten. Ein fliegender Koch hält einen Topf mit dampfender Nudelsuppe und heißen Würstchen bereit.

Fröhliches Jahrmarkttreiben herrscht auf diesem Friedhof, ein harmloser Zeitvertreib, der ein wenig zu

vergessen hilft, daß Kanton und Han Kou in die Hände der Japaner gefallen sind. Vom Ausbruch des Zweiten Weltkrieges in Europa weiß Alexandra noch nichts, und als sie es schließlich erfährt, fühlt sie sich, angesichts des weltweiten Brandes, wieder in der Mausefalle.
Wohin kann sie nun noch gehen? Sie hat gar keine andere Wahl, als in Ta-tsien-lu zu bleiben.
Trotz ihrer Abgeschiedenheit erfährt Alexandra vom Tod des Gömptschen von Lachen und erhält gleichfalls die Nachricht vom Ableben des Taschi Lama, von dem sie seinerzeit in Schigatse so freundlich aufgenommen worden ist.
Eine Meldung betrübt sie mehr als die andere, doch dann erhält sie eine Nachricht, die sie in tiefste Trauer stürzt. Ein Telegramm ist es, aufgegeben von Philippes Nichte:

Onkel gestorben. In Trauer, Simone.

Das ist alles.
»Ich habe den besten aller Gatten und meinen einzigen Freund verloren«, stellt Alexandra verzweifelt fest, doch tapfer unterdrückt sie die Tränen und schreibt Philippes Nichte einen langen bekümmerten Brief.
Wenig später erhält sie die letzten Zeilen Philippes, die er ihr, sein nahes Ende fühlend, schrieb. Er teilt ihr mit, was sie nach seinem Tode zu erwarten hat: das Anrecht auf ein Drittel seiner Pension und als Alleinerbin sein gesamtes Vermögen.

Das Leben ist kurz, obwohl ich es länger gelebt habe, als der Durchschnitt es will, schließt er seinen Brief. *Ich werde mit*

der Genugtuung und im Glauben scheiden, es sei gut und sinnvoll gewesen. Ein letzter Abschiedsgruß, meine liebste Freundin.
Philippe Néel

Erst jetzt wird sich Alexandra des Ausmaßes ihres Schmerzes ganz bewußt. Sicher, es war nicht die ganz große leidenschaftliche Liebe, die sie mit Philippe verbunden hat, aber es war doch die liebevollste Freundschaft, die zwei so ungleiche Menschen füreinander empfinden können. O ja, Alexandra ist sich bewußt, was sie verloren hat, ihren Freund, ihren Beschützer und ihren Ratgeber. Und um sich von ihrem Kummer abzulenken, bedient sie sich eines altbewährten Mittels und stürzt sich in die Arbeit.

1944 endet die japanische Besatzung Chinas. Kilometer um Kilometer ihres Landes haben die Chinesen zurückerobert und den Feind schließlich ganz zurückgedrängt. Alexandra und Yongden verbringen die letzten Kriegstage relativ ruhig in ihrer Einsiedelei und beabsichtigen auch nicht, daran etwas zu ändern, solange der andere Krieg, der in Europa, nicht beendet ist. Nach wie vor lesen, schreiben, meditieren sie, planen Bücher und Artikel und befassen sich mit den Gedichten eines Mao Tse-tung, der im Begriff steht, über ganz China zu herrschen.
Endlich ist es soweit, im Frühjahr 1945. Großdeutschland hat kapituliert, überall ist von Frieden und Freiheit die Rede. Freiheit, eines von Alexandras Lieblingswörtern. Auch sie ist nun endlich frei, Ta-tsien-lu zu verlassen und nach Europa zurückzukehren. Aber will sie das überhaupt?

Nun, noch hat sie sich nicht entschieden, obwohl ihr die Rückkehr denkbar leicht gemacht wird. Die französische Regierung, vertreten durch ihren Konsul in Kalkutta, Christian Fouchet, macht ihr ein großzügiges Angebot:

Madame Alexandra David-Néel, Forscherin und Schriftstellerin, kann in Begleitung ihres Sohnes, Lama Albert Yongden, auf Staatskosten nach Frankreich zurückkehren. Der Transport ihres umfangreichen Gepäcks erfolgt unter den gleichen Bedingungen. Die Betroffenen haben Anspruch auf zwei Sitzplätze in einem Flugzeug und werden auf dem kürzesten Weg via Kalkutta/Indien nach Frankreich gebracht werden.

Der kürzeste Weg? Den hat Alexandra bisher noch nie genommen. Und sie denkt auch gar nicht daran, jetzt damit zu beginnen.

Ein schrecklicher Verlust

Am Flughafen von Kalkutta werden Alexandra und Yongden von niemandem erwartet. Christian Fouchet, der französische Konsul, hat, wie sich bald herausstellt, ihr Telegramm, das ihm ihre Ankunft meldete, nicht erhalten.

Alexandra findet das nicht sehr verwunderlich. In China wütet nämlich schon wieder der Bürgerkrieg. Nach der erfolgreichen Vertreibung der Japaner ist es mit der zweckdienlichen Eintracht zwischen Kommunisten und Nationalisten vorbei, und beide Parteien haben keine Zeit verloren, ihre alten Kämpfe wieder aufzunehmen.

Alexandra und Yongden mieten sich ein Zimmer in einem indischen Hotel und ruhen sich erst einmal von der anstrengenden Reise aus. Immerhin haben sie für den Flug von Tscheng-tu nach Kalkutta fast zwei Monate gebraucht. Schuld daran war die Zwischenlandung in Kunming, die bedingt durch den Bürgerkrieg und den darauf zurückzuführenden Treibstoffmangel fast zwei Monate dauerte.

Doch nun sind sie in Kalkutta, lassen sich heißen Tee aufs Zimmer servieren, legen sich danach nieder und schlafen traumlos bis zum nächsten Morgen.

Als Alexandra spät am Vormittag erwacht und ihre Fensterläden aufstößt, entdeckt sie einmal mehr ein neues, ihr bisher unbekanntes Indien. Das Land kämpft um seine Unabhängigkeit und hat noch zusätzlich unter den gewalttätigen Auseinandersetzungen zwischen Moslems und Hindus zu leiden. Alexandra und Yongden, die absolut kein Interesse daran haben, nun auch noch mit den Gewalttätigkeiten in Kalkutta konfrontiert zu werden, reisen nach Darjeeling ab.

Es wird nun endgültig Zeit, eine wichtige Frage zu klären: Sollen sie in Asien bleiben oder nach Europa zurückkehren? Auf der einen Seite kann Alexandra sich nichts Schöneres denken, als ihre Tage in Asien zu beschließen, doch immerhin gibt es auch schwerwiegende Gründe für eine Heimreise. Ihre angegriffene Gesundheit, die auf die entbehrungsreichen Jahre in Ta-tsien-lu zurückzuführen ist, würde sich in Europa natürlich am schnellsten wieder erholen. Hinzu kommt, daß die Erbschaftsangelegenheiten Philippes endlich in Ordnung gebracht werden müssen. Außerdem, wovon soll sie leben, wenn sie in Asien bleibt? Selbst um anständig sterben zu können, benötigt man etwas Geld, und Alexandras finanzielle Probleme lassen sich nur in Europa lösen.

Nachdenklich geht Alexandra durch die Straßen Darjeelings, sieht in der Ferne die Berge Sikkims leuchten und erkennt den Kangchenjunga, über dessen Pässe sie während ihrer einsamen Ausflüge gewandert ist.

Unwillkürlich fällt ihr der Gömptschen von Lachen ein. Hat nicht er, der sie in seine geheimsten Lehren einweihte, und sie auserwählte, diese Lehren zu verkünden, ein Recht darauf? Ist es nicht ihre Pflicht, sein Vermächtnis zu erfüllen?

»Ich habe keine Wahl. Ich muß nach Europa zurück. Das bin ich dem Gömptschen schuldig«, stellt sie fest und zögert nun auch keinen Tag länger.

Bei ihrer Abreise aus Darjeeling herrscht dichter Nebel. Im Laufe des Morgens löst er sich etwas auf, und man kann die schneebedeckte Landschaft sehen. Doch je tiefer sie talwärts kommen, um so mehr verdichtet sich der Dunst. Es ist, als führe der Zug durch Wolken, und so bleibt es auf der ganzen Strecke bis Kalkutta.

Ihr geliebtes Tibet, es ist so nah und gleichzeitig doch so unerreichbar.

»Niemand wird dieses Land je meinem Herzen entreißen können«, schwört Alexandra.

Nun heißt es, endgültig Abschied von Asien zu nehmen. Alexandra ist 77 Jahre alt und weiß, daß sie nie wieder hierher zurückkehren wird.

Kalkutta macht ihr die Trennung jedoch leicht. Nein, es ist nicht mehr die Stadt von damals, die Stadt ihrer jungen Jahre. Die indischen Hotelangestellten treten in den Streik, und die Beamten des öffentlichen Dienstes legen gleichfalls ihre Arbeit nieder, ebenso die Straßenkehrer und die Fabrikarbeiter. Die Stadt gehört den Aufständischen, die Schaufenster einschlagen, Autos und Straßenbahnwagen in Brand stecken.

Vier Tage lang herrscht ein schreckliches Gemetzel in Kalkutta. Die fanatischen Moslems plündern und morden, bis endlich Panzerwagen auftauchen, die dem Massaker ein Ende bereiten. Doch nun sind es die Hindus, die zum Gegenangriff übergehen, und das nicht weniger grausam als die Moslems. Die Engländer jedoch, die wissen, daß sie das Land früher oder später verlassen müssen, tanzen und feiern in ihren Hotels und verschließen die Augen vor dem Blutbad auf den Straßen. Nach ihnen die Sintflut.

Voller Abscheu über dieses Verhalten verläßt Alexandra Kalkutta. Sie hat sich von ihren indischen und

europäischen Freunden verabschiedet, hat sich bei Christian Fouchet für seine Hilfe bedankt und geht nun in Begleitung ihres treuen Yongden über das Flugfeld. Die Maschine, die sie nach Europa zurückbringen soll, ist startbereit.
Als sie die Gangway hinaufsteigt, blickt sie sich noch einmal um. Trotz allem, es ist ein schwerer Abschied von Asien, ein endgültiger Abschied.
Die Motoren dröhnen auf, und die Maschine rast über die Rollbahn, ein kaum wahrnehmbarer Stoß, ein leichtes Schaukeln, das Flugzeug hebt ab und steigt hinauf in den strahlend blauen Himmel.
»Auf Wiedersehen«, flüstert Alexandra und fragt sich gleich darauf: »Lebe ich noch, oder bin ich bereits tot? Asien, wie habe ich dich nur verlassen können?«

Der Rummel in Paris unterscheidet sich durch nichts von dem, der vor zwanzig Jahren, bei ihrer ersten Rückkehr aus Asien, veranstaltet wurde.
Die erste weiße Frau, die Lhasa betreten hat, kehrt nach Paris zurück, schreiben die Zeitungen und suchen sich gegenseitig mit ihren Schlagzeilen zu übertreffen. Alexandra gibt Interview um Interview und teilt ihren Erfolg mit Yongden. Vortragsreisen schließen sich an, und überall drängen sich die Menschen, um ihren Berichten zu lauschen.

Wie aufs Stichwort trifft die Nachricht aus China ein, daß die chinesische Zentralregierung Yongden den Titel eines Tulku Lama zuerkennt, was bedeutet, ein »der Verbreitung des Glaubens Geweihter, von der Erleuchtung durchdrungener Wiedergeborener« zu sein. Ein umständlicher Titel, den Yongden, der nichts

anderes sein möchte als ein schlichter Lama, niemals gebrauchen wird.
Endlich, vier Monate nach ihrer Ankunft gelingt es Alexandra und Yongden, sich von dem Trubel zurückzuziehen und in ihr Haus nach Digne, nach Samten Dsong, zurückzukehren. Auch dieses Haus ist der Zerstörung durch den Krieg nicht entgangen, und sie müssen sich notdürftig in den Ruinen einrichten und die notwendigsten Reparaturen vornehmen lassen.
Die Spuren des Krieges sind noch überall deutlich zu erkennen. Am schwierigsten ist es, Brennmaterial zu besorgen, mit den Rationierungen und den Lebensmittelcoupons fertig zu werden.
Doch nach und nach normalisiert sich das Leben, und Alexandra und Yongden nehmen wie früher ihre Arbeit auf, lesen, schreiben, meditieren und gärtnern. Nur sehr selten gönnen sie sich eine Pause, so zum Beispiel zur Feier des 80. Geburtstags von Alexandra. Gemeinsam schlagen sie an den Ufern des Lac d'Allos, in über 2000 Metern Höhe, ihr Zelt auf.
Beim Anblick der verschneiten Alpen schweifen ihre Gedanken unwillkürlich in die Ferne, und andere verschneite Gipfel tauchen in ihrer Erinnerung auf.
»O Tibet«, murmelt Alexandra. »Wie kommt es nur, daß dieses von meiner Heimat so sehr unterschiedliche Land derart von mir Besitz ergreifen konnte, von mir, meinem Herzen und meinem Geist.«
Nachdem sie wieder zurück sind, nimmt Alexandra, die nach wie vor ihre zahlreichen Brieffreundschaften in Europa, Asien und Amerika pflegt, die Arbeit zu einem Buch über Indien auf, das 1951 veröffentlicht wird. Im gleichen Jahr erscheinen allerdings noch zwei weitere Bücher: die Übersetzung der »Atharva-

veda«, dem ältesten Werk der indischen Medizin, und »Die geheimen Lehren der tibetischen Buddhisten«, der Text, den sie gemeinsam mit dem Gömptschen von Lachen in den Höhlen an der tibetischen Grenze geschrieben hat. In dem 1952 erscheinenden Buch »Der Meister geheimer Riten« und 1953 in »Altes Tibet – Neues China« kommt der Gömptschen abermals zu Wort.
Fünf Bücher in drei Jahren, das bedeutet harte Arbeit und strenge Disziplin. Um Kraft zu schöpfen, kehrt Alexandra, sooft es ihre Zeit erlaubt, in Gedanken nach Schigatse, nach Lhasa oder in ihren Aschram bei Dewa-Thang zurück. Erinnerungen. Wunderschöne Erinnerungen.
Ihre Bücher werden allesamt mit großem Wohlwollen aufgenommen und lösen die übliche Flut von begeisterten Zeitungskommentaren aus. Für eine Weile wird Samten Dsong wieder zu einem beliebten Ausflugsziel, und Alexandra ist ausreichend damit beschäftigt, alle ihre Bewunderer zu empfangen. Leser, Journalisten, Freunde, ja sogar Monarchen, wie die Königin Elisabeth von Belgien, Prinz Peter von Griechenland und Prinzessin Marie Bonaparte, suchen sie in Samten Dsong auf, um ihre Gratulationen auszusprechen.
Nach einigen Monaten scheint der Besucherstrom jedoch langsam abzunehmen, und bald darauf kann Alexandra zufrieden feststellen:
»So, nun sind wir endlich wieder unter uns. Wurde ja auch langsam Zeit. Schließlich gibt es noch genug zu tun.«
Ohne auch nur einen Tag zu verschenken, beginnt sie mit der Arbeit an ihrem nächsten Buch.

Yongden, nun Besitzer eines bescheidenen Autos, mit seiner obligatorischen Baskenmütze, ist überall beliebt. Ab und zu trinkt er mit den Nachbarn ein Glas Bier und raucht eine Zigarette. Und wenn sein Auto eine Panne hat, bringt er den Wagen in die Werkstatt und erklärt:
»Mein Auto ist krank.«
Für Alexandra ist er unentbehrlicher denn je. Nur mit ihm kann sie die gemeinsamen Erinnerungen teilen, heilige Texte studieren und Bücher schreiben. Doch dann geschieht etwas, das ihr ganzes Leben aus der Bahn wirft, das sie monatelang keine einzige Zeile schreiben läßt.

Es ist ein Samstag, der 6. Oktober 1955. Yongden ist einkaufen gewesen, und als er nach Hause kommt, essen sie zusammen ein Kalbskotelett, hören anschließend noch ein wenig Radio und gehen dann ins Bett.
In der Nacht wird Yongden krank, ganz plötzlich. Der eiligst herbeigeholte Arzt kann nur noch seinen Tod feststellen. Der Grund: Nierenversagen.
Einige Tage ist Alexandra wie gelähmt. Wie immer bemüht sie sich, ihrer Umwelt nicht zu zeigen, wie sehr sie getroffen ist. Yongden, ihr treuer Gefährte auf all ihren abenteuerlichen Reisen, ist von ihr gegangen. Das kann, das darf einfach nicht sein.
Und plötzlich beginnt sie, die immer stolz darauf gewesen ist, in ihrem ganzen Leben noch keine Träne vergossen zu haben, zu weinen. Nein, dieses eine Mal will es ihr nicht gelingen, sich zusammenzunehmen. Dieses eine Mal weint sie die Tränen ihres ganzen Lebens.

Der hundertste Geburtstag

Yongden wird dem Feuer übergeben, und alles, was von ihm übrigbleibt, ist ein Häufchen Asche in einer nüchternen Urne, die einen Ehrenplatz in Samten Dsong erhält.

Alexandra spielt mit dem Gedanken, nach Indien zu reisen, um Yongdens Asche dem Ganges zu übergeben, doch sie kann sich einfach nicht aufraffen. Asien ohne Yongden? Kaum vorstellbar.

Außerdem wollen ihre Beine nicht mehr so richtig, der Rheumatismus hat sich in ihren alten Gelenken festgesetzt.

»Ganz gewiß werde ich nicht nach Asien zurückkehren, um an einem Stock durch Kalkutta oder Benares zu humpeln«, erklärt sie, bricht jeden Kontakt zur Außenwelt ab und verkriecht sich einsam und allein in Samten Dsong.

Yongden ist tot, und Alexandra fragt sich verzweifelt, woher der Junge eigentlich das Recht nahm, so einfach vor ihr zu gehen.

Sie setzt sich an ihren Schreibtisch, doch der übergroße Schmerz läßt sich diesmal nicht mit der Flucht in die Arbeit verdrängen, sondern überlagert ihr gesamtes Denken und Fühlen. Alexandra muß nun lernen, mit der Einsamkeit zu leben. Sicher, bisher hat sie das Alleinsein immer als sehr wohltuend empfunden, aber war Yongden nicht eigentlich immer dabei oder doch zumindest in der Nähe?

Es gibt einige Freunde, die in dieser Zeit zu Alexandra halten und versuchen, ihr eine Weile Gesellschaft zu leisten, doch sie alle machen die Erfahrung, daß diese Frau zwar ein Genie ist, aber auch eine Despotin, mit der man unmöglich über längere Zeit auskommen kann.

Alexandras tiefe Trauer, die jede wie auch immer geartete Beschäftigung unmöglich macht, dauert einige Monate. Doch dann, im Frühjahr 1956, als die Natur sich langsam anschickt, aus der Winterstarre zu erwachen, beginnen sich auch zögernd ihre Lebensgeister wieder zu regen. Im August ist sie dann schon bereit, an einer Rundfunksendung mitzuwirken, und am ersten Todestag Yongdens hält sie in Paris, im Kreise der Freunde der buddhistischen Philosophie, sogar einen Vortrag.

Als Alexandra nach Digne zurückkommt, sieht sie sich zum ersten Mal seit einem Jahr wieder mit offenen Augen um. Sie bemerkt die Berge mit ihren schneebedeckten Gipfeln, die tiefen felsigen Schluchten und weiten Wälder, aber auch ihren eigenen, dschungelartigen Garten, um den sich seit Yongdens Tod niemand mehr gekümmert hat.

Trotzdem blühen die Rosen in üppiger Pracht. Seit Baschkaranandas Rosengarten hat sie immer ein besonderes Verhältnis zu diesen Blumen gehabt, und auch Yongden liebte Rosen. Mit großer Liebe hat er die Pflanzen in Samten Dsong gepflegt, die nun vollkommen verwildert sind. Fast schuldbewußt holt Alexandra eine Schere und beeilt sich, die vernachlässigten Blumen von verwelkten Blüten und toten Trieben zu befreien.

Langsam kehrt wieder der Alltag ein in Samten Dsong. Alexandra findet endlich die Kraft, ihr Testament zu ändern. Da Yongden, ihr Alleinerbe, nicht mehr am Leben ist, vermacht sie ihr ganzes Vermögen dem Musée Guimet, in dem vor vielen, vielen Jahren ihre Liebe zu Buddha erwacht ist. Sie nimmt nun auch wieder ihre Finanzen in die Hand und beginnt, das Weltgeschehen zu verfolgen. Mit Schrecken hört sie von den Konflikten zwischen China und Tibet. Auch ihre Arbeit nimmt Alexandra auf, und sie schreibt und schreibt, bis zur Erschöpfung.

Trotzdem erscheint ihr das Leben leer. Ihr fehlt einfach ein Mensch, der sie aus dieser Einsamkeit erlöst, jemand, der einfach nur da ist, mit dem sie reden, Gutes und Schlechtes teilen kann. Sicher, Alexandra hat zwei Zugehfrauen, die sich um die Hausarbeit und ihr leibliches Wohl kümmern, aber die haben ihre eigenen Familien und verlassen um sechzehn Uhr das Haus. Den Rest des Tages, des Abends und in der Nacht bleibt sie allein.

Noch einmal tritt nun Alexandras Glücksstern in Aktion und führt sie in das Hotel »Ariane«, nach Aix-en-Provence. Dort begegnet sie Marie-Madeleine Peyronnet, einer jungen Frau, von der, nach Empfinden Madame Néels, ein Strahlen von Offenheit, Ehrlichkeit und Jugend ausgeht.

Die beiden Frauen sind sich, trotz des Altersunterschiedes, Marie-Madeleine ist neunundzwanzig Jahre alt, vom ersten Augenblick an überaus sympathisch, und schon nach wenigen Tagen ist Alexandra ganz sicher, daß sie sich mit dieser jungen Frau sehr gut verstehen würde.

Nun, wenn eine Alexandra sich wirklich sicher ist, zögert sie natürlich auch nicht, sich durchzusetzen. Schon bald schlägt sie Marie-Madeleine vor, zu ihr

nach Samten Dsong zu ziehen, die das Angebot nach anfänglichem Zögern auch annimmt.
Mit großem Staunen betrachtet Marie-Madeleine die Festung der Meditation, ihr neues Zuhause, und es scheint ihr fast, in eine andere Welt geraten zu sein, nur, ganz gewiß in keine schlechtere.
Vom ersten Tag an fühlt sich Marie-Madeleine in Samten Dsong wohl, sie nimmt sich des verwilderten Gartens an, lernt Schreibmaschine schreiben, um Alexandras Manuskripte zu tippen, und wird nach und nach zum weiblichen Gegenstück Yongdens: Freundin, Sekretärin, Fahrerin, Köchin, Krankenschwester.

Alexandra ist wieder zufrieden. Sicher, um ihren lieben Yongden wird sie ihr Lebtag trauern, aber mit Marie-Madeleine an ihrer Seite ist das Dasein doch um vieles angenehmer geworden.
Manchmal hat sie allerdings Angst, die junge Frau, die so abgeschieden von aller Welt mit ihr lebt, zu überfordern, ist über ihre eigenen Ansprüche entsetzt und erkundigt sich eines Tages besorgt, was Marie-Madeleine wohl nach ihrem Tode der Nachwelt gegenüber äußern wird.
»Ich werde erzählen, daß Sie außergewöhnlich intelligent waren und daß Ihr Geist ebenso groß gewesen ist, wie alle Milchstraßen zusammen. Ja, und dann werde ich bestimmt noch hinzufügen, daß Alexandra David-Néel ein Ozean der Selbstsucht und ein Himalaja des Despotismus gewesen ist.«
Alexandra nickt lächelnd, offensichtlich mit dieser Antwort, aus der die Freundschaft Marie-Madeleines spricht, sehr zufrieden und wendet sich wieder ihrer Arbeit zu.

Sie arbeitet wie eine Besessene. Im Februar 1960 beginnt sie mit ihrem Buch »Vier Jahrtausende chinesischer Expansion«, in dem sie sich mit den alten Auseinandersetzungen zwischen China und Tibet beschäftigt. Ihr Buch von Unsterblichkeit und Wiedergeburt hat sie gerade abgeschlossen, als sie plant, sich nun auch als Drehbuchautorin für einen Zeichentrickfilm zu versuchen. Natürlich hat sie weder an einen Krimi, noch an eine Liebesgeschichte gedacht, nein, ihre Helden sind Götter. Moderne Götter, die sich in einem ebenfalls modernen Olymp zu einem bunten Abend zusammenfinden, um mit Atombomben zu spielen und sich dabei gegenseitig mit den Ellenbogen drängeln, um das Schauspiel der Vernichtung besser sehen zu können. Daß dieser Film niemals gemacht wird, liegt nicht an Alexandra, sondern an den Geldgebern, die in so ein finsteres Projekt nicht investieren wollen.
Sie nimmt diese Entscheidung ziemlich gelassen hin. Warum auch nicht? Schließlich kann man nicht immer Erfolg haben, und auch ohne diesen Film passieren genügend Dinge, die ihrer Eitelkeit zu schmeicheln vermögen. So schickt zum Beispiel die Wochenzeitung »ELLE« den Schriftsteller Lawrence Durrell nach Digne, um Alexandra zu interviewen.

Überrascht steht er der Hausherrin gegenüber, die nicht älter als sechzig zu sein scheint, jedoch demnächst sechsundneunzig wird. Er rühmt ihre strahlenden Augen, ihr noch nicht ganz weißes Haar und schreibt seinen Artikel, der von der ersten bis zur letzten Zeile eine begeisterte Huldigung ist.
Kurz nach dem Erscheinen dieses Berichtes wird

Alexandra mit dem Band und Kreuz der Ehrenlegion ausgezeichnet und in den Rang eines Kommandeurs erhoben. Samten Dsong wird zu diesem Anlaß von Besuchern geradezu überflutet. Angesehene Persönlichkeiten, Minister, Präfekte, Bürgermeister geben sich die Klinke in die Hand.
1967 trägt Alexandra sich mit dem Gedanken, ihre Autobiographie zu schreiben. Über den Titel ist sie sich noch nicht ganz sicher und schwankt zwischen »Die Unangepaßte« oder »Ich habe unter den Göttern gelebt«.
»Es hat keinen Sinn, sich heute schon den Kopf darüber zu zerbrechen«, erklärt sie schließlich Marie-Madeleine.
»Kommt Zeit, kommt Rat. Vorerst habe ich ohnehin genug damit zu tun, die Neuauflagen meiner Bücher zu überarbeiten.«

Leider gehen Alexandra die Korrekturen nicht so flüssig von der Hand wie gewohnt, und das liegt daran, daß sie einfach zu sehr abgelenkt ist. Das Jahr 1968 ist angebrochen und interessiert verfolgt Alexandra am Radio die Aufstände der Studenten im Quartier Latin, wo sie selbst als junge Frau gelebt hat. Parolen wie »Es ist verboten, zu verbieten« und »Gehorsam bedeutet Tod« erfüllen sie mit unverhüllter Genugtuung.
Kurzerhand sucht sie ihr altes Essay *»Pour la vie«* heraus, ihre erste Schrift, die sie vor nunmehr achtzig Jahren verfaßt hat. Daß der Mensch sehr wohl frei von überholten Konventionen leben kann, hat sie ausreichend bewiesen, und ihre Zeilen *»Der Gehorsam ist der Tod. Jeder Moment, in dem der Mensch sich einem fremden Willen unterwirft, ist ein Moment, der von seinem Leben*

abgeschnitten wird« beweisen, wie weit sie damals ihrer Zeit voraus war.
»Die jungen Menschen von heute benutzen meine Parolen von damals«, stellt sie amüsiert und befriedigt zugleich fest und eilt zurück ans Radio, um die Berichte weiter zu verfolgen.

Alexandras 100. Geburtstag steht bevor. Kein Grund, so meint zumindest die Jubilarin, die Arbeit ruhiger angehen zu lassen. Mit einer riesigen Lupe bewaffnet – ihre Sehkraft läßt zusehends nach – bereitet sie ihr neuestes Buch vor. Ein Reisetagebuch soll es werden, zusammengestellt aus den Briefen, die sie über Jahrzehnte hinweg ihrem Mann geschrieben hat.
Und während sie die ganzen alten Briefe, die Philippe sorgsam aufbewahrt hat, ordnet, fällt ihr plötzlich ein, daß ihr Reisepaß abgelaufen ist. Sofort und ohne zu zögern veranlaßt Alexandra, zum größten Erstaunen Marie-Madeleines und des Verwaltungsbeamten, daß das Dokument verlängert wird.
»Es ist ja nur vorsichtshalber«, erklärt sie schmunzelnd. »Man kann schließlich nie wissen.«

Und dann ist der große Tag da. Das Geburtstagskind ist zwar ganz und gar nicht begeistert und hat sich lange gewehrt, den verschiedenen Festivitäten ihre ohnehin knappe Zeit zu opfern, aber dieses eine Mal ist es ihr nicht gelungen, ihren Kopf durchzusetzen.
So macht Alexandra also gute Miene zum feierlichen Spiel und empfängt am Morgen des 24. Oktober 1968 eine erste Delegation von Journalisten.
»Ich weiß gar nicht, warum Sie so viel Wert darauf legen, eine Hundertjährige zu feiern«, erklärt sie, als

die ersten Champagnerkorken knallen. »Es ist nicht besonders erfreulich, hundert zu sein, es ist eher traurig, man nähert sich dem Ende.«
Betreten sehen sich die Anwesenden an, doch da hebt Alexandra auch schon lächelnd ihr Glas:
»Auf Ihre Gesundheit, meine Damen und Herren. Und darauf, daß auch Sie alle hundert Jahre alt werden.«
Befreiendes Lachen folgt ihren Worten.

Der Abend senkt sich über Samten Dsong. Die letzten Gäste sind gegangen. Es ist doch noch ein ganz schönes Fest geworden, und Alexandra wundert sich, daß sie nicht die geringste Spur von Müdigkeit empfindet. Langsam tritt sie, auf ihren Stock gestützt, hinaus auf die Terrasse und blickt nachdenklich zu den Bergen hinüber.
Trotz der vielen Menschen, die ihr am heutigen Tage gratuliert haben, fühlt sie sich irgendwie einsam und verlassen. Weiß Gott, es ist nicht einfach, hundert zu werden, wenn bereits alle alten Freunde und Weggefährten verschwunden sind.
Geistesabwesend geht Alexandra die Wege entlang, ihre Hände streichen über Rosenbüsche, die noch jetzt, Ende Oktober, in verschwenderischer Fülle blühen. Und dann plötzlich ist es ihr, als wäre sie nicht mehr alleine, als scheinen sie doch noch alle gekommen zu sein.
In den letzten Strahlen der untergehenden Sonne, die jählings die gleißende Helle des tibetischen Lichtes angenommen haben, tauchen sie auf, die Gesichter ihrer Lieben. Ihr Vater ist da, Baschkarananda und der Gömptschen von Lachen. Dharmapala und Kumar,

der Maharadscha von Sikkim, verneigen sich vor ihr und berühren, nach buddhistischem Brauch, mit den aneinandergelegten Händen ihre Stirnen. Aus dem Schatten einer alten Pinie tritt Philippe ins Licht, ihr Mouchy. Mein Gott, wie jung er doch aussieht. Giuseppa, die Freundin und Kameradin aus Bühnenzeiten, und Alexandrine, ihre Mutter, winken lächelnd herüber, und auch Yongden ist da! Voller Liebe sieht er sie an und kommt langsam näher. Alexandra meint fast, seine streichelnde Hand zu spüren ...
Die Sonne ist untergegangen, das Strahlen erloschen, Alexandra ist wieder allein.
Eine Weile verharrt sie noch regungslos, dann geht sie zurück ins Haus, setzt sich an ihren Schreibtisch und nimmt, von tiefer Ruhe erfüllt und seltsam getröstet, ihre Arbeit auf.

Alexandra David-Néel stirbt am 8. September 1969, 3.15 Uhr in der Frühe. Marie-Madeleine Peyronnet, Freundin und Begleiterin der letzten Jahre, übergibt am 28. Februar 1970 in Benares Alexandras und Yongdens Asche dem Ganges.

Alles, was einen Beginn hat, muß auch enden.

Zeittafel

1815 5.7. Louis David in Tours geboren
1832 30.1. Alexandrine Borghmans in Brüssel geboren
1851 2.12. Louis David geht in Begleitung seines Freundes Victor Hugo nach Belgien ins Exil
1854 Alexandrine und Louis heiraten
1859 Die Davids können aufgrund einer Amnestie nach Frankreich zurückkehren
1868 24.10. Louise Eugénie Alexandrine Marie David wird in Saint Mandé, in der Nähe von Paris, geboren
1873 21.1. Alexandras Bruder, der jedoch nur sechs Monate alt wird, geboren
1873 Alexandras erster »Fluchtversuch« in den Wald
1875 Die Davids ziehen nach Brüssel, in die Rue Faider 105. Alexandra tritt in ein protestantisches Pensionat ein, wechselt jedoch bald in das Kloster »Du Bois Florie«
1883 Im Sommer reißt Alexandra zum zweiten Mal aus, wandert an der belgischen Küste entlang bis nach Holland und schifft sich nach England ein
1885 Der dritte „Fluchtversuch" führt in die Schweiz, zu Fuß über den St.Gotthard nach Italien
1886 Alexandra verläßt das Kloster »Du Bois Florie« und wird in die Gesellschaft eingeführt
1888 Sie schreibt ihr erstes Essay »Pour la Vie«, kehrt Brüssel den Rücken und geht nach London
1889 Alexandra tritt der Theosophischen Gesellschaft bei und zieht nach Paris
1891 Sie macht eine Erbschaft und bricht zu ihrer ersten Reise nach Ceylon und Indien auf
1893 Alexandra kehrt nach Paris zurück und beginnt eine Karriere als Sängerin und Schauspielerin
1895 Die »Myrial« erhält ein Engagement nach Indochina, an die Oper von Hanoi
1897 Alexandra kehrt nach Paris zurück, lernt Jean Haustont kennen und zieht mit ihm in die Rue Nicolo 3
1899 Sie geht an die Oper von Athen
1900 Im Juli erhält sie ein Engagement an der Oper von Tunis und lernt Philippe Néel kennen
1904 4.8. Alexandra und Philippe heiraten

1904	21.12. Louis David stirbt
1911	13.8. Alexandra tritt ihre große Asienreise an
	30.8. Sie geht in Colombo an Land
	16.11. Sie verläßt Ceylon in Richtung Indien
1912	15.4. Alexandra wird vom 13. Dalai-Lama empfangen
1914	4.1. Sie wird in den Stand einer Lamina erhoben
	13.5. Arphur Yongden bewirbt sich bei Alexandra als Boy
1914	Alexandra bewohnt bis zum Sommer 1916 ihren Höhlenaschram bei Dewa Thang
1916	2.9. Alexandrine David stirbt in Brüssel. Alexandra wird aus Sikkim ausgewiesen
	9.11. Sie reist nach Rangoon/Birma
1917	6.2. Alexandra trifft in Japan ein
	4.8. Sie reist weiter nach Korea
	7.10. Ankunft in Peking
1918	Im Juli erreicht Alexandra das Kloster Kumbum
1921	5.2. Sie verläßt Kumbum und bricht nach Lhasa auf
1924	28.1. Ankunft in Lhasa
	Alexandra verläßt Lhasa im April
	Im Oktober Treffen mit Gandhi
1925	10.5. Alexandra trifft in Le Harvre ein
1926	Im Januar Treffen von Alexandra und Philippe in Marseilles
1928	21.5. Alexandra kauft ein Haus in Digne, Samten Dsong
1929	21.2. Yongden wird von Alexandra adoptiert und führt von nun an den Namen: Albert Yongden-David
1937	26.1. Alexandra trifft in Peking ein
	30.6. Auf der Flucht vor den Japanern verläßt sie Peking
1938	4.7. Sie erreicht, immer noch auf der Flucht, Ta-tsien-lu
1941	Im Februar stirbt Philippe Néel
1945	27.7. Alexandra und Yongden können aus China ausreisen
	23.9. Ankunft in Kalkutta
1946	1.7. Sie kehren endgültig nach Europa zurück
1955	7.10. Yongden stirbt
1959	Im Sommer lernen Alexandra und Marie-Madeleine Peyronnet sich kennen
1964	Alexandra wird in den Rang eines Kommandeurs der Ehrenlegion erhoben
1965	30.6. Ein Mädchengymnasium in Digne wird auf den Namen »Lycée Alexandra David-Néel« getauft
1968	24.10. Alexandra feiert ihren hundertsten Geburtstag
1969	8.9. Am frühen Morgen stirbt Alexandra David-Néel
1970	28.2. Marie-Madeleine Peyronnet übergibt in Benares die Asche Yongdens und Alexandras dem Ganges

Personen und Fachbegriffe

Aschram	Einsiedelei, aber auch Sammlungs- und Besinnungsort
Baschkarananda	indischer Asket und Lehrer Alexandras
Bhagavadgita	»Gesang des Erhabenen«, Teil des indischen Nationalepos
Bodhi-Baum	Feigenbaum, unter dem der historische Buddha (Gautama) die vollkommene Erleuchtung erlangte
Bodhisattwa	Sanskrit, erleuchtetes Wesen, das durch Ausübung der vollkommenen Tugend den Zustand eines Buddha anstrebt, aber solange auf das Eingehen in das Nirwana verzichtet, bis alle Wesen erlöst sind
Brahma	männliche indische Gottheit, die als Schöpfer und Lenker der Welt gilt
Brahman	wörtlich: das absolute Sein
Brahmane	Sanskrit, Priester
Buddha	Sanskrit, wörtlich: der Erwachte
Buddhismus	die von Buddha (Gautama) begründete Religion, die sich im 6. Jahrhundert v. Chr. in friedlicher Mission über den größten Teil Asiens verbreitete
Dagoba	buddhistisches Heiligtum
Dalai Lama	oberster weltlicher Machtinhaber der Tibeter
Dharmapala	ceylonesischer Schriftsteller
Dhammapada	buddhistische Spruchsammlung, die zum Kanon der Heiligen Schriften gehört
Foucaux, E.	Professor an der Sorbonne in Paris
Gautama	Siddharta, historischer Buddha, Begründer des Buddhismus (566-483 v.Chr.)
Ghâts	Ufertreppen des Ganges in Benares
Gömpa	tibetisches Kloster
Gömptschen	tibetischer Wandermönch und Einsiedler
Gömptschen von Lachen	Abt des Klosters in Lachen und Lehrer A. David-Néels
Himalaja	Sanskrit, Schneewohnung
Hinduismus	indische Religion, die sich als »ewige Lehre« verversteht, entstand etwa um 800 v. Chr.

Hugo, Victor	frz. Schriftsteller (1802-1885)
Jak	(Grunzochse), langhaariges, schwarzes Wildrind der zentralasiatischen Hochländer. Haus-, Reit- und Lasttier, liefert Milch, Fleisch und Fell, der Kot dient als Brennmaterial
Joga	indisch, die Schulung der geistigen Konzentration in den Religionen Indiens
Konfuzius	chinesischer Philosoph und Gelehrter
Kumar	Maharadscha und Oberpriester von Sikkim
Lama	Lenker, Lehrer, lamaistischer Mönch
Lamaismus	tibetische Form des Buddhismus
Lévi, Silvain	Professor an der Sorbonne in Paris
Mahajana	nördlicher Buddhismus, der die Erleuchtung zum Wohle aller Wesen anstrebt
Mitra	Pseudonym A. David-Néels
Myrial	Künstlername A. David-Néels
Nirwana	wörtlich: des Leidens Ende. Es befreit den Menschen von Leiden, Tod und Wiedergeburt und von allen weltlichen Bindungen
Pali	indischer, vom Sanskrit abgeleiteter Dialekt
Reclus, Elisée	frz. Gelehrter
Sadhu	»guter Mann, Heiliger«, indische Bezeichnung für einen Hindu-Asketen
Saint Mandé	Geburtsort A. David-Néels
Samadhi	Zustand der vollkommenen Versenkung in sich selbst
Samten Tsong	tibetisch, Festung der Meditation
Sannjasin	Mensch, welcher der Welt entsagt und in völliger Besitzlosigkeit lebt
Sanskrit	heilige Sprache der Hindus
Silacara	schottischer Orientalist
Swami	indischer Mönch
Tantrismus	eine im Hinduismus und Buddhismus auftretende Religionsbewegung; Grundgedanke ist die Erlösung aus der Seelenwanderung
Taoismus	Sammelbegriff für die zwei großen Strömungen der chinesischen Philosophie, dem philosophischen Tao-chia und dem religiösen Tao-chiao
Taschi Lama	religiöses Oberhaupt des Lamaismus
Tsampa	geröstetes Gerstenmehl mit Tee vermischt, Hauptnahrungsmittel der Tibeter
Tsongkapa	Tibets bedeutendster Reformator (1357-1419)

Tulku	tibetisch, Körper der Verwandlung; im tibetischen Buddhismus Bezeichnung für eine Person, die als Reinkarnation eines Verstorbenen angesehen wird
Upanischaden	eine Gattung altindischer theologisch-philosophischer Texte
Veda	»Wissen«, heilige Lehren
Vedanta	Schlußbetrachtung der Veden, ursprünglich gemeinsamer Name für die Upanischaden
Veden	Gesamtheit der ältesten Texte der indischen Literatur
Zen	Schule des Mahajana-Buddhismus in China

Inhalt